新潮文庫

貧しき人びと

ドストエフスキー
木村　浩訳

新潮社版

1862

貧しき人びと

いやはや、世間の小説家たちときたら、困ったものだ！　なにか有益な、気持のいい、心を楽しませるようなものを書くどころか、ただもう地下の秘密を洗いざらいほじくりだすばかりではないか！……いや、いっそのこと、あの連中がものを書くのを禁じればいいのだ！　まったく、ひどいものだ。読みだすと……ついなんとなく考えこんでしまって——あげくの果てに、ありとあらゆる妄想《もうそう》がわいてくる。いや、なんとしても、あの連中がものを書くのを禁じるべきだ。なにがなんでも、きれいさっぱり禁じてしまうべきだ。

V・F・オドエフスキー公爵《こうしゃく》

四月八日

わたしにとってかけがえのないワルワーラさん！　きのうわたしは幸福でした。とびきり幸福でした。いや、もうこのうえもなく幸福でしたよ！　たとえ一生にいっぺんだとしても、強情っ張りのきみが、わたしのいうことをきいてくれたんですから。晩の八時ごろ眼《め》をさまして（ねえ、きみも知っているように、わたしは勤めから戻ると、一、二時間眠るのが好きなんです）蠟燭《ろうそく》を取りだし、紙をひろげ、ペンをけずって、ふと、眼をあげたとたん、わたしの胸は思わずドキンとおどりだしてしまいましたよ！　やっぱり、きみはわたしの願いを、わたしの心からの願いをわかってくれたんですね！　見ると、きみの窓のカーテンの隅《すみ》っこがまくれていて、鳳仙花《ほうせんか》の鉢《はち》でとめてあるじゃありませんか。あのときわたしがそれとなくほのめかしたのと、そっくり同じように。おまけにそのとき、きみの顔まで窓ぎわにちらっと見えたような気がしました。きみも自分の部屋からこちらを眺《なが》めて、わたしのことを考えていてくださるような気がしたのです。ですから、きみの優しい顔をよく見わけることができなかったのは、とっても残念でなりません！　ねえ、わたしだって物がはっきり見えた時代もあるんですよ。年はとりたくないものですね！　今じゃ、いつもなんとなく目がちらついていて、夜なべ仕事に、ちょっと書きものでもしようものなら、翌朝はもう眼が真っ赤になって、人前に出るのも気がひけるくらいです。でも、わたしの頭の中には、きみの微笑が、あの人のよさそうな、優しい微笑が、ぱっと明るく浮んできました。そしてわたしの胸は、ねえ、ワーレンカ、憶《おぼ》えていますか、わたしがきみにキスをしたときのことを、あのときとまったく同じような気持になったのです。いや、それどころか、きみが可愛《かわい》らしい指先でこちらをおどかすような仕草をしたような気さえしたのですから。ちがいますか、ねえ、いたずらっ子さん？　次のお手紙にはぜひともそのことをくわしく書いてください。

それはそうと、ワーレンカ、きみの窓のカーテンの隅っこをまくっておくという思いつきはどうです？　とてもすてきじゃありませんか？　だって、わたしは仕事に向っていても、床についていても、目をさましていても、きみがそちらでわたしのことを考え、わたしのことを思いおこしているのだ、しかもそのきみは元気で楽しい気分でいるのだ、ということがちゃんとわかるんですからね。きみがカーテンをおろせば、それはつまり、おやすみなさい、マカールさん、もう寝る時刻ですよ！　ということだし、またカーテンをあげれば、おはようございます、マカールさん、よくおやすみになれまして、とか、おからだの具合はいかがですか、あたくしでしたら、おかげさまで、元気でなんの変りもございません！　ということになるんですから。どうです、ワーレンカ、すばらしい思いつきじゃありませんか。もう手紙だっていりませんよ！　たしかに、名案でしょう？　しかも、これはわたしが思いついたんですからね！　どうです、ワルワーラさん、こういうことにかけたら、わたしだって隅におけないでしょう？

さて、ワルワーラさん、お知らせしますけれど、昨晩は思いがけず、ぐっすり眠れて、とても気分がいいのです。ふつう、引越し早々の新居では、なかなか寝つけないものですがね。それというのも、なにもかもちゃんとしているようでいて、その実、そうではないからでしょう！　けさは、まったく晴ればれとした若者のような気分で起きだしました――心たのしく、浮きうきしています！　ねえ、ワーレンカ、なんだってけさはこんなにすばらしいんでしょうね！　窓をいっぱいにあけると、おてんとうさまが輝いていて、小鳥たちがピーチクさえずり、空気は春の薫《かおり》に息づいて、辺りの自然はなにもかもみずみずしく甦《よみがえ》っているのです――いや、そのほかのものもすべて同じように、ちゃんと、春らしく、調子をあわせているじゃありませんか。きょうはかなり楽しい空想さえしましたが、ワーレンカ、それがみんなきみについての空想なんですよ。わたしはきみを空とぶ小鳥になぞらえてみました。人間をなぐさめ、自然を飾るために創《つく》られた小鳥にです。そのとき、ワーレンカ、わたしはこんなことを考えたんです。わたしたち人間は浮世の苦労のなかであくせく暮しているけれども、空とぶ小鳥のあののんきな罪のない幸福を羨《うらや》まなくてはいけないのだ、とね。そのほか、これと似たりよったりのことをいろいろ思いめぐらしてみました。まあ、いってみれば、いずれも浮世ばなれのした比較ですがね。ワーレンカ、わたしは一冊の本をもっていますが、その中にもこれとまったく同じようなことが、それはそれはくわしく書いてあるんですよ。こんなことを書くのは、人間の空想なんて実にさまざまなものだということをいいたいからです。おまけに、今は春ですから、人びとの考えることもみなとても愉快な、機知に富んだ、風変りなものばかりですし、心に浮ぶ空想も優雅なもので、なにもかもバラ色につつまれています。わたしがこんなことを長々と書くのもそのためなんですが、実はこれはみなその本の中から取ってきたものなんです。その本には作者が同じような希望を詩に託して、こんなふうに書いています――

なぜこのわたしは鳥ではないのだろう、
大空を自由に舞う鷹《たか》ではないのだろうか！

まあ、ざっと、こんな調子です。その本にはまださまざまな考えが述べられていますが、そんなものはどうでもいいんです！　そんなことより、ワルワーラさん、きみはけさどこへいらしたんです？　わたしがまだ役所へ出かける支度もしないうちに、きみはまるで春の小鳥のように、部屋をとびだして、さも楽しそうな様子で中庭を通りぬけていったじゃありませんか？　そんなきみの姿を眺めているのは、そりゃ楽しいことでしたよ！　ねえ、ワーレンカ、ワーレンカ！　くよくよするんじゃありませんよ！　涙を流したからといって、悲しみをいやすことはできないんですから。それをわたしはちゃんと知っています。これまでの経験から知っているんです。今じゃきみもすっかり落着いて、からだの具合もいくらかよくなりましたね。ときに、お宅のフェドーラはどうしています？　まったく、あのひとは気だての優しい方ですねえ！　ワーレンカ、今きみがあのひととどんなふうに暮しているのか、きみはなにもかも満足しているのかどうか、ぜひお手紙で知らせてください。フェドーラはいくらか口数が多いほうですが、ワーレンカ、そんなことを気にかけてはいけませんよ。そっとしておけばいいんです！　なにしろ、あのひとはとても気だてのいい女なんですから。

うちの召使いのテレーザのことはもう手紙に書きましたね――これも気だての優しい、信頼できる女です。でも、わたしは二人の手紙のことではずいぶん気を使いましたよ！　どうやって手紙のやりとりをしたものかと、悩んでいたところへ、運よく神さまが二人の幸福のためにテレーザをつかわしてくださったんです。あれは気だての優しい、おとなしい、口数の少ない女です。ところが、このアパートの女主人《おかみ》ときたら、それはもう情け知らずの女で、あの娘《こ》をまるでぼろ切れかなんぞのように、こき使っているんですからね。

それはともかく、ワルワーラさん、わたしもたいへんな長屋に落ちこんだものでしょう？　いや、とにかく、ひどい住居《すまい》ですよ！　以前はご存じのように、わたしもエゾヤマドリよろしく、つましく、ひっそりと暮していました。部屋の中を蠅《はえ》が一匹とんでいても、その羽音が聞えたくらいです。ところが、ここではみなが大声でどなりちらして、それは騒々しいのです！　そうだ、きみはまだこのアパートの造りがどんなふうになっているかご存じありませんでしたね。まず、薄暗くて、不潔な長い一本の廊下を想像してください。右手は窓ひとつない壁で、左手にはドアまたドアが、ホテルのようにずっと一列にならんでいるのです。つまり、これがみんな貸間なんですが、どこもみんな一部屋きりで、しかもそこに二人、三人と住んでいるんですよ。秩序もなにもあったものじゃありません――さながらノアの方舟《はこぶね》ですよ！　もっとも、みんな善良な人びとらしく、かなり教養もあり、学問もあるようです。役人がひとりおりますが（どこかの文書課にいるようです）たいへんな読書家で、ホメロスとかブラムベウスとか、その他いろいろな作家たちの話をしたり、どんなことにでも意見をもっている、聡明《そうめい》な人物です！　士官がふたりいますが、連中はトランプばかりやっています。それから海軍少尉《しょうい》もいれば、イギリス人の教師もおります。まあ、待っていてください。きみの気晴らしのために、この次の手紙ではこの連中のことを諷刺《ふうし》的に書いてあげますから。つまり、この連中の暮しむきを、細大もらさず書いてあげますよ。女主人《おかみ》はとても小柄《こがら》な薄汚い婆《ばあ》さんで、一日じゅう、だぶだぶの部屋着にスリッパという格好で駆けずりまわりながら、朝から晩までテレーザに小言をいっています。わたしは台所に住んでいます。いや、もっと正確にいうなら、次のようになります。この台所のとなりに一部屋あるのです（ことわっておきますが、この台所は清潔で、明るくて、とても立派なんです）。この部屋はちっぽけな、つつましい一隅《いちぐう》といえますが……いや、こういったほうがもっといいかもしれません。つまり、台所は窓が三つもある大きなものなので、奥の壁に平行してもう一つの仕切りをいれ、定数以外の部屋をひとつ作ったというわけなんです。すべてがゆったりしていて、便利ですし、窓も一つあるので、要するにとても便利にできているんです。さて、これがわたしの塒《ねぐら》です。ですから、変に気をまわして、なにか隠れた意味があるのではないかなどと考えないでください。そりゃ、要するに、台所じゃないか！　といわれるかもしれませんが、たしかに、わたしは台所に仕切りをして住んでいるわけですが、そんなことはなんでもありません。わたしは浮世をはなれて、ひとりで、つつましく暮しているのですから。わたしはこの部屋に寝台とテーブルと洋服ダンスを一つずつ、それに椅子《いす》を二つおいて、壁には聖像をかけました。もちろん、これよりいい貸間もありましょう。いや、ひょっとすると、もっとずっといいものもあるかもしれません。しかし、一番かんじんなのは便利だということです。実際、わたしがこうしているのはみんな便利さのためなんですから、きみもなにかほかの理由を考えたりしないでください。きみの部屋の小窓とは中庭をへだてて向いあっています。中庭といっても狭いものですから、ゆきずりに、きみを見ることもできるわけです――これはわたしのような不幸な男にとっては何よりの楽しみになりますし、それに安あがりというものです。ここでは一番悪い部屋でも食事つき、紙幣で三十五ルーブルもするんです。とても財布にあいません！　ところで、わたしの部屋は紙幣で七ルーブル、食事が銀貨五ルーブルで、合計二十四ルーブル半です（訳注　当時、銀貨ルーブルは紙幣ルーブルの約三倍半の値打ちがあった）。以前はきっちり三十ルーブル払っていましたから、そのためにいろいろと節約したものです。お茶にしてもいつも飲むわけにはいきませんでしたが、今度はお茶や砂糖の代金が浮いたわけです。ねえ、ワーレンカ、お茶を飲まないというのは、なんとなく気恥ずかしいものなんですよ。ましてここの住人たちはみな相当の暮しをしているので、なおさら恥ずかしいのです。これではまるで他人のために、見栄《みえ》のために、お体裁にお茶を飲むようなものですが、ワーレンカ、わたしは気まぐれな人間じゃありませんから、そんなことは気にかけておりません。まあ、考えてもみてください。小遣いだっていくらかは必要ですし、やれ靴《くつ》だ、洋服だと払っていけば、あとにはいくらも残りません！　これでもうわたしの月給はトントンですよ。でも、わたしという人間は不平もいわずに、満足しているんです。これでやっていけるんですから。現に、もう何年かこれでやってきたんです。それに、時どきボーナスもでますからね。では、さようなら、わたしの天使さん！　わたしは先日きみのために鳳仙花を二鉢と、ゼラニウムを買ってきました——安物です。ひょっとすると、きみは木犀草《もくせいそう》がお好きなのかもしれませんね？　そうだったら、木犀草もありますから、お手紙で知らせてください。ただお願いですから、なにもかもできるだけくわしく書いてください。しかし、わたしがこんな部屋を借りたからといって、わたしについて妙に勘ぐったり、疑ったりしないでくださいよ。とにかく、これは便利のためにしたことで、便利さという点にだけ誘惑されたのですから。だって、わたしはこれでも貯金をしているんです。すこしずつお金を積みたてているので、少々のお金ならいつも手もとにあるんです。どうか、わたしがとてもおとなしくて、蝿の羽にさわっても怪我《けが》をするような男だと馬鹿《ばか》にしないでください。いや、とんでもない。わたしという人間はけっこう腹のすわった、堅実で穏健な魂の人間にふさわしい性格の持ち主なんですから。さようなら、わたしの天使さん！　大判の紙に二枚ちかくも書いてしまいました。もうとうに勤めに出かける時間です。きみの可愛らしい指にキスをして、ペンをおきます。

きみの最も卑《いや》しい召使いにして最も忠実な友

マカール・ジェーヴシキン

二伸　ひとつお願いがあるのです。できるだけくわしくご返事を書いてください。この手紙といっしょにお菓子を一ポンドお送りいたします。どうか、たくさん召しあがってください。ただ、くれぐれもわたしのことで心配したり、文句をいったりしないように。ではまた、ワーレンカ、さようなら。

四月八日

マカール・ジェーヴシキンさま！

まあ、なんてことでしょう、とうとうあなたとけんかをしなければならなくなってしまいましたわ！　お優しいマカールさん、ほんとに、あなたからの贈り物をいただくのは辛《つろ》うございますの。あのような贈り物があなたにとってどんなに高価なものか、そのためにはどんなご無理をなさっていらっしゃるか、一番必要なものまで切りつめていらっしゃるのがちゃんとわかっているんですもの。これまで何度も申しあげましたように、あたくしにはなんにもいりません。ほんとに、なんにもいりませんわ。それに、これまであなたがあたくしのために尽してくださいましたご恩にも今のところお報いすることができないんですもの。どうしてあんな鉢植えなどくださいましたの？　ねえ、鳳仙花ぐらいならまだしも、ゼラニウムなんかなぜお買いになりましたの？　あたくしがこのゼラニウムのようにちょっと不用意にひとこと口をすべらすと、もうあなたはすぐにお買いになってしまうんですもの。きっと、お高かったんでしょう？　でも、すばらしい花ですこと！　可愛い十字の真っ赤なお花。こんなすてきなゼラニウムをどこでおもとめになりましたの？　あたくしそれを窓ぎわのまんなかの、いちばん目につくところに置きましたの。床の上にも小さな台をおいて、その上にもたくさんのお花を並べますわ。あたくしがお金持ちになったらの話ですけれど。フェドーラはそりゃよろこんでおりますわ。あたくしたちのお部屋も今はまるで天国みたいです——きれいで、明るくて！　それにしても、なぜお菓子なんかくださいましたの？　でも、正直のところ、あたくしお手紙を拝見してすぐに気がつきましたの。天国だの、春だの、薫がただようだの、小鳥がピーチクさえずるだの、これはただごとではないなって。これで詩が出てこないはずはないって考えましたの。だって、マカールさん、ほんとのこと、あなたのお手紙には詩だけが欠けていたんですもの！　でも、繊細な感覚も、バラ色の空想も——なにもかもちゃんと揃《そろ》っているんですのに！　でも、カーテンのことはあたくし気がつきませんでした。きっと、鉢を置きかえたときに、ひとりでにまくれたんでしょう。お気の毒さま！

ねえ、マカールさん！　いくらあたくしをだまそうとなさって、どんないいわけをされても、だめですわよ。お金をご自分だけで使っていらっしゃるようにみせかけるために、いくらご自分の収入を計算されても、あたくしの目をごまかすことはできませんわ。あなたがほんとに必要なものまであたくしのために犠牲にしていらっしゃることは目に見えていますもの。早い話、なぜそんなお部屋をお借りになる気をおこされたのでしょう？　だってそこでは騒々しくてお気持も休まらないでしょうに。窮屈で不便じゃありませんか。あなたはお独りで静かにしていらっしゃるのがお好きなくせに、そこではなにもかもごたごたしているじゃありませんか！　あなたの月給からすれば、もっとずっといい暮しができるはずです。フェドーラの話では、あなたもむかしは今と比べものにならぬくらい立派な暮しをしていらしたというじゃありませんか。まさかあなたはこれまでの人生を今のように他人の家の片隅をかりて、独りぼっちで、楽しみもなく、だれからも親しい愛想のいいあいさつもきかず、みじめに暮してこられたのではないでしょう？　ねえ、心の優しい方、あたくしにはあなたのことがお気の毒でなりません！　せめてご自分のおからだを大切になさってくださいませ。お目が弱っていらっしゃるとか。でしたら、蠟燭の光などでものをお書きになりませんように。お書きになる必要がありまして？　あなたが仕事熱心でいらっしゃることは、そんなことをなさらなくても、きっと、上の方々はご存じでしょうに。

もう一度たってのお願いでございますが、どうかあたくしのためにむだなお金を使わないでくださいまし。あなたがあたくしを愛してくださっていることも、あなたご自身そんなにお金持ちでないことも、よく存じておりますから……けさはあたくしもとても気持よく起きました。とってもいい気分でした。フェドーラはとうに仕事をしておりましたが、あたくしの仕事まで見つけてきてくれました。あたくしはすっかり嬉《うれ》しくなって、ちょっと絹地を買いに出かけただけで、すぐ仕事にかかりました。朝のうちずっと胸のなかが晴々としていて、それは楽しゅうございました！　でも今はまた暗い考えばかり浮んできて、気が滅入《めい》って、心がうずいております。

ねえ、マカールさん、あたくしはいったいどうなるのでしょう、あたくしにはどんな運命が待ちうけているのでしょう！　こんな頼りない境遇にいて、将来の見通しもなく、自分の身にふりかかるものを想像することもできずにいるのは辛うございます。すぎ去ったことは振りかえってみるのも怖《おそ》ろしいくらいです。そこにあるのはちょっと想《おも》い出しただけでも胸がはり裂けてしまうほど悲しいことばかりでございます。あたくしは自分を破滅させてしまったあの悪い人たちを、これからも一生うらんでいくことでしょう！

暗くなってまいりました。もう仕事にかからなくてはなりません。もっといろいろなことを書きたいのですが、時間がありません。期限をきった急ぎの仕事があるのです。急がなくてはなりません。もちろん、手紙というものはいいものです。なんといっても気がまぎれますもの。それにしても、あなたご自身はなぜあたくしどもへお立ちよりくださいませんの？　マカールさん、それはなぜですの？　だって今度はお近くにこられたんですし、たまにはお暇な時間もおありでしょうに。どうぞ、お立ちよりくださいまし！　お宅のテレーザに会いましてよ。なんだかとても病身のように見えて、かわいそうでしたので、あたくし二十コペイカやりましたの。あっ、そうです！　もうすこしで忘れるところでした。あなたの暮しむきについて、なにもかもできるだけくわしく必ずお手紙に書いてくださいね。あなたのまわりにはどんな人たちがいるのか、その人たちとはうまくいっているのかどうか？　あたくし、そうしたことをなにもかもとても知りたいんですの。ねえ、ようございますか、きっと、お書きになってくださいね！　きょうはわざとカーテンの隅をまくっておきましょう。どうかお早目にお休みなさいませ。ゆうべは夜中までお部屋の灯《ひ》が見えておりましたもの。では、ごきげんよう！　きょうはさびしくて、もの悲しくて、気が滅入ってなりません！　きっと、そういう一日だったんですね！　さようなら。

あなたの
ワルワーラ・ドブロショーロワ

四月八日

ワルワーラさん！

ええ、そうですとも、ワーレンカ、この不幸なわたしの身の上にもそんな厄日《やくび》が降りかかってきたのです！　ねえ、ワーレンカ、きみはこの老人のわたしをからかいましたね！　もっとも、悪いのはわたし自身で、なにもかもわたしが至らなかったせいですけれど。髪の毛も残りすくない年寄りのくせに、愛《アムール》だとかなんとか、まぎらわしいことをいわなければよかったのです……それに、ひとつだけ申しあげておきますが、人間というものは時にとても奇妙なものなんです、とっても奇妙なものなんですよ！　ねえ、わたしの神聖なワルワーラさん、人間というものはひとたび口を開くと、なにをいいだすかわからないものなんですよ！　その結果がどうなるか、そこからなにが起るかというと、まったくなんにも起らないで、むしろとんでもない馬鹿げた結果だけが生れるものなんです！　わたしはね、ワーレンカ、決して怒ってはおりません。

ただすべてのことを思いだすと、忌々《いまいま》しくてならないのです。きみにむかって、あんな馬鹿げたことを得々として書いたことがなんとしても忌々しいのです。きょうは役所へも意気揚々と出かけました。心の中が光り輝いているような気分でした。なんということもなく、胸のうちがお祭り気分でいっぱいになり、とっても愉快だったのです！　書類に取りかかったときも元気いっぱいでしたが——さあ、その結果はどうだったでしょう？　あとでじっくり辺りを眺めまわすと、なにもかも灰色で薄暗く、まったく元どおりなんです。相変らずのインクのしみ、相変らずの机と書類、それにこのわたしもまた、依然としてまったく元のままなんです。それじゃ、なんだって天馬《ペガサス》にまたがって大空を飛ぶような真似《まね》をしたんでしょう？　いや、それにしてもまたどうしてこんなことになったのでしょう？　おてんとうさまが顔をのぞかせて、大空が青々と澄みわたった、からでしょうか？　それに、窓の下の中庭ではいつもてんやわんやの騒ぎをしているんですから、春の薫《かおり》もなにもあったものじゃないんです！　つまり、あんなふうに想われたのはわたしの頭がポーッとしていたからにすぎないんです。実際、人間というやつは時に自分の気持をすっかり勘ちがいして、まったくでたらめをいうことがあるんですよ。それというのも馬鹿げた情熱がありあまってのことなんです。家に帰ったときには、歩いてきたというより、やっとこたどりついた、といった感じでした。なぜか頭が割れるように痛みだしました。いやはや、なにもかもものはずみで起ったにちがいありません（ひょっとすると、背中から風邪をひきこんだのかもしれません）。わたしは春の到来をよろこんで、ついうっかり薄い外套《がいとう》で出かけたのですから。でも、ワーレンカ、きみもわたしの気持を誤解していますね！あのわたしの告白をまったくあべこべにとってしまいましたね。ワルワーラさん、わたしは父親のような愛情、まったく純粋な父親らしい感情にそそのかされてあれを書いたのです。というのはきみが辛いみなしごの境遇にあるので、わたしはきみのために本当の父親がわりをつとめているからなんです。このことは心の底から、純粋な気持で、肉親らしく申しあげておきます。なにはともあれ、たとえわたしがずいぶん遠い親戚《しんせき》であり、諺《ことわざ》にいう他人のはじまりであっても、やっぱり親戚は親戚にちがいないのですから。いや、今では一番ちかい親戚であり、保護者なのです。なぜならきみは当然の権利としていたわりと保護を求めた人びとに裏切られ、屈辱をうけたからです。さて、詩についてですが、わたしのような年寄りが詩作のけいこをするなんてばつの悪いものです。詩なんてくだらないものですよ！……今じゃ学校で子どもたちが詩をつくると、鞭《むち》でたたかれていますからね……まあ、ワーレンカ、そんなところですよ。

　ワルワーラさん、きみはなんだってこのわたしに便利がどうの、落着きがどうのと、いろんなことを書いてこられたんです？　大体、わたしという人間は気むずかしくもわがままでもありませんから、今までだって決して今よりいい暮しをしたことはないんです。ですから、こんな年寄りになって好ききらいをいうはずがないじゃありませんか？　食べるものは食べ、着るものは着、はくものははいているのですから、いまさらどんな野心もありません！　まさか伯爵《はくしゃく》家の御曹子《おんぞうし》じゃありませんからね！　父親は貴族の出ではありませんでしたから、大家族を抱えながら、収入はわたしより少なかったのです。わたしは決して甘やかされて育ったのではありません。もっとも、本当のことをいえば、前の住居は今のと比べものにならぬくらい立派で、今よりずっと広々としていました。もちろん、今の住居も悪くありませんし、ある点ではかえって愉快ですし、なかなか変化に富んでいるといってもいいでしょう。ですからわたしはそれについてなにも不平はないのですが、やはり前の住居には心残りがしています。われわれ老人は、つまり、年配の人間というものは、古い品物に対して肉親のような愛着をもっているからです。その部屋というのはやはり小ぢんまりしたもので、壁は……いや、なんだってこんなことを話しだしたんでしょう？——その壁はありふれたもので、なにも変ったところはありませんでしたが、そうした過ぎさったことを想いだすと、なんとなく気が滅入ってくるのです……おかしなものですね――辛かったくせに、想い出になると、なんとなく楽しくなってしまうのですから。いやなことも、腹をたてたことさえも、想い出のなかでは、そのいやなところがなんとなく洗い清められて、魅惑的な姿となって浮んでくるのですから。ワーレンカ、わたしたち、というのはわたしともう故人になった下宿の老主婦のことですが、ひっそりと暮しておりました。今はこの老婆《ろうば》のことも悲しい気持で思いだしています！　とてもいい女《ひと》で、部屋代も安くしてくれました。いつも七十センチもある長い編棒でいろんなぼろ切れを編んで、毛布をつくっていました。ただそれだけが仕事だったのです。燈火《あかり》はふたりいっしょに使っていましたので、わたしたちは一つ机で仕事をしていました。孫娘のマーシャは――わたしは赤ん坊のときから知っているのですが――もう十三ぐらいの少女になっているでしょう。とにかく、たいへんないたずらっ子で、快活な娘《こ》でしたので、年じゅうわたしたちを笑わせていました。つまり、わたしたちはこの三人暮しだったんです。長い冬の夜などは、よく円《まる》テーブルをかこんでお茶をのみ、それから仕事にかかったものでした。老婆はこのマーシャが退屈しておいたをしないようにと、よくお伽話《とぎばなし》を話してきかせたものです。いや、そのお伽話のおもしろかったこと！　子供ばかりか、分別のある、かしこい大人たちさえ聴き惚《ほ》れるほどでしたよ。

ほんとですとも！　このわたしも、よくパイプをふかしながら、自分の仕事も忘れて、じっと聴き惚れたものです。で、いたずらっ子はとみれば、バラ色の頰《ほお》を小さな手にのせ、可愛《かわい》い口をポカンとあけて、じっと考えこんでいるじゃありませんか。そして、ちょっとでも怖い話になると、もうお婆《ばあ》さんにぎゅっとしがみついてしまうんです。わたしたちはそんなマーシャを見るのが楽しくて、蠟燭《ろうそく》が燃えつきるのも、外で吹雪があれ狂い、雪あらしが吠《ほ》えたてるのにも気づかないほどでした。ねえ、ワーレンカ、わたしたちは楽しく暮していたのです。こうして二十年ちかくもいっしょに暮していたのです。おやおや、わたしはなんだってこんな話を長々とやったのでしょう！　きっと、こんな話はきみにとっては興味がないでしょうし、わたしにしてもそれほど楽しい想い出でもないのです。とりわけ、今のような夕暮れどきには。テレーザはなにやらごそごそやっていますし、わたしは頭痛がして、背中までいくらか痛んでいます。それに、こうした物思いまでが変てこになって、まるで病気をしているみたいです。ワーレンカ、きょうわたしは憂鬱《ゆううつ》ですよ！　ときに、きみはなんということを書いてよこしたんです？　わたしがお宅へいけるわけがないじゃありませんか？　そんなことをしたら、世間の人はなんというでしょう？　だってそのためには中庭を横切っていかなければならないわけですが、うちの連中がみつけようものなら、根ほり葉ほりききだして、あらぬ噂《うわさ》をたて、かげ口をとばし、とんでもない意味をおしつけるにきまっています。いや、わたしの天使さん、そんなことより、あすの晩、教会のお祈りのときにお逢《あ》いしましょう。そのほうがずっと賢明ですし、わたしたち二人にとっても無難でしょう。ねえ、ワーレンカ、こんな手紙を書いたからといってわたしをとがめないでください。読みかえしてみましたが、まったくとりとめのないことばかり書きました。ワーレンカ、わたしは無学な老人です。若いころに勉強をしなかったので、いまさら勉強をはじめたところで、なにも頭にはいらないのです。正直いって、わたしはものを書くのが得意ではありません。なにか凝ったものを書こうとしても、つまらないものしか書けないことは、人さまからとやかくいわれたり笑われたりするまでもなく、自分でちゃんと承知しています。きょうきみが窓ぎわにいるのを見かけました。カーテンをおろしているところでした。では、ごきげんよう。お大事に！さようなら、ワーレンカ。

きみの心からの友
マカール・ジェーヴシキン

二伸　ワーレンカ、わたしはもう誰のことであろうと、諷刺《ふうし》めいたものを書いてはおりません。だってもう年ですから、わけもなく馬鹿笑いなどすることはできないのです！　それに、そんなことをすれば、このわたしが物笑いの種になるばかりです。ロシアの諺にも、人を呪《のろ》わば穴二つ……といいますからね。

四月九日

マカール・ジェーヴシキンさま！

まあ、あなたは恥ずかしくございませんの。だってあなたはあたくしのお友だちであり恩人にあたる方ですのに、そんなよくよなさったり、気まぐれをおこしたりして？　まさかお腹だちなのではないでしょうね！　実は、あたくしよく軽はずみなことをいたしますけれども、まさかあなたがあたくしの言葉を刺《とげ》のある冗談だとおとりになろうとは考えてもみませんでした。どうか、信じてくださいまし、あたくしは決してあなたのお年やお人柄《ひとがら》をからかおうなんて気はございませんから。こんなことになったのはあたくしの軽はずみのせいで、いいえ、それよりとても退屈だったからですわ。まったく退屈から人間はどんなことを思いつくかしれませんのね。それにあなたご自身こそあのお手紙で冗談をいっていらっしゃるのだとばかり考えていたのです。

あなたのごきげんを損ねたかと思うと、あたくしとても悲しくなりました。いいえ、あなたはあたくしの恩人で善良なお友だちなんですもの。このあたくしを情のうすい恩知らずなやつだなどとお疑いになったとしたら、それはまちがいでございます。あたくしはあなたがあの悪人どもの迫害と憎しみからあたくしを守ってくださったご恩のありがたさを、心の中でちゃんとわきまえております。あたくしは死ぬまであなたのために神さまにお祈りいたします。あたくしのお祈りが天にとどいて、神さまが耳を傾けてくださったら、あなたはきっとお幸せにおなりになれますわ。

きょうはとても気分が悪うございます。からだの中が寒くなったり、熱くなったりいたします。フェドーラが心配してくれております。マカールさん、あなたはあたくしどもへお寄りになるのを恥ずかしがっておられますけれど、そんなことはつまらないことですわ。よその方にはなんの関係もないじゃありませんか！　あなたはあたくしどものお知合いですもの、たったそれだけのことじゃありませんか！……では、ごきげんよう、マカールさん。今はもうこれ以上なにも書くことはありませんし、書くこともできません。とっても気分が悪いからです。重ねてお願いいたしますが、どうかあたくしのことを怒らないでくださいまし。そして、あたくしがいつもあなたを尊敬し、あなたに好意をもっていることを信じてくださいまし。

だれよりもあなたに従順で忠実な婢《はしため》
ワルワーラ・ドブロショーロワ

四月十二日
ワルワーラさん！

ねえ、いったい、どうなさったんです！　いつもいつもわたしをびっくりさせますね。わたしはいつだって手紙のたびに、からだに気をつけるように、薄着をしないように、天気の悪い日には外出しないように、いや、万事に気をつけるようにと、書いておきましたのに、どうやら、きみはわたしのいうことを聞かなかったようですね。まったく、きみというひとはなにか子供みたいなところがありますね！　きみはからだが弱いんですよ、藁稭《わらしべ》みたいにひ弱なんですよ、わたしにはちゃんとそれがわかっています。ちょっと風に当っても、すぐ病気になってしまうんですから。だから注意しなければいけないのです。自分で自分のからだのことを心配し、危ないことはさけるようにして、友だちを悲しませたり、心配させたりしないようにしてください。

きみはわたしの暮しぶりや環境をくわしく知りたいとおっしゃいましたね。さっそく、喜んでご報告しましょう。まずはじめから、順を追ってお話しします。第一に、この家の清潔な表玄関には階段がついていますが、それはまったく平凡なものです。しかし、表階段はきれいで、明るくて、広々としていて、鋳鉄とマホガニーで出来ています。そのかわり、裏階段のことはもう聞かないでください。それはじめじめした汚ない螺旋《らせん》階段で、段々もこわれていますし、その壁ときたらさわっただけで手にべっとり脂垢《あぶらあか》がつくほどなんですから。階段の踊り場には、トランク、椅子《いす》、こわれた戸棚《とだな》などがころがっており、方々にぼろ切れがぶらさがっていて、窓はこわれています。そのほか、ありとあらゆる不潔なものや、ごみや、卵の殻《から》や、魚のはらわたの入った桶《おけ》がおいてあって、いやな臭《にお》いを放っています……まあ、一言でいえば、とてもひどいものです。

部屋割りがどうなっているかについては、もう書きましたね。それはいうまでもなく、便利にできています。本当ですとも。でも、部屋のなかはなんとなく息苦しいのです。つまり、いやな臭いがするほどではないのですが、しいていえば、ものの饐《す》えたような、変に鼻をつく甘ずっぱい臭いがするからです。はじめはちょっといやな感じですが、そんなことは大したことではありません。ものの二分もすれば、ほかのこともそうですが、この臭いも消えてしまいますから。というのは、自分のからだにもこの変な臭いがしみこんで、服も手も何もかも臭くなってしまうので、結局、その臭いに慣れてしまうという寸法なのです。そんなわけで、この家では真鶸《まひわ》もじき死んでしまいます。海軍少尉《しょうい》は今までにもう五羽も買いましたが、どうやら、ここの空気では生きていくのが無理のようです。台所は大きく広々としていて、とても明るいのです。もっとも朝のうちは、魚や肉を焼いたり、辺り一面に水をこぼしたり、ぬらしたりするので、少々変な臭いがたちこめますが、そのかわり夜ともなればまさに天国です。また、この台所にはいつも古びた下着類が縄《なわ》にぶらさがっています。わたしの部屋は台所に近いので、いや、近いどころかほとんどそれにくっついているので、この下着類の悪臭が少々悩みの種になっています。しかし、今はもうなんともありません。住めば都というじゃありませんか。

ワーレンカ、この家では朝早くから騒々しいのです。人が起きる音、歩く音、ドアをたたく音――これは勤めや用事のある人たちがみんな起きだしてくるからなんです。やがて、みんなはお茶を飲みはじめます。ここのサモワールは大部分が女主人《おかみ》のもので、しかも数が少ないときているので、わたしたちは順番に使っています。順番を乱してお茶のポットを前へ突きだそうものなら、たちまち、頭から煮え湯を浴びせられます。いや、このわたしもはじめてのときそうやって……いやいや、なんだってこんなことを書きだしたんでしょう！　わたしはそのときみんなとその場で近づきになりました。まっさきに近づきになったのは海軍少尉です。この海軍少尉は実にざっくばらんな性格で、おやじさんのことも、おふくろさんのことも、トゥーラの陪審員に嫁いでいる妹さんのことも、クロンシュタットの町のことも、なにもかも洗いざらい話してくれました。そして、何事につけてもわたしの力になってくれると約束して、さっそくお茶に招待してくれました。訪ねていってみると、彼はいつもみんながトランプをやっている部屋にいました。すると私にもお茶がでて、ぜひいっしょに賭《か》けトランプをやろうというのです。連中はわたしをカモにしようとしたのかどうかはわかりませんが、ただこの連中は一晩じゅうトランプをやっていて、わたしが入っていったときもまだつづけていたのです。チョーク、トランプ札、それから眼《め》にしみるようなタバコの煙が、部屋いっぱいにたちこめていました。わたしは仲間に入りませんでした。すると連中はわたしのことを哲学居士《こじ》だとからかいました。それからはもう誰ひとりわたしに話しかけるものはおりませんでした。でも、正直いって、わたしにはそのほうが嬉《うれ》しかったのです。もうあの連中のところへはいきません。あれは博奕《ばくち》です、まぎれもない博奕です！　また、例の文書課の役人のところでも毎晩集まりがあります。そして、このほうはちゃんとしています。つつましく、無邪気で、デリケートで、万事につけて品があります。

さて、ワーレンカ、ついでにもうひとつお知らせしておきますが、わが家の女主人《おかみ》は実にいやな女で、おまけに本ものの鬼婆《おにばば》ときています。きみはテレーザに会いましたね。じゃ、あの娘《こ》は実際どんな様子でした？　毛をむしられたヒヨコみたいに痩《や》せほそっていたでしょう？　わが家には使用人といったら、テレーザとファリドーニの二人きりなんです。ファリドーニには、ひょっとすると、別に名前があるのかもしれませんが、こう呼べば返事をしますし、みんなもそう呼んでいます。髪は赤毛で、眼はやぶにらみ、鼻は獅子《しし》っ鼻《ぱな》の、どうやらフィンランド人らしい、がさつな男で、年がら年じゅうテレーザと口げんかばかりしていて、危うく取っくみあいになりそうです。まあ、一般的にいって、ここはわたしにとってそれほど居心地いいところではありません……夜にしてもみんなが一度に床に入って静かになってくれればいいのですが、そんなことは金輪際ありません。いつだって必ずどこかしらで起きていて、トランプをやっていますし、時には口にするのも恥ずかしいようなことすら起るのです。今ではわたしもどうにか慣れっこになりましたが、それにしてもこんなソドムのような悪徳の家に、よくも家族持ちが住んでいられるものだとあきれています。ある貧しい一家族が、女主人《おかみ》から一部屋かりて住んでいるのですが、そこは他の部屋とは並んでいないで、反対側の隅《すみ》っこにひとつだけ離れてあるのです。とてもおとなしい人たちでしてね！　その人たちの噂は、誰ひとり何ひとつ、きいたことがないんですから。この人たちは小さな部屋を、さらに中仕切りをこしらえて、住んでいるのです。一家の主人というのは、七年ほど前に何かの理由で職場を追われた、定職をもたない官吏です。苗字《みょうじ》はゴルシコーフといって、白髪頭《しらがあたま》の小柄な男ですが、見るのも気の毒なくらい、あぶらじみた、おんぼろの服を着ています。わたしなんかのよりずっとひどいんですよ。とにかく、みじめたらしい、哀れな男で（わたしたちは時どき廊下で顔をあわせるのですが）、膝《ひざ》はおろか、手も頭もブルブル震わせているのですが、それが病気のせいなのかどうかは、わかりません。たえずびくびくしながら、他人を誰彼なしに怖《おそ》れて、隅っこを歩いています。わたしも時にはずいぶん内気になることがありますが、この男ときたら、もっとひどいんですから。家族は――女房と子供が三人います。上は男の子で、これがまた父親そっくりの、ひ弱なタイプなんです。女房は昔はかなり美人だったらしく、今もその面影《おもかげ》が残っていますが、かわいそうに、ぼろをまとって歩いています。この女主人《おかみ》に借金があるという話も耳にしましたが、そのためか女主人《おかみ》もこの一家に対してはあまり親切にしている様子はありません。噂では当のゴルシコーフに何か不祥事件があって、そのために失職したということですが、それが民事事件なのか、刑事事件なのか、それとも予審までいったものか、その辺のところはまったく不明です。それにしても、その貧乏ときたら、もうとてもお話になりません！　いつも部屋のなかはしーんと静まりかえっていて、人が住んでいる気配もありません。いや、子供たちの声さえ聞えないのです。子供たちがふざけたり、騒いだりすることも絶えてないのですが、これはもう不吉な前兆といえるでしょう。ある晩、わたしはこの一家の戸口のそばを通りかかったことがあります。そのときはアパートのなかがいつになく妙に静かだったので、中からすすり泣きの声が聞え、それから囁《ささや》き声が洩《も》れ、やがてまたすすり泣きに変りました。たしかに人が泣いているらしいのですが、それがあまりに静かで、痛々しかったので、わたしは胸がはりさけそうになってしまいました。その晩はこの哀れな一家のことが頭を去らず、とうとうろくに眠ることもできませんでした。

では、ごきげんよう、わたしにとってかけがえのないワーレンカ！　わたしは自分にできるだけ一生懸命に書いたつもりです。きょうは一日じゅう、きみのことばかり考えています。ねえ、きみのことがとても心配で、胸が痛んでなりません。だって、きみにはあたたかい外套《がいとう》がないってことを、わたしはちゃんと知ってるんですから。なにしろ、このペテルブルグの春ときたら、風と雪まじりの雨で、死ぬほど辛《つら》い想《おも》いをさせられますからね、ワーレンカ。いやはや、ここは助けてくれと叫びだしたくなるほどの、結構なお天気ですからねえ！ どうか、ワーレンカ、この手紙の文章のあらを探さないでください。文体なんてものはないんですから。そんなものはこれっぽちもありゃしないんですから。もうすこしなんとか書けるといいんですがね！ なんとかきみを慰めてあげようと、頭に浮ぶままを書いているのです。そりゃわたしに学問があれば、話は別ですがね。わたしの受けた学問なんて、三文の値打ちもないものですから。

きみのいつも変らぬ忠実な友
マカール・ジェーヴシキン

四月二十五日

マカール・ジェーヴシキンさま！

きょう従妹《いとこ》のサーシャに会いました！ 怖ろしいことですわ！ かわいそうなあの子は今にも破滅しそうなんですもの！ これはよそで耳にしたことですが、アンナ・フョードロヴナは相変らずあたくしのことを、あれこれ穿鑿《せんさく》しているようです。どうやら、あの女《ひと》はいつになってもあたくしをつけねらうのをやめそうにもありませんわ。あの女《ひと》はあたくしを赦して過去のことはいっさい忘れたい、そのうちに必ずあたくしを訪ねていく、といってるそうです。あの女《ひと》はまた、あなたはあたくしの身内でもなんでもないし、一番ちかい身内は自分なのだから、あなたはあたくしたちの家庭問題に口をさしはさむ権利はないし、あたくしがあなたのお情けをうけて、あなたからの仕送りで暮しているのは恥ずかしい道ならぬことだなどともいっているそうです……それからまた、あたくしはあの女《ひと》の厚意を忘れてしまったとか、あたくしと母を飢え死にから救ってやったとか、二年半ものあいだあたくしたちを養って、かなりのお金を使ったうえに、借金まで帳消しにしてやったとか、いっているそうです。ところが、あの女《ひと》は母を赦《ゆる》そうとはしなかったんですからね！　あの人たちがあたくしにどんな仕打ちをしたか、かわいそうなお母さまがご存じだったら！　でも、神さまはご存じですわね！……アンナ・フョードロヴナにいわせると、あたくしは馬鹿《ばか》なので自分のしあわせを掴《つか》むことができなかったんですって。あの女《ひと》はあたくしをしあわせにしてやろうとしただけで、そのほかの点では何ひとつ悪いことはしていないし、あたくし自身が自分の名誉を守ることができなかった、いや、その気がなかったのだといっているんです。それじゃ、いったいだれが悪いんでしょう？　冗談にもほどがありますわ！　あの女《ひと》はこんなこともいっています。ブイコフさんの態度はまったく正しいし、女でさえあれば誰とでも結婚できるものではないなんて……まあ、なんだってこんなことを書いてしまったんでしょう！　ねえ、マカールさん、こんな嘘《うそ》をきくのはたまりませんわ！　あたくしはいま自分がどうなっているのか自分でもわからないのです。あたくしは身を震わせながら、涙をながして、泣きわめいています。このお手紙は二時間もかかって書いたのです。少なくともあの女《ひと》はあたくしに対して済まないことをしたといってくれるものとばかり考えていました。それなのに、いまなおこんな調子なんですもの！　でも後生ですから、そんなにご心配なさらないでください、あたくしのお友だち、たったひとりの味方であるマカールさん！　フェドーラのいうことはいつでも大げさなんです。あたくしは病気ではありません。きのう母の法事でヴォルコヴォ村へいったときに、ちょっと風邪をひいただけなんですから。あんなにお頼みしたのに、ごいっしょしてはくださいませんでしたね。ああ、かわいそうな、かわいそうな、お母さま、せめてあなたがお墓の中から生きかえって、あの人たちがあたくしにした仕打ちを知ってくださったら、ご覧になってくださったら、どんなに気持がやすまることでしょうに……

V・D

五月二十日

愛するワーレンカ！

ぶどうを少々お送りします。これは恢復《かいふく》期の病人にいいそうですし、医者も渇きをいやすのによいといっておりますから、ほんの渇きどめにお送りします。また先日バラの花が欲しいということでしたので、これもおとどけします。ところで、ワーレンカ、食欲はありますか？　これが一番かんじんなことですよ。でも、ありがたいことに、なにもかも無事にすみました。これでわたしたちの不幸もすっかりおしまいになりましたね。天に感謝しましょう！　さて、本のことですが、今のところはどこにも見当りません。人の話では、とてもいい本が一冊あるということです。それはすごく高尚《こうしょう》な文章で書かれていて、立派なものだそうですが、わたしもまだ目を通しておりません。ここでは皆がほめています。自分用に注文しておきましたが、近く届けてくれるそうです。でも、きみはほんとに読んでくださいますか？　だってこういうことにかけては、きみもなかなか気まぐれやさんですから、そちらの好みにあわせるのは骨がおれますよ。だってわたしはきみというひとをちゃんと理解していますからね。

ねえ、きみにはきっと、詩がお入り用なんでしょう、溜息《ためいき》とか愛の囁きとかいったものが。いや、けっこうですとも。そういう詩も手にいれましょう。たしかあそこには詩をコピーしたノートが一冊ありましたから。

わたしの暮しは万事うまくいっています。どうか、わたしのことについては心配しないでください。フェドーラがわたしのことであなたに告げ口したことは、みんなでたらめです。あれは嘘だといってやってください。あのおしゃべりやさんに、必ずそういってやってください！……新調した制服なんて決して売ってはおりません。それに第一、考えてもみてください。そんなものを売る理由がどこにあります？　わたしにはボーナスとして銀貨四十ルーブルが貰《もら》えるということですから、売る理由なんてさらさらありません。ワーレンカ、どうぞ心配しないでください。あのフェドーラという女《ひと》は、とても邪推ぶかいたちなんですよ。ねえ、ワーレンカ、わたしたちは立ち直っていきますよ！　ただ後生ですから、一日も早く全快してください。ぜひとも元気になって、この年寄りを悲しませないでください。わたしが痩せたなんて、いったい誰がいったのです？　そんなこと中傷ですよ、またしても中傷です！　わたしは元気で、われながらきまりが悪いほど肥《ふと》ってしまいました。いつも満腹して、のうのうと暮しています。とにかく、ただきみが元気になってくだされればいいのです！　では、ごきげんよう！　わたしの天使さん、きみの可愛《かわい》い指にキスをします。

きみの永久に変ることのない友
マカール・ジェーヴシキン

二伸　ねえ、可愛い人、きみはまたとんでもないことを書きだしましたね？　まったくのやんちゃですね！　いったい、わたしがきみのところへそうたびたびいかれるはずがないじゃありませんか？　え、そうでしょう？　闇夜《やみよ》にまぎれて忍んでいけというんですか？　それに第一、近ごろは夜らしい夜もないじゃありませんか。いまは白夜の季節なんですから。そりゃきみが病気で意識を失っていらしたあいだは、ほとんどずっときみのそばを離れないでおりましたよ。なぜあんなふうにしたかは、今じゃ自分でもわからないくらいです。でもそのあときみのところへいくのをやめたのは、まわりの連中が好奇の目であれこれ穿鑿《せんさく》するようになったからです。そうでなくてさえ、ここでは妙なかげ口が拡《ひろ》まっているんですからね。わたしはテレーザのことを頼りにしています。あれはおしゃべりではありません。いや、それにしても、よく考えてみてください。ひょっとして、みんながわたしたちのことを勘づいたら、どうなるでしょう？　そうなったら、あの連中が何をいいだすか、わかったものじゃありませんからね。ですから、どうかきみは心をしっかり保って、全快するまで待っていてください。そのときは、どこか家のそとでお逢《ランデブー》いしましょう。

六月一日

だれよりも親切なマカール・ジェーヴシキンさま！

あたくしはあなたのお骨折りとお心遣いにお報いするために、またあたくしに対する深い愛情へのお礼として、なにかあなたによろこんでいただけるような気持のいいことをしてさしあげたいと思い、とうとう退屈まぎれに戸棚の底からあたくしの手帳を一冊探しだすことにいたしました。今おとどけするのがその手帳です。これを書きはじめたのは、あたくしがまだ幸福な暮しをしていた時分のことです！　あなたはよくあたくしの昔の暮しや、母のことや、ポクロフスコエ村のことや、アンナ・フョードロヴナの家に身をよせていた時分のことや、また最近あたくしの身の上に起った不幸な出来事などについて、いろいろとおたずねになりましたね。そして、あたくしがなんということもなく、思いつくままに、折にふれて自分の生活について書きとめておいたこの手帳を、ぜひとも読ませてほしいとのことでしたから、この贈り物はきっとよろこんでいただけるものと思います。でも、あたくしは自分で読みかえしてみて、なんだか悲しくなってしまいました。この手帳の最後の一行を書きとめてから、あたくしは自分がもう二倍も年をとったような気がいたしております。これはいろいろな時期に書きとめたものです。では、ごきげんよう、マカールさん！　近ごろはひどく気が滅入《めい》って、しょっちゅう不眠に悩まされております。恢復期というのは退屈なものなんですのね！

V・D

1

パパが亡《な》くなったのは、あたくしがようやく十四歳になったばかりのときでした。少女時代はあたくしの一生で一番しあわせな時代でした。それはこの土地ではなくて、ここから遠くはなれた片田舎ではじまったのです。パパはT県のP公爵《こうしゃく》の大きな領地の管理人をしていました。あたくしたちは公爵家の持ち村のひとつで、ひっそりと、静かに、しあわせな暮しをしていました……あたくしはとてもおてんばで、野原や森や庭のなかを駆けずりまわっていました。だれもあたくしのことをかまってはくれませんでした。というのはパパはいつも仕事に追われていましたし、ママも家政に忙しく、あたくしに何ひとつ教えてはくれず、またあたくしのほうもそれをよいことにして、とびまわっていたからです。いつも朝はやくから家をとびだして、池や森や草刈り場やとりいれ場へ出かけていきました。また陽《ひ》にやけるのもかまわず、あてどもなく村から遠くへ駆けだしていき、やぶで手足をひっかいたり、着物をやぶいたりしましたが、そんなことは気にもとめませんでした。家へ帰ってから叱《しか》られても、あたくしは平気でした。

今あたくしは、あのまま一生村を出ないでじっと一つところに暮していたら、どんなにしあわせだったろうと考えています。ところが、あたくしはまだほんの子供の時分に、この生れ故郷を離れることになったのです。あたくしがやっと十二歳になったとき、一家はペテルブルグへ引越したからです。ああ、あのもの悲しい旅だちの日のことを想いだすと、今でも胸がしめつけられます！　あれほど自分にとって懐《なつ》かしいすべてのものに別れを告げたとき、あたくしは身も世もなく泣きくずれてしまいました。今でも憶《おぼ》えていますが、あたくしはパパの首にしがみついて、せめてもう少しだけこの村に残ってくれるようにと、涙ながらに頼んだものでした。パパはあたくしをどなりつけ、ママはおろおろ泣きながら、これもご用のためなのだから仕方がない、というのでした。P老公爵が亡くなって、あとを継いだ方がパパを首にしたのです。パパはペテルブルグにいる商人たちの手にいくらかのお金を融通していました。そのためここで財政をたてなおすためには、ぜひともペテルブルグへいかなければ、と考えたのです。こうした事情はみなあとになってママから聞いたものです。ペテルブルグへ着くと、あたくしたち一家はペテルブルグ区に家を構え、パパが亡くなるまでずっとそこに住みついていました。

新しい生活に慣れることは、あたくしにとってとても辛いことでした！　ペテルブルグへ着いたのは秋でした。村を出たのは明るく晴れわたった暖かい日和《ひより》で、そろそろ野良《のら》仕事が終りかけていた時分でした。打穀場には大きな堆積《におお》がうずたかく積まれていて、鳥の群れが騒々しく飛びまわっていました。なにもかも明るくて、楽しい気分でした。ところが、この町へ着いてみると、雨が降っていて、その腐ったようなみぞれまじりの雨はうっとうしく、じめじめしたいやな天気でした。そして、ぬかるみの往来には、無愛想な、いかにもむっとした、怒ったような顔つきをした見知らぬ人びとがひしめきあっていました！　でも、あたくしたちはどうにか落着くことができました。今でも憶えていますが、家じゅうの者があくせく方々へ走りまわって、ようやく新世帯《しんじょたい》をととのえたのです。パパはいつも留守がちでしたし、ママもとても忙しかったので、あたくしはまったく放任されたままでした。新しい住居《すまい》で最初の夜をすごして、翌朝めざめたときの、あのわびしい気分は忘れられません。わが家の窓はどこかの黄色い塀《へい》に面していました。通りはいつもぬかるんでいて、たまに通る人は、いかにも寒そうに、ぴったりと外套《がいとう》に身をくるんでいました。

家のなかは来る日も来る日も、朝から晩まで、ぞっとするほどわびしく退屈でした。親戚《しんせき》も、親しい知人もいませんでした。パパはアンナ・フョードロヴナと仲たがいをしていました（パパは彼女に借金していたのです）。用事のある人はかなりよく訪ねてきましたが、いつも口論したり、騒いだり、大声でどなったりするのでした。そんな来客があると、パパはひどく不機嫌《ふきげん》になり、怒りっぽくなるのでした。苦虫を嚙《か》みつぶしたような顔をして、誰とも口をきかず、何時間もただ部屋のなかを隅から隅へ歩きまわっているのでした。そんなときママはパパに話しかける勇気もなく、ただじっと黙っていました。あたくしときたら、どこか部屋の隅っこにひっこんで本をひろげ、じっと身動きもしないで、おとなしくしていました。

ペテルブルグへ着いてから三月たつと、あたくしは寄宿学校へいれられました。はじめのうち他人のなかで暮すのはとても淋《さび》しい想《おも》いでした。周囲はなにもかもそっけなく無愛想でした。女の先生たちは怒りっぽく、女生徒たちも口が悪く、おまけにこのあたくしときたらまったくの野育ちだったのですから。その厳格で、きびしかったことといったら！　何から何まで時間割りで決っていて、食事をするのもみんないっしょでしたし、先生方ときたら退屈な人ばかりで、はじめのうちあたくしはこうした生活にまったく苦しめ悩まされました。いいえ、それどころか、そこではろくすっぽ寝ることもできない有様でした。よくあたくしは寂しい冬の夜長を、一晩じゅう泣きあかすことがありました。夜になると、みんなは復習や予習をはじめるのですが、あたくしは会話の本や単語帳をひろげたまま、じっと身じろぎもしないで、家のことや、パパやママのことや、年とったばあやのことや、ばあやの聞かせてくれたお伽話《とぎばなし》のことなどを、頭の中で考えているのでした……と、急に胸がしめつけられるほどもの悲しくなってしまうのです！　家《うち》のことなら、どんなくだらないことでも、懐かしく想いだされるのでした。今ごろ家にいたら、どんなにか楽しいことだろう、あの小さな部屋のサモワールのそばに、家の人たちといっしょにいられたら、きっと暖かくて、気持がよくて、楽しいにちがいない、と思ってみるのでした。そして、今度こそママをきつくきつく燃えるような愛情で抱きしめたい、などと考えていると、やるせなさにひとりでに泣けてきて、胸のなかへ涙をおし殺さなければならないのですが、もうそうなるととても単語どころではなくなってしまうのです。結局、明日の予習もできず、そのために一晩じゅう校長先生や女の先生や友だちの姿が夢にあらわれ、夢うつつのなかでいろんな宿題をやるのですが、一晩たってみると、まったく何も憶えていない始末なのです。その罰として教室の隅っこに膝《ひざ》をついて坐《すわ》らされ、食事も一皿しか貰えないのです。こうして、あたくしは笑いを忘れたさびしい娘になってしまいました。はじめのうち女生徒たちはあたくしのことを笑ったり、からかったり、あたくしが質問に答えていると横から口をはさんでまごつかせたり、みんなでいっしょに並んで昼食やお茶にいくときにはつねったり、なんでもないことを舎監の先生に告げ口したりするのでした。でも、そのかわり、土曜日の夕方、家のばあやがあたくしを迎えにやってきてくれると、あたくしはもう天にも昇るような心地でした。あまりの嬉《うれ》しさに、ばあやをかたく抱きしめたものです。ばあやはあたくしに着替えをさせ、外套にくるんでくれるのですが、帰り途《みち》はあたくしのあとを追いつきかねるのでした。ところが、あたくしときたら、道々、ずっとべちゃくちゃとしゃべりつづけるのでした。そして家に着くころにはすっかり快活な元気な娘になって、まるで十年間も別れていたように、家の人たちをかたく抱きしめるのでした。やがて、いろいろな話やおしゃべりがはじまると、あたくしはみんなと挨拶《あいさつ》を交わしながら、にこにこほほえんだり、大声で笑ったり、とんだりはねたりするのです。パパとはまじめな話をしましたが、それは学課のことや、先生方の噂《うわさ》や、フランス語のことや、ロモンドの文法などについてでした。あたくしたちはみなとても機嫌がよく、すべてに満足していました。今でもあの時分のことを想いだすのは楽しみです。あたくしは一生懸命に勉強して、パパの気にいるように努力しました。パパがあたくしのためにすべてをなげうって、とても苦労していることを知っていたからです。ところがパパは日一日と顔色が暗くなり、不機嫌に、怒りっぽくなっていきました。パパの性格までがすっかりだめになってしまいました。なにしろ事業がうまくいかず、山のような借金ができてしまったのですから。ママはパパを怒らせまいと、泣くのもためらい、びくびくしながら口をきいていましたが、まるで病人のようになって、日ましに痩《や》せおとろえ、いやな咳《せき》までするようになりました。よく寄宿舎から家へ帰ると、みんなが沈んだ顔つきをしていることがありました。ママはそっとかげで泣いていて、パパがプンプン腹をたてているのでした。やがて小言やお説教がはじまり、パパはあたくしにむかって、お前はわしにすこしのよろこびも与えてくれない、家ではお前のために最後の財産まで使い果しているのにお前ときたらまだフランス語ひとつしゃべれないではないか、といいだす始末です。つまり、すべての失敗、すべての不幸の原因があたくしとママにあることになってしまうのでした。それにしても、あの不幸なママを苦しめることはしとてもできませんでした。ママを眺《なが》めていると、あたくしは胸の張りさける想いでした。頬《ほお》はこけ、眼《め》はくぼみ、顔にははっきりと結核患者の色があらわれていたからです。あたくしはいつも誰よりも損な立場にいました。いつもとてもくだらないことからはじまって、とんでもない結果になるのでした。いったい、なんのために怒られているのか、自分にもわからないことがよくありました。なにしろ、ありとあらゆることをいわれたものですから！……フランス語のことも、あたくしが大ばかものだということも、寄宿学校を経営しているのは不親切で気のきかない婦人で、あたくしたち生徒の品行に気を配っていないということも、今もなおパパは職をみつけることができないでいるということも、ロモンドの文法はなっていない、ザポリスキーのほうがずっとましだということも、あたくしのためにたくさんのお金をむだにしてしまったということも、あたくしは情のうすい石のような女だということも聞かされました。つまり、一口にいえば、あたくしはあわれにも一生懸命フランス語の会話や単語を勉強していたのに、一切合財なにもかもあたくしのせいにされて、すべての責任を負わされてしまったのです！　そうかといって、パパはあたくしを愛していなかったわけではありません。いいえ、それどころか、パパはあたくしとママとをそれは熱愛してくれていたのです。ところが現実はこのとおりで、これはきっとそういう性格だったのでしょう。

かわいそうなパパは、いろいろな気苦労と煩悶《はんもん》と失敗のために極度の苦しみを味わい、疑いぶかく短気になっていきました。よく絶望にちかい状態におちいって、自分のからだをおろそかにするようになりましたが、あるとき風邪をひいたのがもとで、急に病の床につき、あまり長くも苦しまないで、ぽっくり亡くなってしまいました。それがあまりに不意打ちだったので、あたくしたちは四、五日のあいだ呆然《ぼうぜん》として正気にかえることができないくらいでした。ママはまったく放心状態になってしまい、あたくしはママがそのまま気が変になりはしないかと心配しました。パパが亡くなったとたん、債権者たちが一時にどっと、まるで地から湧《わ》いたみたいに押しかけてきました。あたくしたちは家にあるかぎりのものを渡してしまいました。あたくしたちのペテルブルグ区の小さな家は、こちらへ引越してきて半年ばかりしてパパが買ったものですが、それすらも売払ってしまいました。ほかのものはどんなふうに処分したのか知りませんが、とにかくあたくしたちは住む家もなければ、食べるものもないといったありさまでした。ママはひどい病気に苦しんでいて、あたくしたちは自分を養うこともできず、さりとて生活の目処《めど》もたたず、ただただ身の破滅を待つばかりでした。あたくしはそのときようやく十四歳になったばかりでした。ちょうどそのときあたくしたちを訪ねてきたのがアンナ・フョードロヴナだったのです。自分は地主であなた方の親戚にあたるのだと口癖のようにいっていました。ママもあの女《ひと》は親戚にはちがいないが、とても遠い親戚だといっていましたが、パパの生前には一度も訪ねてきませんでした。彼女は目に涙を浮べながら、ほんとうにお気の毒なことだ、お父さまを失ってさぞ大変でしょうと同情してから、でもいちばん悪かったのはお父さまですよ、というのでした。彼女の話によると、パパは分不相応の暮しをして、あまりに手をひろげすぎ、自分の力を頼みすぎたのだということでした。それから彼女はあたくしたちともっと親しくつきあいたいといい、これまでのいざこざはきれいに忘れましょうと申し出たのです。ママが自分のほうとしては一度だってあなたを悪く思ったことはないというと、アンナ・フョードロヴナは涙ぐんでよろこび、ママを教会へ連れていって、愛する人（彼女はパパのことをそう呼んでいました）のために追善供養《パニヒダ》をしてくれました。そのあと彼女は勿体《もったい》ぶってママと仲直りをしたのです。

それからくどいほど長々と前置きをしてから、アンナ・フョードロヴナはあたくしたちの悲惨な状態や天涯《てんがい》孤独の身の哀れさをあざやかに説明したうえ、彼女自身の言葉をかりていえば、自分のところへ身を寄せるようにときりだしたのです。ママはお礼をいったものの、なかなかその決心はつきませんでした。しかし、ほかにどうというあてもなく、目処もたっていなかったので、とうとうアンナ・フョードロヴナの申し出をありがたくお受けするといってしまったのです。あたくしたちがペテルブルグ区の家からワシーリエフ島へ引越した朝のことは、まるできょうのことのようにはっきり憶えています。それはからりと晴れた寒い秋の朝でした。ママは泣いていました。あたくしもひどくもの悲しく、胸ははりさけそうで、心はなんともいいようのない怖《おそ》ろしい憂愁にかられていました……ほんとに辛《つら》い時代でした……

……………………………………………

2

最初あたくしたち、つまり、あたくしとママが新しい住居に慣れないあいだは、ふたりともアンナ・フョードロヴナの家にいるのが妙に気づまりで薄気味わるい感じでした。アンナ・フョードロヴナは六番街の一戸建ての家に住んでいました。その家には小ざっぱりした部屋が五つありました。そのなかの三部屋に、アンナ・フョードロヴナはあたくしの従妹《いとこ》にあたるサーシャと暮していました。サーシャは両親のないみなし児《ご》で、アンナ・フョードロヴナの世話になっていたのです。次の部屋にあたくしたちが住み、のこりの部屋には下宿人である貧乏学生のポクロフスキーが暮していました。アンナ・フョードロヴナは相当な暮しをしていて、思っていたより裕福のようでした。しかし、その財産については、彼女のしていることと同様、はっきりしませんでした。年じゅう忙しそうにしていて、なにか心配事があるらしく、日に何回となく外出するのでした。しかし、それがなんのためで、なにを心配し、なんのために忙しいのか、あたくしにはとんと見当もつきませんでした。交際は広く、その相手もさまざまでした。しょっちゅう来客がありましたが、いずれも得体の知れない人たちばかりで、いつも用事ありげに、ちょっとだけ立ち寄るのでした。ママはベルがなると、必ずあたくしを自分の部屋へ連れもどすのでした。するとアンナ・フョードロヴナはひどくママに腹をたて、お前さんたちはあまり気位がたかすぎる、そんなのは身のほどをわきまえぬ高慢さというものだ、いったいなにを自慢にするたねがあるのだ、とひっきりなしに、何時間もまくしたてるのでした。あたくしは当時なぜ高慢すぎると責められるのか理解できませんでした。それと同様、なぜママがアンナ・フョードロヴナのところへ身を寄せることをしぶったかを今になってようやく理解しました。ええ、少なくとも推察することはできるのです。アンナ・フョードロヴナは腹黒い女で、年がら年じゅうあたくしたちをいじめました。今もなおなぜあたくしたちを自分の家に引きとったのか、あたくしにとっては一つの謎《なぞ》となっています。もっとも最初のころはかなり優しかったのですが、間もなくこちらがまったくの頼りない身の上で、どこへもゆくあてがないとわかると、すっかり本性をあらわしてしまいました。あとになっては、あたくしに対してはひどく優しくなり、へつらいにちかいいやらしいほどの愛想のよさを示しましたが、はじめのうちはあたくしもママといっしょにそれはひどい目にあわされたものです。とにかく、ひっきりなしにあたくしたちを責めては、恩をきせようとしました。他人にむかっては、あたくしたちのことを寄る辺のない後家と孤児の貧乏な親戚ですと紹介しながら、自分はキリスト教徒の博愛の精神によってわが家へ引きとったのだと吹聴《ふいちょう》するありさまでした。食事時には、あたくしたちが皿に手をつけるたびに目を光らせているくせに、食べなければ食べないで、また文句をいうのでした。お前さんたちはそんな好き嫌《きら》いをいうものではない、これで分相応というところなのだから、それにお前さんたちだって昔もこれよりいい暮しをしていたわけじゃあるまいし、といった調子なのです。しょっちゅうパパの悪口をいい、あの人は他人より偉くなろうとしたが、かえって逆になってしまった、女房子供を路頭に迷わせてしまったんだから、これで自分のような義俠心《ぎきょうしん》に富んだ優しい親戚がいなかったら、母娘《おやこ》ともども往来で飢え死にしていたかもしれないのに、などと嫌味《いやみ》をいうのでした。とにかく、いいたい放題のことをいうのでした。そうした話を聞いていると、辛いというよりも、むしろ胸くそが悪くなるのでした。ママはいつも泣いてばかりいました。からだのほうも日一日と悪くなって、目に見えて衰弱していきました。そんな暮しをしながらもあたくしはママとふたりして働き、注文をとってきては、せっせと朝から晩まで針仕事をしていました。それがまたアンナ・フョードロヴナの癇《かん》にさわり、うちは洋装店じゃないんだからね、とよくいっていました。しかし、あたくしたちにしても着るものも必要でしたし、万一の場合にそなえて少しでも貯金しておかなければならなかったので、なんとしても自分のお金をつくらなければならなかったのです。いつかはよそへ引越すこともできるだろうと考えて、貯金していたのです。ところが、ママは針仕事に最後の力を使いはたしながら、日一日と弱っていきました。病気はまるで虫のようにママの生命をむしばんでいき、その死期を早めたのです。あたくしはこうしたことすべてをこの眼で見、この胸で感じ、この身に味わったのです。なにもかもこのあたくしの目の前で起ったのでした。

日一日と過ぎていき、来る日も来る日も、まったく変りばえのしない毎日でした。あたくしたちはひっそりと暮していましたので、まるで都会に住んでいるような気がしませんでした。アンナ・フョードロヴナは自分が完全に主権を握ったと確信するようになってから、だんだんにおとなしくなっていきました。もっともはじめから誰ひとりとして彼女の言葉に逆らおうとはしませんでした。あたくしたちの部屋とアンナ・フョードロヴナの部屋との間には廊下がひとつ通じていましたが、あたくしたちの部屋のとなりには、前にも申したように、ポクロフスキーが住んでいました。彼はサーシャに、フランス語、ドイツ語、歴史、地理――つまり、アンナ・フョードロヴナにいわせれば、あらゆる学問を教えていて、そのかわり、食事つきの部屋を貰《もら》っていたのです。サーシャはおてんばのいたずらっ子でしたが、とてもものわかりがよく、当時十三歳でした。アンナ・フョードロヴナはママにむかって、ヴェーラも寄宿学校を中退したのだから、サーシャといっしょに勉強させたらどうかといいだしました。ママはよろこんで同意しました。こうしてあたくしはサーシャといっしょに丸一年間というものポクロフスキーのもとで勉強したのです。

ポクロフスキーは貧しい、それもとっても貧しい青年でした。病弱のためにずっとつづけて大学へ通うことができなかったほどで、彼を大学生と呼んでいたのは、あたくしたちが昔ながらの習慣に従ったまでのことです。彼はあたくしたちの部屋にいては物音ひとつしないくらい、つつましく、おとなしく、ひっそりと暮していました。外見はとても変っていました。その歩き方も、お辞儀もとてもぎこちなく、話し方も風変りでしたので、あたくしははじめのうち彼を見ると笑わずにはいられなかったたくらいです。サーシャはいつでも彼をからかっていました。とりわけ授業中がひどいのです。ところが彼はすぐかっとなる質《たち》でしたので、いつもプンプン怒って、ちょっとしたことにも腹をたてて、あたくしたちをどなりつけたり、ママたちにいいつけたりして、授業の途中で自分の部屋へ引っこんでしまうことがたびたびありました。自分の部屋では一日じゅう読書していました。たくさんの本を持っていましたが、そのいずれも高価な本ばかりでした。ほかにもまだ二、三軒家庭教師をやっていて、いくらか月謝を貰っていたので、お金が入ると、さっそく本を買いにいくのでした。

間もなくあたくしは彼という人間をもっと親しく知るようになりました。今まで出会った人のなかで誰よりも彼は善良ですぐれた人物でした、ママもこの人を心の底から尊敬していました。その後、彼はあたくしにとって無二の親友――もちろん、ママの次にですが――となりました。

はじめのころは、あたくしも一人前の娘のくせに、サーシャといっしょになって、いたずらをしたものです。あたくしたちふたりは、どうやったらポクロフスキーをからかって怒らせることができるかと、何時間も首をひねって考えたものです。この人が怒ると、とても滑稽《こっけい》だったので、あたくしたちにはそれがまたおもしろくてたまらないのでした（今それを思いだしても、あたくしは恥ずかしくなります）。ある日、あたくしたちは何かであの人が涙ぐむほど怒らせたことがありました。そのとき、あの人が「意地の悪い子供だな」とつぶやいたのが、はっきり耳にきこえました。あたくしははっとなって、どぎまぎしてしまいました。恥ずかしいやら、悲しいやら、彼が気の毒でなりませんでした。今でもよく憶《おぼ》えていますが、あたくしは耳のつけ根まで真っ赤になって、涙ぐみながら、どうか気をしずめてください、あたくしたちの悪ふざけを許してください、と一生懸命たのんだのですが、あの人はパタンと本を閉じると、授業の途中なのに、さっさと自分の部屋へ帰っていってしまいました。その日あたくしはずっと後悔の念に苦しめられました。あたくしたちみたいな子供が、残酷にもあの人を泣かんばかりに怒らせたのかと思うと、とってもたまらない気持でした。だって、あたくしたちはあの人が泣くのを待っていたのだ、それを望んでいたのだ、そして、あの人はとうとう我慢できなかったのだ！　そうだ、あたくしたちはあの不幸な貧しい人に、自分のみじめな運命をむりやりに思いださせたのだ！　そう思うと、あたくしは忌々《いまいま》しくわびしくなって、後悔のあまり、もう一晩じゅうまんじりともできませんでした。後悔すれば気が楽になるといわれていますが、それは反対です。この悲しみにどうして自尊心までがまじりこんだのか、自分でもわかりません。あたくしはあの人から子供扱いされたくなかったのです。そのときはもう十五歳になっていたのですから。

その日以来、どんなふうにしたらポクロフスキーはあたくしに対する意見を一変してくれるだろうかと、さまざまな計画をたてながら、あれこれ考えるようになりました。ところがあたくしはどちらかというと臆病《おくびょう》で内気なほうだったのです。いざとなると、どうしても決心がつかず、ただ空想するばかりでした（それにしても、それはどんな空想だったことでしょう！）。ただもうサーシャと悪ふざけをすることだけはやめました。あの人のほうも怒らなくなりましたが、しかしあたくしの自尊心はそれでは満足できませんでした。

さてここで、あたくしは今まで会ったことのある人たちのなかで、いちばん不思議な、いちばん風変りな、いちばん哀れな人物について少しお話ししておきましょう。いま急にこの人物のことをこの手帳のなかでお話しするわけは、そのときまであたくしはこの人物についてほとんどなんの関心も払っていなかったからです。ということは、ポクロフスキーに関連したすべてのことが、急にあたくしの関心を惹《ひ》くようになったということなのです！

あたくしたちの家へ時おり訪ねてくるひとりの老人がおりました。着ているものはしみだらけのひどいもので、白髪頭《しらがあたま》の、見るからに不格好でぎこちない、小柄《こがら》な老人でした。まあ、一口にいって、なんとも一風変った老人でした。一見したところ、この老人はなにやら恥じているような、何か自分できまり悪がっているような感じでした。そのために老人はいつも身をちぢめ、からだをくねらせ、変にもじもじしていたので、この人は少し変なのではないかしら、と相手に思わせるほどでした。あたくしたちの家へやってきても、玄関のガラス扉《ど》のところに立ちつくして、家の中へ入りかねていることがよくありました。そんなとき、あたくしなり、サーシャなり、老人に好意をもっている召使いなり、とにかく誰かしらがそばを通りかかると、あわてて手を振って自分のほうへ招きよせ、いろんな手真似《てまね》をやってみせるのです。こちらが相手にこっくりとうなずいてみせると（これは家にはだれも遠慮するものはいないから、どうぞ勝手に入ってください、という意味なのですが）、老人はようやくそろそろと扉《とびら》をあけ、さも嬉《うれ》しそうににこにこしながら、満足そうにもみ手までして、足音を忍んで、まっすぐポクロフスキーの部屋へ通っていくのでした。これがあの人の父親だったのです。

その後、あたくしはこの哀れな老人の身の上話をのこらず聞きました。昔はどこか役所に勤めていたのですが、まったくの能なしときているので、勤め先でもいちばん低い地位におかれ、いちばんつまらない仕事をやっていたのです。最初の妻（大学生ポクロフスキーの母）が亡《な》くなってから、再婚する気をおこして、ある町人出の娘と結婚しました。ところが新しい奥さんがくると、家の中はなにもかもすっかりひっくりかえってしまい、誰もが生きている心地もないくらい、新しい奥さんに牛耳られてしまったのです。大学生のポクロフスキーは当時まだ十歳くらいの子供で、継母《ままはは》から憎まれていましたが、少年ポクロフスキーは運命の女神によってたすけられたのです。父ポクロフスキーの知人で、かつてはその恩人でもあった地主のブイコフが、少年を引きとって、保護者となり、ある学校へいれてくれたからです。ブイコフが少年ポクロフスキーに興味をもったのは、亡くなった母親を知っていたからなのです。母親は娘時代にアンナ・フョードロヴナの世話になり、その口ききで小役人のポクロフスキーへ嫁いだのでした。このブイコフ氏はアンナ・フョードロヴナと親しい仲の友人だったので、鷹揚《おうよう》なところをみせて、花嫁に五千ルーブルの持参金を持たせてやったのです。この大金がどこへ消えてしまったのか知りません。これはアンナ・フョードロヴナから聞かされた話で、当の大学生ポクロフスキーは決して自分の家庭の秘密は口にしませんでした。人の話では彼の母親というひとはとても美人だったそうで、なぜそんな美人があんなつまらない男と結婚したのか、あたくしには不思議でなりません……彼女は結婚して四年ばかりで、まだ若い盛りに亡くなってしまったのです。

ポクロフスキー少年は小学校から中学へ、さらに大学へ進みました。ブイコフ氏はよくペテルブルグへやってきたので、そこでもずっと彼の面倒をみていました。ところがポクロフスキーはからだをこわして、大学での勉強をつづけることができなくなりました。ブイコフ氏は彼をわざわざアンナ・フョードロヴナに紹介したのです。こうしてポクロフスキーはサーシャに必要ないっさいの学問を教えるという条件で、アンナ・フョードロヴナの家へ居候《いそうろう》として住みこむことになったのでした。

いっぽうポクロフスキー老人は妻の残酷な仕打ちに悩まされて、なにより質《たち》のよくない道楽にふけり、ほとんど年がら年じゅう酒びたりの暮しをしていました。奥さんは老人をなぐりつけ、台所へ押しこめてしまいました。やがて老人はこうした妻の乱暴にも虐待《ぎゃくたい》にも慣れてしまい、ぐちをこぼさなくなりました。まだそれほどの年でもなかったのですが、深酒のために、頭のほうもぼけてしまったのです。老人に残された人間らしい唯一《ゆいいつ》の高潔な感情といったら、息子に対する限りない愛情でした。人の話では青年ポクロフスキーは亡くなった母親に瓜《うり》ふたつだということです。この身を滅ぼした老人が、息子に対して限りない愛情を抱いていたのは、優しかった先妻の思い出のためではないでしょうか。老人は息子のことだけを話題にして、週に二回きまったように訪ねてきました。それ以上ひんぱんに訪ねてくる元気はなかったのです。

というのは息子のほうは父の訪問をひどくいやがっていたからです。この青年のもつあらゆる欠点のなかでいちばん重大なものは、もちろん、この父親に対する軽蔑《けいべつ》でした。もっとも老人にしても、時にはこの世でこれほどいやなものはないといったふうに、感じられることもありました。第一に、老人はひどく好奇心がつよく、第二に、このうえもなくくだらないとりとめのない話や質問でしょっちゅう息子の勉強を邪魔しましたし、最後に、時どき酒くさい息をしてやってきたからです。息子は少しずつ老人を教育して、いろんな悪癖をやめさせ、つまらぬ好奇心やきりのないおしゃべりを封じさせて、とうとう相手に自分の言葉を神のお告げのように傾聴させ、その許しがないかぎり一言も口をきかないまでに仕込んでしまいました。

哀れな老人は息子のペーチェンカ（老人は息子をそう呼んでいました）を感嘆して眺《なが》めながら、嬉しくてたまらないのでした。息子のところへ訪ねてくるときは、いつも心配そうな顔つきをして、おどおどしているのでした。きっと、息子がどんなふうに迎えてくれるか、見当がつかなかったからでしょう。いつもすぐ部屋へ入る決心がつきかねて、長いこと立っていました。そんなときあたくしが通りかかると、老人は二十分ぐらいもひきとめて、ペーチェンカはどんな様子です、元気にやってますか、いったい機嫌《きげん》はどうでしょう、なにか大切な仕事でもしているんじゃありませんか、いったいどんなことをやってるんでしょう、書きものでもしているんですか、それとも考えごとに耽《ふけ》っているんでしょうか、などと根ほり葉ほりたずねるのでした。あたくしが相手を元気づけて安心させると、老人はようやく中へ入っていく覚悟をきめ、おずおずと用心ぶかくドアをあけ、まず頭だけをいれてみるのです。息子が怒っていないでうなずいてみせると、そっと部屋へ通り、外套《がいとう》を脱ぎ、帽子をとるのですが、この帽子ときたら、年がら年じゅうくちゃくちゃになっていて、穴もあいていれば、つばも取れかかっている代物《しろもの》でした。そして、これらのものをそっと音のしないように始末をつけるのです。それから近くの椅子《いす》にそっと腰をおろし、片時も息子から目をはなさずに、ペーチェンカの機嫌はどうかと、じっと相手の動作を観察するのでした。もし息子がちょっとでも機嫌が悪く、老人がそれに気づくと、老人ははじかれたように立ちあがって「ペーチェンカ、わしはちょっと寄ってみただけさ。遠出をしてきて、そばを通りかかったのでね。なに、一息いれようと思ったまでさ」と弁解するのでした。それから無言のまま、おとなしく外套と帽子をとって、またそろそろとドアをあけ、胸にこみあげてくる悲しみを息子にさとられまいとして、わざと笑顔をつくりながら、立ち去っていくのでした。

しかし、息子が機嫌よく迎えいれようものなら、老人はそれこそ嬉しさのあまり、天にも昇るような風情《ふぜい》でした。その満足げな様子は顔にはもちろん、その身ぶりにも、全体の動作にも、あらわれるのでした。さらに息子がなにか話しかけようものなら、老人はいつも椅子からすこし腰を浮かせて、まるでうやうやしく、卑屈なくらいていねいな調子でそっと返事をしながら、いつも取っておきの表現、つまり、最も滑稽きわまる表現を使おうと努めるのでした。しかし、老人には雄弁の才はありませんでした。で、いつもしどろもどろになって、おじけづき、手の置き場はもちろん、身の置き場もなくなってしまい、今いったことを訂正するつもりなのか、いつまでも独りでブツブツつぶやいているのでした。ところが、返事がうまくできたときには、老人も気取ったポーズをとり、チョッキやネクタイや上衣《うわぎ》などを直して、威厳を見せるのでした。ときによると、すっかり調子づいて、大胆にもそっと椅子から立ちあがり、本《ほん》棚《だな》に近づいて、中から一冊ぬきだして、それがどんな本だろうとおかまいなしに、その場でちょっとページをめくることさえありました。しかも、老人はそんなふうに振舞いながら、自分はいつだって息子の本ぐらい勝手にいじれるのだぞ、息子が優しいのは別に珍しいことじゃない、といわんばかりに、わざと素っ気ない冷淡な態度をとってみせるのでした。ところがある日、老人が息子から本には手をふれないでくださいといわれて、びっくりしているところを、あたくしは偶然この目で見たことがあります。哀れな老人はすっかりどぎまぎして、手にしていた本をさかさに突っこむ始末でした。それから、それを直そうとして、今度は背表紙をむこう側へ突っこんでしまい、老人は赤面したまま、にやにや笑いながら、どうやってこの罪をつぐなったものか自分でも見当がつかない様子でした。息子はたえず父親に意見をしては、少しずつ老人の悪癖をなおしていきました。そして父が三度ほどつづけて素面《しらふ》で訪ねてくると、別れぎわに二十五コペイカか五十コペイカ、ときにはもっとたくさんのお金を手渡すのでした。靴《くつ》やネクタイやチョッキを買ってやることもありました。そのかわり、老人もそうした新調の服を着たときには、まるでおんどりのように、意気揚々としていました。老人はときにはあたくしたちの部屋へも立ち寄ることがありました。あたくしとサーシャににわとりの形をした蜜入菓子《ブリャーニチヌイ》やりんごを持ってきてくれて、あたくしたちを話相手にペーチェンカのことばかりしゃべっていくのでした。どうかよく勉強して、あれのいうことをよく聞いてくださいよとあたくしたちに頼み、ペーチェンカは立派な息子だ、人の手本になるような息子だ、いや、おまけに学問まである息子だ、というのでした。そんな話をしながら、老人は左の目でおかしなウインクをし、わざととてもおかしな顔つきをしてみせたので、あたくしたちはこらえきれず、大声をあげて笑ったものでした。ママはこの老人にとても優しくしていました。しかし老人はアンナ・フョードロヴナのことは憎んでいました。そのくせ彼女の前に出ると、もう手も足もでないで、じっとおとなしくしていました。

間もなくあたくしはポクロフスキーの授業を受けることをやめてしまいました。彼は相変らずあたくしを子供扱いにして、サーシャと同じおてんば娘とみなしていました。あたくしは以前の行いをなおそうと精いっぱいの努力をしていましたので、そうした彼の態度がとてもたまらなかったのです。しかし、あたくしのこうした努力は認められませんでした。そのためあたくしは次第にいらいらしてきました。あたくしは授業以外のときに、ほとんど一度もポクロフスキーと話をしたことはありませんでしたし、また話そうにもそれはできない相談でした。というのはあたくしはすぐ赤面して、しどろもどろになり、どこか隅《すみ》っこへいって、くやし涙にくれてしまうからでした。

それがどんな結末になるか自分でもわからぬまま、ある妙な偶然から、あたくしたちは近づきになりました。ある晩、ママがアンナ・フョードロヴナの部屋へいっていた留守に、あたくしはそっとポクロフスキーの部屋へ入っていったのです。彼が留守だと知りながら、どうしてその部屋へ入る気になったのか、自分でもわかりません。ただもう一年以上も隣に暮していながら、あたくしはついぞ一度も彼の部屋をのぞいたことはなかったのです。そのとき、あたくしの心臓はドキドキと激しく鳴りだして、今にも胸からとびだすかと思われるほどでした。あたくしは一種特別の好奇心にかられながら、あたりを見まわしました。ポクロフスキーの部屋はあまり掃除もゆきとどいておらず、ほとんど整頓《せいとん》されていませんでした。長い本棚が五つ、壁に釘《くぎ》づけになっていました。机の上にも椅子の上にも、紙が散らかっていました。本と紙！　と、不思議な想いが頭にうかんで、それと同時に、あたくしは不快な忌々《いまいま》しさにかられてしまいました。あの人にとってはあたくしの友情とか愛情なんてものの足りないのだ、という気がしたからです。あの人には学問があるのに、このあたくしときたらばかな娘で、なにひとつ知らず、本一冊読んだことがないのですから……そんなことを考えながら、あたくしは本の重みでしなっている本棚を羨《うらや》ましそうに眺めました。あたくしは忌々しさ、悩ましさ、さらには変にもの狂おしい気分にかられてしまいました。あたくしは彼の本をみんな一冊のこらず読んでしまいたい、一刻も早く読んでしまいたいという気持にかられて、さっそくそれを実行に移そうと決心しました。ひょっとすると、彼の知っていることをすっかり勉強すれば、彼の友情にふさわしい女になれるだろう、と考えたのかもしれません。あたくしはすぐ近くの本棚へかけよりました。なんのためらいもなく、偶然手にふれた一冊のほこりをかぶった古本を取りだしました。あたくしは顔色をかえ、胸さわぎと恐怖に震えながら、その本を自分の部屋へ持ってかえりました。夜になってママが寝てから、寝室のランプの光で読もうと決心したのです。

ところが、自分の部屋に帰って、いそいそとその本を開いてみると、それは一面虫に食われ、半分腐ったような、古ぼけたラテン語の本でした。そのときの情けなさといったらありませんでした。あたくしはすぐひきかえしていきました。ようやくその本を本棚へもどそうとしたとたん、廊下で物音がして、誰かが近づいてくる足音が聞えました。あたくしはあわてました。しかもこの忌々しい本は、あまりぎっしり並んでいたので、それを抜きとったあとはもう他の本が移動してきて、今は昔の仲間をいれてやる余地がなくなっているのです。あたくしには無理やりにその本を押しこむだけの力はありませんでした。それでも、ありったけの力をふりしぼって、棚の本をぐっと押してみました。すると、棚を支えていた錆釘《さびくぎ》は、この瞬間を待ってましたとばかり、ぽろりと他愛《たわい》なく折れてしまいました。棚の片方がどしんと落ちて、本は騒々しい音をたてて、床にくずれ落ちました。と、ドアがあいて、ポクロフスキーが入ってきました。

ここでお断わりしておきますが、あの人はそれが誰であろうと他の者が自分の部屋でわがもの顔に振舞うことを我慢できない性分だったのです。彼の本に手をふれた人間こそ災いなるかな！　です。ありとあらゆる種類の、大小も厚さも種々さまざまな本が棚から落ちて、机や椅子の下など部屋いっぱいに転がっていったとき、あたくしがどんなに怖《おそ》ろしかったかは、ご想像にお任せします。逃げだそうにも、もう間にあいませんでした。《ああ、もうおしまいだ、おしまいだ！》と、ちらっと思いました。《もうおしまいだ、もうだめだ！　十やそこらの子供みたいな悪ふざけをしたんだ、やんちゃをしたんだ、あたくしはばかな娘だ、ほんとに、大ばか女だ！》ポクロフスキーはかんかんに腹をたててしまいました。「ちぇっ、まだこんなことをやっているのか！」と彼はどなりました。「え、きみは恥ずかしくないのかね、こんないたずらをして！……いつになったら、すこしはおとなしくなるんだい？」そういいながら、彼は自分で本を拾いだしました。あたくしも身をかがめて手伝おうとしました。「いや、いい、いいったら」と彼は大声でいいました。「それより頼まれもしないところへ入るのはやめてくれよ」彼はそういったものの、こちらのおとなしい態度にいくらか心をやわらげ、つい最近まで教師だった権利をふりかざして、例の説教口調で、静かにこういうのでした。「ねえ、いったいいつになったら一人前になるんです、いつになったら分別がつくんです？　さあ、自分の姿を眺めてごらん、きみはもう子供じゃないんだ、だってきみはもう十五歳になるんじゃないか！」彼はそういいながら、あたくしがもう子供じゃないという自分の言葉を確かめるかのように、じっとあたくしの顔をのぞきこんで、耳のつけ根まで真っ赤になってしまいました。あたくしはわけがわからず、彼の前に突っ立って、びっくりしたまま、目を大きく見開いて、相手の顔をのぞきこんでいました。彼はつと立ちあがると、ばつが悪そうにあたくしのそばへやってきて、しどろもどろに何やらしゃべりはじめました。なにやら謝っているようでしたが、それはきっと今の今まであたくしがこんなに大きな娘になっていることに気づかなかったことを詫《わ》びていたのかもしれません。やっとあたくしも事情がわかりました。そのとき自分がどうなったか、あたくしは憶えておりません。ただあたくしはポクロフスキー以上にしどろもどろになり、頰《ほお》を紅にそめて、両手で顔をかくしたまま、部屋の外へ駆けだしていったのでした。

あたくしはいまさらどうしたらいいのかわからず、恥ずかしさのあまり身の置き場も知りませんでした。なにしろ、あの人の部屋にいるところを見つかってしまったのですから！　まる三日間というもの、あたくしはあの人の顔を見あげることもできませんでした。涙のでるほど赤面しました。世にも奇妙な考えと滑稽《こっけい》な考えとが、頭の中にうずまいていました。なかでもいちばんおかしな考えは、あの人のところへ出かけていってすっかり説明し、なにもかも告白したすえ、あたくしがあんな行いをしたのは小娘として考えが足りなかったからではなく、ちゃんとした目的があってのことだと相手に思いこませることでした。あたくしはすぐにもいこうと決心したのですが、幸い、それだけの勇気はありませんでした。もし本当にそんな真似《まね》をしたら、どんなことになったでしょう！　今でもあの一件を思いだすと、顔から火が出るような気がします。

それから二、三日後に、ママが急に重態に陥ったのです。二日ばかり床についていて、三日目の晩には熱が高くなり、うわごとをいいだしました。あたくしは一晩じゅうまんじりともしないでママの看護をし、枕《まくら》もとに坐《すわ》って水を飲ませたり、きまった時間に薬をすすめたりしました。二日目の晩には、あたくしもすっかり参ってしまいました。時どき眠気がさして、目の前が青くかすんで、目まいがしました。今にも疲労のために倒れそうになるのですが、ママの弱々しいうめき声にはっとして、身を震わせ、ほんのちょっと目をさますのですが、すぐまた眠りに襲われるのでした。とても苦しゅうございました。自分でもよくわからず、はっきり思いだすこともできないのですが、眠気と闘っていた苦しい瞬間に、なにかしら怖ろしい夢と幻が、混乱しきった頭の中にあらわれるのでした。あたくしは思わずぞっとして目をひらきましした……部屋のなかは薄暗く、ランプは今にも消えかけていて、その幾筋かの光の帯が、ぱっと部屋のなかにさすかと思うと、今度は壁のあたりをぼーっと照らし、やがてすっかり消えてしまうのでした。あたくしはなぜかぞっとしました。あたくしの妄想《もうそう》は怖ろしい夢のためにいっそうかきたてられ、胸は哀愁にしめつけられました……あたくしは椅子《いす》からとびあがると、悩ましく怖ろしいほどの胸騒ぎにかられて、思わずあっと叫び声をあげてしまいました。と、そのときドアがあいて、ポクロフスキーが部屋の中に入ってきました。

気がついてみると、あたくしはあの人の腕に抱かれていました。あの人はあたくしをそっとソファにかけさせ、コップの水を飲ませてくれたあと、いろいろとたずねました。どんな答えをしたかはもう憶《おぼ》えておりません。「きみは病気なんだ。きみのほうこそ重病なんだ」あの人はあたくしの手を取りながらいいました。「熱があるじゃないか。自分のからだを粗末にして、自分で自分のからだを台なしにしているじゃないか。さあ、気を落着けて、横になりなさい。ひと眠りするんですよ。二時間もしたら、起してあげますから。少し休まなくちゃいけない……さあ、寝なさいといったら！」あの人はこちらがさからうすきも与えないで、こういうのでした。あたくしは疲れきっていたので、さからう気力も失《う》せて、ひとりでに目を閉じてしまいました。

三十分ばかり休むつもりで、ソファにもたれたのですが、そのまま朝までぐっすり眠ってしまいました。ポクロフスキーはママに薬を飲ませる時間になって、ようやくあたくしを起したのです。

翌日、あたくしは昼のあいだにちょっと休んで、今晩こそママの枕もとで徹夜をしようとかたく心に決めていました。すると晩の十一時ごろポクロフスキーがドアをノックしました。あたくしがドアをあけると、「ひとりで起きてるのは退屈でしょう」と、あの人はいいました。「さあ、本を持ってきてあげましたよ。読んでごらんなさい。そう退屈しないですみますよ」あたくしはその本を受けとったのですが、それがどんな本だったか、今では憶えておりません。一晩じゅうまんじりともしなかったのですが、その本をほとんど開いてみなかったような気がします。なにかしら得体の知れない胸騒ぎのために、眠れなかったのです。一つところにじっとしていられない気持でした。何度もソファからたちあがって、部屋のなかをぐるぐる歩きました。なにかたとえようもない満ちたりた気持が、全身にみなぎっていました。ポクロフスキーの心づかいがとても嬉しかったのです。あの人があたくしのことを心配して、心づかいを示してくれたことに誇りすら覚えました。一晩じゅうあれこれと考え、空想に耽《ふけ》りました。ポクロフスキーはそれっきりあらわれませんでした。あたくしはあの人がもうこないことを知っていたので、次の晩のことをいろいろと想像してみるのでした。

次の晩、家の者がみな寝しずまってから、ポクロフスキーは自分の部屋のドアをあけて、敷居ぎわに立ったまま、あたくしと話をはじめました。そのとき、あたくしたちふたりがどんな話をしたか、今では一言も憶えておりません。ただ憶えているのは、あたくしが落着きを失ってまごついたり、自分のことを忌々しく思ったりしながら、一刻も早く話がすめばいいのにと、それを待ちこがれていたことだけです。そのくせ、あたくしはあの人とふたりきりで話をするチャンスを待ちこがれ、一日じゅうそのことを空想しながら、あらかじめ質問や答を用意しておいたのです……この晩から、あたくしたちふたりの友情がはじまったのです。ママが病気中、ふたりは毎晩何時間かをいっしょにすごしました。あたくしはだんだんに内気な性格に打ちかっていきましたが、いつも別れたあと何かしら満ち足りぬ想《おも》いでわれながら自分を忌々しく思うのでした。もっともあの人があたくしのことで例の忌々しい本の一件を忘れているらしいのをみると、秘《ひそ》かなよろこびと誇らしい満足を味わうのでした。ある日ふと冗談半分に例の本が棚から落ちた事件が話題となりました。それは不思議な一瞬でした。あたくしはなぜかとっても率直な素直な気持になっていました。燃えるこころと一種不可思議な感激につられて、あたくしはついなにもかも白状してしまいました……あたくしは勉強したかったのです、いろいろと知りたかったのです、いつまでも子供扱いされるのが口惜《くや》しかったのです、と告白したのです。ここで繰りかえしておきますが、そのときのあたくしは実に奇妙な心理状態だったのです。心はなごんで――目には涙があふれていました――あたくしは何ひとつ包みかくさず、あの人に対して抱いている友情についても、あの人を愛し、あの人と心をひとつにして暮し、あの人を慰めてあげたいということまで――なにもかも残らず話してしまったのです。あの人は妙な顔をして、びっくりしながらあたくしの顔を見ただけで、なにひとつ口にしませんでした。あたくしは急になんとも苦しくもの悲しい気持に襲われました。自分の気持は相手に通じていないのだ、この人はあたくしを笑っているのではないかしら、と思われたからです。あたくしは子供のようにわっと泣きくずれ、しゃくりあげながら、さめざめと涙にくれました。それはまるで何か発作をおこしたみたいでした。あの人はあたくしの両手をとってキスし、それを自分の胸に押しつけ、優しく慰めてくれました。あの人もひどく感動していたのです。あの人のいった言葉は憶えていませんが、あたくしはただ泣いたり笑ったり、また泣きだしたり赤面したりするばかりで、嬉《うれ》しさのあまり、一言も口がきけなかったのです。あたくしはとても興奮していましたが、それでもポクロフスキーの態度のなかに何かしら当惑した、ぎこちないところのあるのに気づきました。あの人はあたくしが前後のみさかいも忘れて有頂天になり、燃えるような熱烈な友情を告白したことに呆然《ぼうぜん》としてしまったようでした。ひょっとすると、はじめのうちは単なる好奇心だけだったのかもしれませんが、やがてその煮えきらなさも消えてしまいました。あの人はあたくしと同じように少しの飾り気もなく率直な気持で、あたくしの愛情や、優しい言葉や、心づかいを受けいれてくれ、真実の友人として、血をわけた兄として、あたくしのと同じような心づかいと友情とを示してくれたのです。あたくしの胸はほのぼのと明るく楽しくなりました……。あたくしは何ひとつ包みかくすようなことはしませんでした。あの人もそれを知って、日一日とあたくしへの愛情を深めていくのでした。

こうして、あの悩ましくも楽しい真夜中の逢瀬《おうせ》のときに、あたくしたちふたりはかわいそうな病気のママの枕べで、ランプの光に照らされながら、どんなことを語りあったのでしょう！　今はもうほとんど憶えておりません……ふと頭に浮ぶこと、胸の底からほとばしりでること、なんとなく口をついてでる言葉、そんなことを語りあいながら、ふたりはしあわせだったといえるでしょう……ああ、あれはもの悲しくも楽しい時代でした。思い出というものは、それが悲しいものでも、楽しいものでも、いつも悩ましいものです。少なくとも、あたくしの場合はそうなのです。もっとも、その悩ましさは甘美な悩ましさといえるでしょう。心が重苦しく、やるせないとき、思い出は気持をひきたて、よみがえらせてくれます。暑い一日がすぎて、しっとりとした夕べが訪れ、炎天にやかれた哀れなかよわい花が夜露のしずくによみがえるように。

ママは快方にむかいましたが、あたくしはこれまでどおり毎晩その枕べにつきそっていました。ポクロフスキーはよく本を貸してくれました。はじめは眠気ざましに読んでいましたが、次第に身をいれて読むようになり、ついにはむさぼり読むようになりました。あたくしの目の前には、今まで想像もつかなかった数々の未知の世界が不意にひらけたのでした。新しい思想や印象が、どっと一度に、激しい奔流となって、あたくしの心の中へとびこんできました。新しい印象に接して、あたくしが興奮し、とまどい、苦労すればするほど、その印象はますます甘くあたくしの心をゆさぶるのでした。こうした印象は一度にどっとあたくしの心の中へなだれこんで、息つくひまも与えないのでした。なにか奇妙な混沌《こんとん》が、あたくしの存在そのものをかき乱すのでした。もっともこの精神的な暴力は、あたくしをすっかり混乱させることはできませんでしたし、またそれほどの力もなかったのです。あたくしはあまりに空想に耽っていて、かえってそのために救われたのでした。

ママの病気がおさまったとき、あたくしたちの夜の逢瀬と長話もおしまいになりました。あたくしたちは時たましか言葉を交わすことができませんでした。それもたいていとりとめのない、あまり意味のない言葉でしたが、あたくしはそれらの言葉すべてに特別の意味をもたせ、秘かに自分だけで楽しんでいました。生活は満ち足りたものとなり、あたくしはしあわせでした。それはおだやかな、ひっそりしたしあわせでした。こうして幾週間かが過ぎていきました……

ある日、ポクロフスキー老人があたくしたちのところへ立ち寄りました。老人は長いことおしゃべりしましたが、いつになく上機嫌《じょうきげん》で、元気で、口まめでした。大声で笑ったり、自己流の洒落《しゃれ》をとばしたりしたあげく、有頂天になっているわけを話してくれました。あとちょっきり一週間たつとペーチェンカの誕生日がくるので、その日には必ず息子のところへやってきますよ、新調のチョッキに、女房が買うのを約束してくれた新しい靴《くつ》をはいて、というのでした。一口にいって、老人はすっかりしあわせな気分になって、頭に浮ぶことを残らずしゃべってしまったのです。

あの人のお誕生日！　この誕生日のためにあたくしは昼も夜もじっとしていられませんでした。あたくしはポクロフスキーに自分の友情をしめすために、ぜひとも何かプレゼントしようと決心したのです。でも、どんなものがいいかしら？　そして結局、本を贈ることを考えついたのです。あの人が最新版のプーシキン全集を欲しがっていたのを知っていたので、それに決めました。あたくしには内職で稼《かせ》いだお金が三十ルーブルもありました。新しい服をつくるために貯《た》めておいたのです。あたくしはさっそく料理番のマトリョーナ婆《ばあ》さんを使いにやって、プーシキン全集がいくらするのかききにやりました。ところが困ったことに、装幀《そうてい》代をいれて全十一巻で少なくとも六十ルーブルはするというのです。どこからそんなお金が手にはいるでしょう？　あたくしは考えに考えてみたのですが、いい知恵はでませんでした。ママに頼むのはいやでした。むろん、ママならきっと助けてくれたでしょうが、そうすればプレゼントのことが家じゅうに知れてしまいます。それればかりか、このプレゼントはポクロフスキーがまる一年レッスンをしてくれたことに対するお礼ということになってしまうでしょう。あたくしは自分ひとりで、内緒でプレゼントがしたかったのです。あの人がレッスンをしてくれた苦労に対しては、友情でだけこたえることにして、永久の借りにしておきたかったのです。やっと、あたくしはこのピンチを切りぬける方法を考えつきました。

マーケットの古本屋へいってうまく値ぎれば、新本同様の、ほとんど手垢《てあか》のついていない本が半値くらいで買えるということをあたくしは知っていたからです。あたくしはぜひともマーケットへいこうと心に決めました。しかもそれはたちどころに実現したのです。その翌日、あたくしの家でも、アンナ・フョードロヴナのところでも、外出しなければならない用事ができたのです。ママはからだの調子がすぐれませんでしたし、アンナ・フョードロヴナはいい具合に不精をきめこんだので、いっさいの用事はあたくしにまかされたのです。あたくしはマトリョーナとふたりで出かけていきました。

運よくあたくしはすぐプーシキン全集をみつけました。それもとても美しい装幀の本でした。あたくしは値ぎりました。はじめは普通の本屋より高いことをいっていましたが、こちらが何度も買わずに出ていく真似《まね》をしたりすると、たいして骨もおらずに、うんとまけさせることができ、結局、銀貨十ルーブル（訳注 紙幣三十五ルーブル）ということになりました。このかけひきはとても愉快でした！……かわいそうなマトリョーナは、あたくしの身になにが起ったのかわからず、なぜそんなにたくさんの本を買うのかとびっくりしていました。でも、どうしましょう！　あたくしの全財産は紙幣で三十ルーブルしかなく、古本屋はもうそれ以上まけようとはしないのです。そこであたくしはおがみ倒しにかかり、ようやくなんとかそれに成功したものの、それは二ルーブル半の値引きでした。しかもこの値引きは、あんたが可愛《かわい》いお嬢さんだからで、ほかの人だったら絶対にまけやしないよ、という説明つきのものでした。なんとしても二ルーブル半たりないのです！　口惜しさのあまり、あたくしは泣きだしそうになりました。ところが、まったく思いがけないことのために、あたくしはこの苦境から救われたのです。

あたくしのいたところからあまり遠くない別の本屋の前に、ふとポクロフスキー老人をみつけたのです。老人のまわりには四、五人の古本屋が取りかこみ、めいめい勝手に自分の商品をすすめて、相手をまごつかせているのでした。すすめるほうも手当り次第でしたし、老人のほうもどんな本でも買う気でいたのです！　哀れな老人は、まるで釘《くぎ》づけされたみたいに、その場に立ちつくし、すすめられる本のなかからどれを選んだものかと迷っていました。あたくしはそばへいって、なにをしていらっしゃるんですかと、たずねました。老人はあたくしの顔をみると、とてもよろこびました。老人はあたくしをそれはそれは愛してくれていたのです。ひょっとすると、それはペーチェンカを愛する気持にも劣らないくらいでした。「なに、本を買ってるんですよ、ワルワーラさん」と老人は答えました。「ペーチェンカに本を買ってやろうと思いましてね。もうじきあの子の誕生日ですし、あれは本好きですから、あの子のために本を買ってるんですよ……」老人はふだんでもおかしな口のきき方をするのですが、今はすっかりどぎまぎしていました。というのはどんな本をきいてみても、みんな銀貨で一ルーブル、二ルーブル、三ルーブルもするのでした。老人はもう大きな本の値段はきかずに、ただ羨《うらや》ましそうに眺《なが》めながら、指先でページをめくり、手の中でひねくりかえして、またもとの場所におさめるのでした。「いやいや、こりゃ高い」と老人は小声でつぶやきました。「まあ、この辺のものでもひとつ」といいながら、薄っぺらなパンフレットや歌集や文集をめくりだしました。それはどれもこれも安物ばかりでした。「まあ、なぜそんなものをお買いになりますの？」とあたくしはたずねました。「どれもこれもみんなひどい本ばかりですわ」「ああ、ちがいます」と老人はさえぎって「そうじゃありません。よく見てくださいよ、ここにはなかなかいい本があるじゃありませんか、とってもとっても立派な本がねえ！」この最後の文句を老人は哀れっぽくまるで歌でもうたうようにひきのばしていいました。老人はなぜよい本はこんなに高いのだろう、と忌々《いまいま》しさのために今にも泣きだしそうな様子でした。その蒼《あお》ざめた頰からは涙のしずくが今にも赤い鼻へすべり落ちそうな気がしました。あたくしは「どれほどお金をお持ちですか」とききました。「ほら、これだけですよ」哀れな老人は脂《あぶら》じみた新聞紙にくるんだお金をすっかりだしてみせました。「これが五十コペイカ玉、二十五コペイカ玉、あとは二十コペイカ銅貨ばかり」あたくしはいきなり老人をさっきの本屋へひっぱっていきました。「ねえ、この十一冊揃《ぞろ》いの本がみんなで三十二ルーブル半なんですのよ。あたくしには三十ルーブルありますから、一緒の二ルーブル半だけだしてください。これをあたくしたちふたりで買いとって、持っていたおプレゼントにしましょうよ」老人はよろこびのあまり有頂天になって、両手と金をすっかりさしだしてくれました。古本屋はあたくしたちふたりの全集をぜんぶ老人にもたせました。老人はポケットというポケットにその本を突込んだうえ、両手と脇《わき》の下にも抱えこみ、明日はそっと内緒でご本をおとどけにあがりますと約束して、わが家へ帰っていきました。

翌日、老人は息子のところへやってきました。例のとおり、一時間ばかり息子の部屋で過したあと、あたくしたちの部屋へきて、とてもおかしな秘密めかした顔つきで、あたくしのそばに腰をおろしました。それから自分には秘密があるという誇らかな満足感から、笑顔で手をすりあわせながら、例の本は目だたぬように運びこみ、台所のすみにおいて、今はマトリョーナに番をさせていると、報告しました。やがて話題はひとりでにみんなの待ちこがれているお祝いのことになりました。間もなく老人はあたくしたちはどんなふうにプレゼントをしたものだろうと、くどいほど話しだしました。老人がその話に夢中になればなるほど、話が先へすすめばすすむほど、老人はなにか秘かに考えていることがありながら、それをいいだせず、いや、口にする勇気がないどころか、それを怖《おそ》れてさえいるらしいことが、あたくしにはだんだんわかってきました。あたくしはじっと黙ったまま待っていました。それまで老人の奇妙な身ぶりやしかめ面《つら》や左目のウインクのなかに、楽々と読みとっていた秘密のよろこびや満足は、すっかり消えていってしまいました。老人は見る間に落着きをなくし、苦しそうになり、とうとうもう我慢できなくなってしまいました。

「ねえ」と老人はおずおずとつぶやくようにきりだしました。「ねえ、ワルワーラさん……どうでしょうね、ワルワーラさん？……」老人はしどろもどろでした。「実は、あの子の誕生日がきたらですね、あなたはあの本のなかから十冊だけとって、ご自分で贈ってくださいな。つまり、別にですね。わしは残りの十一冊目をあの子に贈ってやろうかと思うんですがね。つまり、自分だけの贈り物として。なに、こうすれば、あなたも贈り物ができるし、わしにもできるわけで、ふたりともお祝いできるわけですよ」老人はそういいながら、どぎまぎして、口をつぐんでしまいました。あたくしは老人の顔をみました。相手はびくびくしながら、こちらの宣告を待っているのでした。「ねえ、どうして一緒に贈り物をするのがおいやなんですの、ザハール・ペトローヴィチ？」「いや、べつに、ワルワーラさん、つまり、その……わしはただ……」とにかく、老人はすっかりまごついてしまい、真っ赤になって、言葉につまり、動きがとれないのでした。

「実はですね」老人はやっと説明をはじめました。「わしは、ワルワーラさん、時どき気まぐれをおこしましてね……いや、はっきりいいますと、年じゅう、いや、しょっちゅう気ままをやっているんですよ……よくないことにひっかかりましてね……つまり、その時候が寒かったり、時にはなにかおもしろくないことがあって妙に気が滅《め》入《い》ったり、またなにかよくないことでも持ちあがったりすると、つい辛抱しきれずに気ままをおこしてお酒を飲んでしまうんですよ。それも時には大酒をね。ペーチェンカのやつはそれがきらいでしてね、ワルワーラさん、あの子は腹をたてて、わしを叱《しか》ったあげく、いろいろとお説教をやりだすんですよ。そんなわけで、わしは今度の贈り物で、わしはまっとうな人間になった、身持もよくなったということを、あの子にみせてやりたいと思いましてね。本を買おうと貯めたお金だって、ずいぶん長いことかかったんですからねえ。だって、わしはペーチェンカから貰《もら》う以外には、お金なんぞ持っちゃいないんですから。このことはあの子もちゃんと知ってます。こういうわけですから、あの子もわしのお金の使い途《みち》を知って、わしはなにもかもあの子のためにしているんだってことがわかってくれるでしょうからねえ」

あたくしは老人がとても気の毒になってしまいました。老人は心配そうにあたくしの顔を見つめていました。で、あたくしはよくも考えずに「ねえ、ザハール・ペトローヴィチ、あの本は全部あなたおひとりであげてくださいな」といってしまいました。「全部ですって！　つまり、あの本をみんなでですか？」「ええ、そうですわ。あの本をみんなでですわ」「わしのものとして？」「ええ、ご自分のものとして」「わしひとりで？　つまり、わしの名前でですか？」「ええ、そうですとも、ご自分のお名前で……」あたくしはとてもはっきりと説明したように思いましたが、老人は長いことあたくしのいうことがのみこめないでいました。「はあ、なるほど」と、老人はちょっと考えこんでからいいました。「そりゃ、たいへんけっこうですとも。すばらしいですよ。でも、それじゃ、ワルワーラさん、あなたはいったいどうなさるんです？」「そうなれば、あたくしはなにもお贈りしませんわ」「なんですって！」老人はびっくり仰天するほど、大声でいいました。「それじゃ、あなたはペーチェンカになにも贈り物をしないんですね、あれになにもやりたくはないんですね？」老人はほんとうにびっくりしてしまいました。その瞬間、老人は、あたくしにもなにか贈り物ができるようにと、この申し出を断わりかねない様子でした。ほんとにこの老人はいい人でした！　あたくしは自分でもなにか贈り物ができれば嬉しいけれども、あなたからそのよろこびを奪う気にはなれないのだと説明しました。

「もし息子さんも満足され、あなたもおよろこびになれるのだったら」と、あたくしはつけ加えました。「あたくしだって嬉しゅうございますわ。だって、あたくしの心のなかでは、ひとりでに自分がほんとうに贈り物をしたような気分になるでしょうから」それをきくと、老人はすっかり安心しました。老人はそれから二時間あまりもあたくしたちの部屋で遊んでいきましたが、その間じゅうじっとしていられないで、立ちあがったり、あちこち動きまわったり、なにか音をたてたり、サーシャとふざけたり、内緒であたくしにキスしたり、あたくしの手をつねったり、そっとアンナ・フョードロヴナのほうを向いてしかめ面をしてみせたりしました。でも、老人はとうとうアンナ・フョードロヴナから追いだされてしまいました。とにかく、老人は嬉しさのあまり今までついぞ一度もしたことがないほど羽目をはずしてしまったのでした。

そのおめでたい日が訪れると、老人はきっちり十一時に、教会からまっすぐやってきました。体裁よくつぎのあたった燕尾服《えんびふく》の下には、案の定、新調のチョッキを着こみ、靴《くつ》も新品をはいていました。両の手にはそれぞれ本の包みを持っていました。そのとき、あたくしたちはアンナ・フョードロヴナの広間に集まって、コーヒーを飲んでいました（日曜日だったのです）。たしか老人はプーシキンはなかなかすばらしい詩人だといった話からはじめたように憶《おぼ》えています。それから、脱線したりまごついたりしながら、いきなり、人間というものは身持をよくしなければならない、身持が悪いというのは自分を甘やかしている証拠だし、悪癖というものは人間を破滅にみちびくものだといって、克己心がなかったために身を滅ぼした例をいくつかあげてみせたうえ、自分はこの間からすっかり心をいれかえ、今では人からとやかくいわれないように身をつつしんでいる、といいました。さらに、老人は息子の意見は前々から正しいと思っていたし、そのむね胆《きも》に銘じてきたのだが、今度こそほんとうにそれを実行に移した、ついてはその証拠として、長いあいだかかって貯めたお金でこれらの本を買い、息子に贈ることにしたのだ、と結びました。

あたくしはこの気の毒な老人の話を聞きながら、涙と笑いをこらえることができませんでした。いざというときには、この人だって嘘《うそ》がつけるんだわ！　と。本はポクロフスキーの部屋へ運ばれ、本棚《ほんだな》の上に並べられました。ところが、ポクロフスキーはたちまち真相を見破ってしまいました。老人は食事に招待されました。この日はだれもかれもたいへん浮きうきしていました。食後は、罰金遊びやトランプをしました。サーシャは大騒ぎをし、あたくしも負けてはいませんでした。ポクロフスキーはたえずあたくしのことに気をつけ、ふたりだけで話しあえる機会をねらっていましたが、あたくしは相手になりませんでした。それはこの四年間の生活のなかで、いちばん楽しい一日でした。

　さて、これから先は悲しい苦しい思い出ばかりで、いよいよあたくしの不幸な日々の物語がはじまるのです。きっと、そのためでしょうが、このペンも進みがにぶくなり、なかなか先へ進まないのです。だからこそ、幸福だった日々のささやかな生活については、あんなに細かいことまで、夢中になって、愛情をこめて、記憶の底から思いだしたのでしょう。しかも、その幸福だった日々はあんなにも短く、それにとって代った悲しみ、どす黒い悲しみは、いつはてるともわからないのです。

　あたくしの不幸は、ポクロフスキーの病気と死とともにはじまったのです。

　あの人は、今ここに書いた最後の出来事から二カ月ばかりして、病気になりました。この二カ月のあいだ、それまで定職をもっていなかったあの人は、なんとか生計の道をたてようと、寝食を忘れて駆けずりまわったのでした。あの人も結核患者の例にもれず、最後の瞬間まで、まだまだ生きていかれるという望みをすてませんでした。どこかに教員の口がありましたが、あの人はこの職業をきらっていました。そうかといって、役所勤めは健康が許しませんでした。そのうえ、最初の俸給《ほうきゅう》を貰うまで長いこと待たねばなりませんでした。てっとり早くいえば、あの人はどこへいっても失敗ばかりしていたのです。性格もすさんで、健康もおもわしくなくなったのですが、あの人はそれにも気づかないのでした。やがて秋が近づいてきました。あの人は毎日のように薄い外套《がいとう》を着て出歩き、職をもとめて、平身低頭して頼みまわったのです。あの人には内心これがとても辛《つら》かったのです。足の下から、全身ずぶ濡《ぬ》れになって、とうとう病の床につき、もう二度と立ちあがれなくなったのです……秋もふけた十月の末に、あの人は亡《な》くなってしまいました。

あたくしはあの人の病気のあいだじゅう、ほとんどその部屋につききりで、看病したり、世話をやいたりしていました。徹夜したことも何度かありました。あの人は意識のはっきりしていることはまれで、よくうわごとをいってました。就職のことや、本のことや、あたくしのことや、父親のことや、そのほかとりとめのないことを口走るのでした……そのときはじめてあたくしはそれまで自分の知らなかった、いや、想像すらできなかった、あの人にまつわるいろいろな事情を、知ることができたのです。あの人が病気になった当時、家の人たちはみんなあたくしのことを変な目でみていました。アンナ・フョードロヴナは、しきりに首をひねっていました。でもあたくしは、そうしたみんなの目をまともに見返していたので、それからは誰もポクロフスキーを看病するあたくしを、とがめるようなことはしなくなりました。少なくとも、ママはそうでした。

時たまポクロフスキーはあたくしの顔を見わけることがありましたが、そんなことはごくまれで、ほとんどいつも昏睡《こんすい》状態に陥っていました。ときには一晩中、取りとめのないあいまいな言葉で、誰やらを相手に、いつまでもいつまでも話をしていることがありましたが、そのかすれた声が狭い部屋にひびくと、まるで棺桶《かんおけ》の中で話しているように聞えるのでした。そんなとき、あたくしは恐怖をおぼえました。とりわけ最後の晩は、あの人もすっかり気が狂ったようになり、それはひどく苦しんで、そのうめき声にあたくしは胸をかきむしられる想《おも》いでした。家じゅうの者がみんな妙におびえていました。アンナ・フョードロヴナは、一刻も早く神さまに召されるようにと、絶えずお祈りしていました。医者も呼ばれましたが、とても朝まではもつまいということでした。

ポクロフスキー老人は一晩じゅう、息子の部屋の前の廊下をうろうろしていました。そこには何か筵《むしろ》のようなものが敷いてありました。しかし、老人はしょっちゅう部屋へ入ってきました。その姿は見るのも怖ろしいほどでした。すっかり悲しみに打ちひしがれて、もう感覚も意識もないみたいでした。その頭は恐怖のために揺れ、全身を震わせながら、ひっきりなしに、何かぶつぶつと自問自答しているのでした。あたくしは老人が悲しみのあまり気が狂うのではないかと思いました。

夜明け前に、老人は心痛のあまりくたくたになって例の筵の上に死んだように寝ころんでしまいました。七時をすぎたころ、いよいよ息子の臨終が迫ったので、あたくしは父親をおこしました。ポクロフスキーははっきり意識をとりもどして、あたくしたち一同に別れをつげました。なんという奇蹟《きせき》でしょう！　あたくしは泣くこともできず、ただ胸をひきさかれる想いでした。

でも、なんといっても一番あたくしを責めさいなんだのは、あの人の最後の瞬間でした。あの人はもつれた舌で何やらいつまでも頼んでいましたが、あたくしにはその言葉が何ひとつわかりませんでした。あたくしは痛ましくて、胸もはりさけるばかりでした。まる一時間も、あの人はいらいらしながら、なにかを求めつづけ、もう冷たくなっていく手でなにやら合図をしようと努めるのですが、やがてまたかすれた鈍い声で、さも哀れっぽく頼みこむのでした。けれども、その言葉はなんの脈絡もないただの響きばかりで、あたくしにはやはり理解できませんでした。あたくしは家じゅうの人を呼んで、あの人に末期《まつご》の水を飲ませました。それでもあの人は悲しそうに首をふるのでした。が、とうとう、あたくしはあの人の望みを悟ることができました。あの人は窓のカーテンをあけ、よろい戸をあけてくれと頼んでいたのです。きっと、最後の瞬間に、この世を眺め、太陽の光を見たかったのでしょう。あたくしはカーテンをあけましたが、ようやく明けそめていくこの日は、瀕死《ひんし》の病人のまさに消えようとする生命と同様、もの悲しくどんよりしていました。太陽は見えませんでした。雲が灰色の幕でどんより空をおおいかくしていました。雨もよいの空はわびしく陰鬱《いんうつ》でした。細かい雨が窓ガラスをパラパラとたたき、冷たい汚ならしい水のすじがつきました。辺りはどんよりと、薄暗く、青白い日のひかりが辛うじて部屋の中へさしこんで、聖像の前にちかちかする燈明《とうみょう》のひかりと競いあっていました。瀕死の病人はさもわびしげにあたくしを眺めて、かすかに、うなずくのでした。それから一分後に、あの人は息をひきとりました。

　葬式はアンナ・フョードロヴナがみずから取りしきりました。ごく粗末な棺が買われ、荷馬車がやとわれました。その費用をうめるために、アンナ・フョードロヴナは故人の書物と所持品をみんな押えてしまいました。老人は彼女にくってかかり、大騒ぎをしたあげく、できるだけの書物を取りかえし、ポケットというポケットにつめこみ、帽子の中にまでつめこんで、三日間というものどこへいくにも持ち歩いていました。教会へいくときでさえも手離しませんでした。この三日間、老人は腑《ふ》抜《ぬ》けのようにぼけてしまって、しじゅう棺のまわりを、なにか妙に気がかりらしい様子で動きまわっては、故人の上にのせてある花輪をなおしたり、蠟燭《ろうそく》を新しく取りかえたりしていました。老人はもはや自分の考えをちゃんととのえることができないみたいでした。ママもアンナ・フョードロヴナも教会の葬式には出ませんでした。ママは病気でしたし、アンナ・フョードロヴナはすっかり支度をしていたのですが、ポクロフスキー老人とけんかをして、ゆくのをやめてしまったのです。結局、式に出たのはあたくしと老人だけでした。式のあいだにあたくしは未来の予感とでもいった一種の恐怖に襲われました。あたくしはやっとの思いで、式の終りまで教会の中に立ち通していました。ついに棺の蓋《ふた》がされ、釘がうたれ、荷馬車にのせて運びだされました。あたくしは通りのはずれまでしか見送りませんでした。馬車は跑《だく》で走りだしました。老人は大声で泣きわめきながら、そのあとを追っていきました。その泣き声は老人が駆けだすにつれて、震えてとだえがちに聞えるのでした。気の毒な老人は帽子を落しても、それを拾おうともしませんでした。頭は雨でびっしょり濡れていました。風がおこり、みぞれが老人の顔にもろに当り、たたきつけるのでした。しかし、そんな天気の悪さは気にもせず、老人は泣き声をあげながら、荷馬車の右に寄ったり、左へ寄ったりしていました。古ぼけた燕尾服の裾《すそ》は、翼のように風にひるがえりました。そのポケットというポケットには書物がのぞいていました。手には何か大判の本を一冊しっかりと抱きかかえていました。道をいく人は帽子をとって、十字をきりました。なかには足をとめて、哀れな老人の姿をびっくりして眺める人もおりました。書物はひっきりなしに、老人のポケットからぬかるみの上に落ちました。人が呼びとめて落し物を注意すると、老人は拾いあげて、また棺のあとを追って、駆けだしていくのでした。街角までくると、どこかの乞食婆《こじきばあ》さんが棺のあとにつき、老人と一緒になって追っていきました。ついに荷馬車は街角をまわって、あたくしの目から見えなくなってしまいました。あたくしは家へ帰ると、たえがたい悲しみに打ちひしがれながら、ママの胸に身を投げました。あたくしはきつくきつくママをこの手に抱きしめて、キスをしました。そして、この最後の友であるママをなんとしてもわが手で抱きしめて、死の手には渡すまいと、震えながら身を寄せて泣きじゃくったのでした……しかし、もうかわいそうなママのそばには死神が立っていたのです……………………………………

六月十一日

マカール・ジェーヴシキンさま、きのうは島へ散歩に連れていってくださいまして、ほんとにありがとうございました！　あそこはとても爽《さわ》やかで、とても気持がようございましたわ。それに、なんというすばらしい緑の色でございましょう！――ほんとにしばらくぶりに青いものを見ました。――あたくしは病気のあいだずっと、自分は死ぬにきまっている、きっと死ぬにちがいない、と思いつめていました。ですからきのうあたくしがどんな気持でいたか、どんなふうに思っていたか、どうぞお察しくださいませ！　きのうあんなに沈んでいたからといって、どうか怒らないでくださいまし。あたくしはとてもいい気持で、心もかるく浮きうきしていたのですが、どういうわけかあたくしは一番たのしいときに、必ず妙にもの悲しくなるんですの。泣きだしたのは、つまらないことですわ、なぜこんなにしょっちゅう泣くのか自分でもわかりません。あたくしは病的に、神経がいらいらしているのです、あたくしの印象も病的なのでございます。雲ひとつない、蒼《あお》ざめた空、落日、たそがれの静けさ――それがなにもかも――自分でもどういうわけかわかりませんが、――とにかくきのうあたくしはこれらの印象を、重々しく、悩ましく受けいれる気分になっていたものですから、胸がつまって、ひとりでに泣けてきたのです。でも、こんなことをお手紙に書いてもはじまりませんわね。だってこんなことは自分の心にもよくわからないことですから、人さまに伝えるのはもっとむずかしいことですもの。あなたならあたくしを理解してくださるかもしれませんわね。このわびしさも、笑いたいような気持も！　でも、マカールさん、あなたは本当になんというい方なんでしょう！　きのうはあたくしの目をじっとご覧になって、あたくしの感じていることを読みとろうとなさいましたね。そして、あたくしの喜びをともに喜んでくださいましたわね。灌木《かんぼく》のかげでも、並木路《なみきみち》でも、水の流れのほとりでも、あなたはいつも傍《そば》にいてくださって、晴ればれしたご様子であたくしの前にお立ちになって、まるでご自分の領地でも見せてくださるふうに、じっとあたくしの目を覗《のぞ》きこんでいらっしゃいましたね。それはあなたが善良な心をお持ちになっていらっしゃる証拠ですわ。それだからこそ、あたくしはあなたを愛しているのですわ。では、ごきげんよう。あたくし、きょうは加減が悪いのです。きのう足を濡らしたので、風邪をひいたのでしょう。フェドーラもなんだか加減がわるく、あたくしたちはふたりともきょうは病人になっています。あたくしをお忘れにならないで、もっとたびたびお出かけくださいますよう。

あなたの
V・D

六月十二日

わたしの可愛《かわい》いワルワーラさん！

きのうのことをきみはすっかり本ものの詩に書いてくださるものとばかり考えていましたのに、きみのお手紙は便箋《びんせん》でたった一枚しかありませんでしたね。こんなことを申しますのも、きみが便箋に書かれたことはほんの少しですけれど、その代りにいつになくすばらしく、情がこもっているからです。自然の景色も、いろいろな田園の風景も、そのほか感情についてのことも、——一口にいって、なにもかもきみは実にすばらしく書いてくださいましたね。それにひきかえ、わたしには才能がありません。たとえ十ページ書きなぐっても、何ひとつまとまったものは書けないのです。わたしはもうやってみたのです。きみはお手紙の中でわたしは気だての優しい、穏やかな人間で、隣人に害を加えることもなく、自然のなかに現われた神の恵みを理解している人間だとか、その他いろいろとわたしをほめてくださいました。それはみんなほんとうです、まったくそのとおりです。わたしは実際にきみのおっしゃるとおりの人間で、自分でもそれを承知しています。しかし、きみのお書きになったようなことを読むと、なんとなく感動してしまい、そのあといろいろな重苦しい考えが浮んでくるのです。では、ひとつ聞いてください、少しばかりお話ししましょう。

わたしがようやく十七歳になったばかりのときのことから始めましょう。その年に役所勤めに出たのですから、もうすぐ勤続三十年になるわけです。ですから、これまでに制服も何着か着つぶしましたよ。大人になり、賢くなって、世間のいろいろな人も見てきました。ちゃんと世間を渡って、人並みの生活はしてきたといえるでしょう。ですから一度などは、十字勲章の授与を申請されたことさえあります。きみは本当にされないかもしれませんが、わたしは決して嘘はつきません。ところがどうでしょう、これを邪魔する悪人が出てきたのです！　はっきり断わっておきますが、わたしはなるほど教育のない愚か者かもしれませんが、心だけは誰にも劣らぬ心を持っているつもりです。そこでワーレンカ、その悪人がわたしにどんなことをしたと思います？　いや、あの男のやったことは口に出すのもけがらわしいことですから、なぜそんなことをしたんです？　とたずねてくださいよ。それはわたしがおとなしいからなんです、物静かだからなんです、人がいいからなんです！　わたしという人間があの連中の気に入らなかったので、ひどい目にあったんです。はじめは「ねえ、マカール・アレクセーエヴィチ、こうだよ、ああだよ」ということから始まって、やがて「もうマカール・アレクセーエヴィチにはきくんじゃないよ」といい出し、ついには「そりゃもうマカール・アレクセーエヴィチにきまってるさ！」と片づけられてしまったのです。ご覧のとおり、なにもかもマカール・アレクセーエヴィチのせいにしてしまったんです。連中はマカール・アレクセーエヴィチのことを諺《ことわざ》にまでして、役所じゅうにひろげたんです。いや、わたしをたねに諺を作って悪口をいうだけでは足りなくて、わたしの靴《くつ》にも、制服にも、髪にも、格好にまで余計なおせっかいをして、なにもかも気に入らない、みんなつくり変えなくちゃいかんといい出したんですからねえ！　ところがこんなことはなにしろ、遠い昔から毎日のようにくり返されていることなんで、わたしはすっかり慣れっこになってしまいました。それというのも、わたしはどんなことにでもすぐ慣れっこになる人間だからです。これもおとなしい人間だからです、つまらない人間だからです。でもそれにしても、これはいったい何のためにそんなことをするんでしょう？　わたしが誰かに悪いことでもしたというのですか？　誰かの官等を横取りしたとでもいうのですか？　上役の目の前で他人をあしざまにいったとでもいうのでしょうか？　ボーナスに文句でもつけたというんでしょうか？　だれかを密告したとでもいうのでしょうか？　いやいや、ワーレンカ、もしきみがそんなことを考えたら罪というものですよ！　だってわたしとしてはそんなことをしたって仕方がないじゃありませんか？　まあ、きみもよく見てくださいよ！　わたしが悪賢い真似《まね》をしたり、ぬけがけの功名を争ったりする才能を持っているかどうか？　それじゃどうしてわたしはそんな目にあわねばならないのでしょう？　現に、きみはわたしを立派な人間だと認めてくださっているじゃありませんか、そしてそのきみはあの連中よりずっと立派な方じゃありませんか。ところで、市民として一番大きな美徳というものはなんでしょう？　この間、エフスターフィ・イワーノヴィチがわたしとの話のなかで、この問題について、一番大切な市民としての美徳とは金儲《かねもう》けの才能だといっていました。これは冗談でいったことですが（これが冗談だったということはわたしも知っています）、そこに含まれている教訓は、相手が誰であろうとも他人の厄介《やっかい》になるな、ということです。ところでわたしは誰に対しても厄介になっておりません！　わたしはちゃんと自分のパンを持っています。たしかに、それはありふれたパンで、時にはぼろぼろに乾いていることもありますが、それでもこれは自分で働いて得たパンですから、誰からも後ろ指さされずに、堂々と食べてよいものです。これで十分じゃありませんか！　筆耕の稼《かせ》ぎなんかわずかなものだと、自分でも承知していますが、とにかくわたしはそれを誇りとしています。なにしろ、わたしは働いて、汗をながしているんですから。それじゃ、わたしが筆耕していることに、何か変なことでもあるんでしょうか！　筆耕は罪悪だとでもいうのでしょうか？　「あの男は筆耕をやっている！」とか「あの鼠《ねずみ》みたいな役人は筆耕をやっている！」とかいいますが、筆耕のどこが悪いのでしょう？　きちんと美しく書いた手紙は見た目にも気持がいいし、閣下も満足しておられるのですから。わたしは閣下方のために、一番重要な書類を浄書しているんです。そりゃわたしだって自分に文才がないことぐらいは知っています。そりゃ文章はなっていませんでしたし、今でもきみに手紙を書くときだって、気取らずに、あっさりと、心に浮ぶままのことを書いているんです……。そんなことは自分でも百も承知しています。そうはいうものの、もしみんなが文章を書くようになったら、いったい誰が浄書をするんです？　さあ、この質問を出しますから、ひとつ返事を聞かしてください。そんなわけで、わたしは自分が必要な、なくてはならない人間であることを知っているので、くだらない悪口でまごつくようなことはありません。鼠だってかまいません。もし似ているというなら、そうしておきましょう！　ところがこの鼠は必要な鼠で、役に立つ鼠で、人に頼りにされる鼠で、しかもボーナスまで貰《もら》えるという——そういうすばらしい鼠なんですから！　でも、こんな話はもうたくさんです。わたしのお話ししたかったのはこんなことじゃなかったのですが、つい少しばかり興奮してしまいました。それにしても、時どき自分は正しいのだと自覚するのは、気持のいいことです。ごきげんよう、わたしの可愛い人、わたしの優しい慰め屋さん！　お寄りしますとも、きっと伺います、愛するきみを見舞いにあがります。だからしばらくのあいだ寂しがらずにいてください。本を持って行きます。それじゃ、ごきげんよう、ワーレンカ。

心からきみの幸福を祈りつつ

マカール・ジェーヴシキン

六月二十日

マカール・ジェーヴシキンさま！

取りいそぎ一筆認《したた》めます。期限をきられた仕事を仕上げるところで、急いでおります。さて用件と申しますのは、格好な売物があるということでございます。フェドーラの話では、あの人の知合いの方が、真新しい文官の制服と、下着類と、チョッキと、帽子をお売りになりたいそうで、それがみんな大変にお安いという話です。お買いになってはいかがでしょう。今ならあなたもお困りではありませんし、お金もお持ちなのですもの。ご自分でそうおっしゃっていましたね。もうどうぞ、そんなにけちけちなさらないでくださいませ、なにしろ、みんな必要な品ばかりじゃございませんか。まあ、一度ご自分の様子をご覧なさいませ、それは古い服を召していらっしゃいますよ。恥ずかしいですわ！　つぎだらけで。新しい服はお持ちじゃありませんし。あなたはあるとおっしゃいますが、あたくしはちゃんと知っております。あの服をどこへおやりになったか、神さまがご存じですわ。ですからあたくしのいうことを聞いて、どうぞ、お買いになってください。あたくしのためにそうしてくださいまし。あたくしを愛してくださるなら、お買いになってくださいまし。

あなたはあたくしに下着を贈ってくださいましたが、マカールさん、そんなことをなすったら、あなたは破産しておしまいになるじゃありませんか。冗談じゃありません、あたくしのためにあんなにお金をお使いになって――そら怖《おそ》ろしいほどの金額ですわ！　ねえ、なぜそんなにむだづかいがおすきなんでしょうね！　あたくしにはいりません。みんなまったくむだでしたわ。あなたがあたくしを愛してくださっていることは承知しております、信じております。ですからこんな贈り物をして、わざわざそれを教えてくださるなんて、まったくむだなことですわ。それに、こんな贈り物があなたにとってどれほどたいへんなものかよく承知していますので、あなたからそんなものをお受けするのはとても心苦しかったのです。もうこれっきりにしてくださいね。ようございますか？　お願いです、ぜひともお頼みします。マカールさん、あなたはあたくしの手記の続きを送れとおっしゃって、あれを最後まで書き上げるようにとお望みでしたね。でも、あたくしはあの書き上げた分でさえ、どうやって書いたのかわからないくらいなのです。しかし、いまは過去を語るだけの気力がございません。そんなことは考えたくもありません。思い出しても怖ろしくなってしまいます。とりわけ、哀れなわが子をあの怪物どもの餌食《えじき》に残して死んでいった不幸なママのことを語ることは、なによりも切ない思いでございます。そんなことは思い出しただけでも、心に血のにじむ思いです。もう一年あまりも前のことですけれども、いまなお生々しく、あたくしは気を落着けるどころか、考えなおす暇さえないくらいでございます。でも、あなたはこんなことはみんなご存じですわね！

アンナ・フョードロヴナが近頃《ちかごろ》どんなことを考えているかは、申し上げましたね。あの人はあたくしのことを恩知らずだといって非難し、自分がブイコフ氏と共謀したのはすべて嘘だといっているんです！　あの人は自分のところへくるようにとあたくしを呼びつけています。あの人にいわせれば、あたくしは、間違った道にふみこんで、乞食同然のことをしているのだそうです。もしあたくしがあの人のところへ帰って行くなら、ブイコフ氏との一件を円満にかたづけて、あたくしに対するブイコフ氏の罪を当人に償わせるといっています。あの人の話では、ブイコフ氏はあたくしに持参金をやりたいのだそうですが、そんなことは勝手にさせておきましょう！　あたくしはここであなたのお傍にいて、人のいいフェドーラと一緒にいれば結構なんですから。

フェドーラのあたくしに対する愛着ぶりは亡《な》くなったばあやを思い出させます。あなたは遠い親戚《しんせき》ですけれど、ご自分の名誉にかけてもあたくしを護《まも》ってくださいますのね。それに、あんな人たちなんか、あたくし見るのもいやです。できることなら、あんな人たちは忘れてしまいたいと思います。このうえあの人たちはこのあたくしになんの用があるというんでしょう？　フェドーラは、そんなことはみんな根も葉もない噂《うわさ》で、そのうちにはあの人たちもあたくしをかまわなくなるだろうといっています。どうか、そうなりますように！

V・D

六月二十一日

わたしの可愛い人！

手紙は書きたいのですが、さて何から書き出したものかわかりません。それにしても、こうして今きみと暮すというのは、実に不思議なことじゃありませんか。白状しておきますが、わたしが毎日をこんなに楽しく過したことはこれまで一度もありませんでした。いや、まったく神さまのおかげで、小さな家と家族を授けてもらったようなものです！　きみはなんて可愛い子供でしょう！　わたしのお贈りした四枚ばかりの下着のことできみは何をあれこれいうんです。だってきみには下着が必要だったんでしょう?——フェドーラに聞きましたよ。それに、わたしはきみを満足させるのが、とても嬉《うれ》しいのですから。それがわたしの満足なんですから、放《ほう》っておいてください、うっちゃっておいてください、さからわないでください。わたしは今まで一度もこんな満足を味わったことはありません。今はじめて世の中へ出たような気持です。第一、わたしは二重の生活をしているんですから。というのはきみがわたしのすぐそばに住んでいて、わたしを慰めてくれるからです。第二に、きょうは下宿の隣人であるラタジャーエフからお茶に招《よ》ばれたのです。例の文学の会を時どきひらく官吏にです。今夜はその会があり、みんなで作品を読むのです。どうです、今じゃわれわれはこんな暮しをしているんですよ！　では、ごきげんよう。わたしは別に何の目的もなしに、ただわたしが無事に暮していることをお知らせしたいばかりに、この手紙を書いたのです。きみは、刺繡《ししゅう》用の色物の絹糸が入り用だとテレーザにことづけてよこしましたね。買いますとも、買いますとも、その絹糸を買ってきます。明日にもさっそくきみを満足させてあげましょう。もうどこへ行ったら買えるか、ちゃんと承知しております。

きみの心からの友
マカール・ジェーヴシキン

六月二十二日

ワルワーラさん！

とりあえずお知らせいたしますが、たいへんかわいそうな出来事が起りました。とてもとても同情すべき出来事です！ 今朝の四時すぎにゴルシコーフの子供が死んだのです。原因は知りませんが、猩紅熱《しょうこうねつ》かなにかでしょう。わたしはゴルシコーフ家へお悔みにいってきました。とにかく、その貧しいことといったら！ それにたいへん取り乱していました！ でも、それも無理からぬことです。なにしろ、家族が一部屋きりのところに住んでいて、お体裁に衝立《ついたて》だけで仕切っているんですから。もう小さなお棺がきていました。出来合いのを買ったので、ごくふつうのお棺でしたが、かなり小ぎれいなものでした。九つの男の子で末の見込みのあった子だったそうです。ワーレンカ、まったくあの人たちは見るにしのびません！ 母親は泣いていませんでしたが、かわいそうに、それは悲しそうにしていました。ひょっとすると、あの人たちは肩の荷が一つおりたので、ほっとしていたのかもしれませんが、まだ二人残っているんです。乳呑児《ちのみご》と、六つをちょっと出たくらいの小さな女の子です。子供が、それも生みの子が苦しんでいるというのに、何ひとつ面倒をみてやれないというのは、なんという残酷なことでしょう！　父親はあぶらじみた、古ぼけた燕尾服《えんびふく》を着て、こわれた椅子《いす》に腰かけていました。涙が頬《ほお》を流れていましたが、これも悲しみのためではなくて、ただれ目のためかもしれません。実に妙な男です！　こちらが話しかけると、いつも顔を赤くして、まごつくばかりで答えることもできないのです。小さな女の子は、棺によりかかって立っていたのですが、それがまたかわいそうに、なんともいえずさびしそうなんです！　ワーレンカ、小さな子供がじっと考えこんでいるのはいやなものです、わたしは見るもいやです！　ぼろ切れでつくった人形が足もとの床にころがっているのに、その子は遊ぼうとしないのですから。一本の指をくわえて、じっと立ったまま、身じろぎもしないのです。女主人《おかみ》がお菓子をやっても、受取っただけで食べようともしないのです。ワーレンカ、ねえ、こんな悲しいことってありますか？

マカール・ジェーヴシキン

六月二十五日

だれよりも親切なマカール・ジェーヴシキンさま！　あなたのご本をお返しいたします。これはとてもつまらない本ですわ！　手にとる値打ちもありませんわ。こんなつまらない宝石をどこから発掘していらっしゃいましたの？　冗談はさておき、あなたはこんなご本がお好きでいらっしゃるんですか、マカールさん？　先日ある方が何か読み物を届けてくれると約束してくださいました。もしお望みでしたら、おまわしします。では、きょうはこれでさようなら。ほんとにこれ以上書いている暇がありませんの。

V・D

六月二十六日

可愛いワーレンカ！　実は、わたしもあの本はほんとに読んでいなかったんです。そりゃ、少しは読んでみて、出鱈目《でたらめ》ばかり書いてあるな、と思いました。人を笑わせるために、ただおもしろおかしく書いたものだと思いながらも、ひょっとすると、これでも本当におもしろいのかもしれない、ワーレンカの気に入るかもしれない、と思ったので、つい買ってきてお届けしたわけです。

さて今度ラタジャーエフは何か本当に文学的なものを貸してやると約束してくれましたから、きみも読む本に不自由しなくなりますよ。ラタジャーエフは、なかなか物のわかった玄人《くろうと》で、自分でも書いています。いや、どうして大したものを書きますよ！　とても筆が達者で、すばらしい文章家ですよ。つまり、どんな言葉も、実に空《くう》疎《そ》な、ありふれた、愚にもつかない、たとえばわたしが時どきファリドーニやテレーザに話すような言葉なんですが、それでいて、あの人が書くとちゃんと文章になっているんですから。わたしはあの人の家の夜の集まりにもよく出ています。わたしたちがタバコをふかしていると、あの人が朗読するんです。朝の五時ごろまでたてつづけに朗読して、わたしたちはじっとそれを聞いているんですよ。あれはもう文学じゃなくて、たいへんなご馳走《ちそう》ですよ！　実にすばらしいもので、花ですよ、まさに花ですよ。どのページをとっても、花束が編めますよ！　あの人はとても愛想がよく、親切で優しい人です。あの人の前に出れば、わたしなんか一文の値打ちもありません！　ほんとに。あの人は有名な人物なのに、このわたしは何でしょう？　ただもう——存在しないも同然じゃないですか。その人がわたしに好意をよせてくれるのです。わたしはあの人のために少しばかり浄書してやっています。でも、ワーレンカ、それには何か曰《いわ》くがあるなどと考えないでください。あの人がわたしに好意をよせるのは、わたしが浄書しているからなどと思わないでください。世間の噂なんか、くだらない噂なんか本当にするんじゃありません！　いや、ちがいます、これはわたしが自発的に、自分から進んで、あの人をよろこばせるためにやっているんですから。あの人がわたしに好意をよせるのもやっぱりわたしをよろこばせるためなのです。わたしは人間の行動の細かい心づかいというものを理解しています。あの人は善良な、とても善良な人で、比類のない作家です。

ワーレンカ、文学というものはいいものですね、実に、いいものですね。これは一昨日あの人たちの集まりで悟ったのです。深刻なものですよ！　人間の心を堅固にして、いろいろと教えてくれるものです。それに、あの人たちの本にはいろいろとそんなことが書いてあります。とてもすばらしいことが書いてあります！　文学は絵のようなもので、つまり、一種の絵でもあり、鏡でもあるのです。情熱の表現でもあれば、微妙な批評でもあり、道義の教訓でもあり、そして記録でもあるのです。わたしはこうしたことをみんなあの人たちのところで覚えたのです。正直な話、あの人たちの集まりに出て、話を聞いていると（あの人たちと同じように、タバコでもふかしていてもいいのですが)、あの人たちがいろんな問題について意見を闘わし、議論でも始めようものなら、もうわたしなんか頭からシャッポを脱ぐだけですよ。きみやわたしなんかはあっさりとシャッポを脱ぐほかはないのです。わたしなんか木偶坊《でくのぼう》のようなもので、われながら自分が恥ずかしくてしかたがないものですから、なんとか皆の話題に一口でも半口でも入れたいものと、一晩じゅう頭をひねってみるのですが、まるでわざとのようにその半口が出てこないのですからねえ！　そして、ワーレンカ、自分がどっちつかずの人間だということがまったく哀れになって、諺《ことわざ》にいうとおり、大男、総身に知恵がまわりかね、としみじみ痛感しますよ。それじゃ、ちかごろのわたしは暇な時に何をしているのでしょう？　馬鹿《ばか》みたいに寝てばかりいるんですよ。そんな用もないのに寝てばかりいないで、なにか愉快な仕事でもやれそうなものじゃないか、机に向って何か書いたらいいじゃないか、自分のためにもなれば、人のためにもなるじゃないかとは思うのですがね。それに、あの連中がいったいいくら取っているかご存じですか。まったく怖ろしいくらいですよ！　早い話がラタジャーエフにしても、たいへんな収入ですよ！　あの人から見れば一折分(訳注　散文では活字四万個、詩では六百行の分量)の原稿を書くのなんか大したことではありません。一日に五折分の原稿を書く日もあるのに、一折分三百ルーブルも取るそうです。アネクドートとか、ちょっと珍しいものを書いただけで――五百ルーブル。それも、いやでも応でも、何が何でもそれだけよこせ！ というわけです。また、それ以外のものなら、時には千ルーブルにもなるそうですからね！ どうです、ワルワーラさん？ いや、それどころか、あの人は詩を書いたノートを一冊持っているんですが、どれもこれも短い詩ばかりなんです――それが七千ルーブルだというんです。七千ルーブルですよ、考えてもごらんなさい。これじゃもう立派な不動産じゃありませんか、大邸宅も同じじゃありませんか！ 五千ルーブルなら出すといったんですが、承知しなかったそうです。わたしはあの人にいってやりましたよ、ねえ、きみ、その詩が五千ルーブルなら売ってしまいなさい、やつらからそれだけふんだくって、唾《つば》でもかけてやりなさい、五千ルーブルといえば大金ですからね！ というと、なあに、あのペテン師どもは七千ルーブルは出すよ、というじゃありませんか。まったく、抜け目のない男ですよ！

さて、話がこんなことになってしまったからには、仕方ありません、わたしも『イタリア人の情熱』から一部分抜き書きを作ってあげましょう。これはあの人の作品の題なんです。ではワーレンカ、ひとつ読んでみて、批評してください。

《……ウラジーミルは身震いした。情熱は狂わしく彼の身内にたぎり、血は燃えあがった……

「伯爵夫人《はくしゃく》」と彼は叫んだ。「伯爵夫人！　あなたはこの情熱がどんなに怖ろしいものか、この狂乱がどんなに底なしのものかご存じですか？　いや、空想はわたしを欺《あざむ》きませんでした！　わたしは恋をしています、有頂天になって、激しく、向う見ずに恋をしています！　あなたのご主人の血を全部流しても、わたしの魂の狂わしく沸きたぎる歓喜を消すことはできません！　取るに足らぬ障害物は、わたしの悩み苦しむこの胸を寸断している業火《ごうか》を、万物を破り去る地獄の業火を消しとめることはできません。おお、ジナイーダ、ジナイーダ！……」

「ウラジーミル！……」伯爵夫人は彼の肩に身をもたせながら、夢見心地で囁《ささや》いた……

「ジナイーダ！」スメリスキーは喜びにあふれて叫んだ。

彼の胸は熱い吐息をついた。情熱の火は恋の祭壇であかあかと焔《ほのお》を立てて燃えさかり、不幸な恋の受難者たちの胸をかき乱した。

「ウラジーミル！……」伯爵夫人は恍惚《こうこつ》として囁いた。その胸は波うち、頬は真紅《しんく》にそまり、目は燃えていた……

新しい、怖るべき結婚が成立したのだ！……

三十分後に、老伯爵が夫人の閨房《けいぼう》に入ってきた。
「ねえ、お前、親愛なるお客さんのためにサモワールの用意をいいつけようかね？」伯爵は妻の頬を軽く叩《たた》きながらいった》

さて、ひとつおたずねしますが、これを読んで、どうお思いになりますか？ 確かに、幾らか不謹慎です。 それはいうまでもありませんが、その代りすてきじゃありませんか。確かに、いいものはいいんです！ では今度は中編小説『エルマークとジュレイカ』から、もう一つ抜萃《ばっすい》してみましょう。

まずご想像いただきたいのは、シベリアを征服した勇猛なコザックのエルマークが、人質にとられたシベリア王クチュームの娘ジュレイカに恋をしたのです。この事件は、ご承知のとおり、イワン雷帝の時代から取材したものです。次にお目にかけるのは、エルマークとジュレイカの対話です。

《「ジュレイカよ、そなたはわしを愛しているのか！ おお、もう一度、もう一度いうてみよ！……」
「エルマークよ、そなたを愛しておりまする」ジュレイカは囁いた。

「天よ地よ、汝《なんじ》らに礼をいうぞ！　わしは幸せじゃ！……汝らはわしにすべてを授けた、子供の頃《ころ》からわしの心が求めてやまなかったものを、すべて授けてくれたのじゃ、わが道しるべの星よ、お前はよくぞわしをここへ導いてきてくれた、石の帯なるウラルの山波《やまなみ》を越えて、よくぞ導いてきてくれた！　わしは全世界のものにわがジュレイカを見せてくれるぞ。さすればあの凶悪な怪物どもに等しい人間どもも、わしをそしることはできまい。おお、このジュレイカの優しい心の悩みが人間どもにわかり、わがジュレイカの一粒の涙にこもる詩篇を読みとることができたなら！　おお、わが接吻《くちづけ》でその涙を拭《ぬぐ》わしてくれ、天の涙をすすらせてくれ！……天女のような乙女よ！」

「エルマークよ」ジュレイカはいった。「浮世は憎しみにみち、人はよこしまでございます！　世の人はわれらを責め、あしざまに申すでございましょう、愛《いと》しのエルマークよ！　なつかしきシベリアの雪にうもれて、わが父の部落に育ちし哀れな処女は、氷のごとく冷やかな虚栄の浮世で、どうして暮していけましょう？　世の人はわらわが心を汲《く》んではくれませぬ、ああ、愛しの人よ！」

「そのときこそ、コザックの剣を奴《やつ》らの頭上に振りかざし、風を切って打ちおろさん！」エルマークは怪しく眼《め》を光らして叫んだ》

さて、ワーレンカ、このジュレイカが殺されたと知ったときのエルマークの心はどんなだったでしょう？ 盲目の老王クチュームが、エルマークの留守に、闇夜《やみよ》にまぎれて彼の天幕に忍び入り、王笏《おうしゃく》と王冠を奪ったエルマークに致命傷を与えようとして、わが娘を斬《き》り殺したのです。

《「岩で剣を磨《みが》くのは本懐じゃ！」とエルマークはシャーマンの岩で剣をとぎながら怖ろしい憤怒《ふんぬ》に燃えて叫んだ。「わしは奴らの血が、血が欲しいのじゃ！ 斬って、斬って、斬りまくってくれるぞ!!!」》

こういうことがあった後で、エルマークはジュレイカを失った悲しみに堪えかねて、イルティシ河に身をなげて、この物語は終るのです。

それから、こんなのもあります。これはおもしろおかしく書いた滑稽《こっけい》ものから抜萃した一節です。

《あなたはイワン・プロコーフィエヴィチ・ジェルトプーズをご存じですかな？ それ、例のプロコーフィ・イワーノヴィチの足にかみついた男ですよ。イワン・プロコーフィエヴィチは一徹な人柄《ひとがら》ですが、その代り稀《まれ》に見る正直なご仁です。それに引きかえ、プロコーフィ・イワーノヴィチは大根に蜂蜜《はちみつ》をかけて食べるのが大好きな人物です。さて、この人がまだペラゲーヤ・アントーノヴナと親しくしていた時分のことですが……ところで、ペラゲーヤ・アントーノヴナはご存じでしょうね？　ほら、いつもスカートを裏返しにはいていているあのご婦人ですよ》

ねえ、どうです、ワーレンカ、これは滑稽でしょう、これこそユーモアですよ！あの人がこれを朗読したときには、わたしたちはおかしくて笑いころげましたよ。いや、まったく大した男ですとも！　なるほどこれは少しわざとらしく、ふざけ過ぎていますが、その代り罪がなくて、自由思想とか自由主義なんてものは毛ほどもないんです。ついでにいえば、ラタジャーエフは品行方正な男で、従って他の作家たちと違って、立派な作家だということをお断わりしておきます。

ところで、どうでしょうね、時どきこんな考えがわたしの頭に浮ぶことがあるのです……つまりその、わたしが何か書いてみたら、どうなるでしょう？　まあ、早い話が、かりに何ということなしに、ひょっこり、『マカール・ジェーヴシキン詩集』と題する本が世に出たとしたらどうでしょう！　ねえ、そのときそみはなんというでしょうね？　きみはそれをどう考え、どう思うでしょうね？　わたしひとりの気持をいえば、もし自分の本が世に出たら、わたしはきっと、もうネーフスキー通りには顔出しもできなくなるでしょう。そら、あそこを作家で詩人のジェーヴシキンが通るよ、ほら、あれが例のジェーヴシキンだよ、なんてみんなにいわれたら、どうでしょう！ねえ、そうなったらわたしは、たとえば、こんな靴《くつ》なんかどうしたらいいんです！わたしの靴ときたら、ついでだからいっておきますが、ほとんどいつでも継ぎがあたっていますし、底革ときたら、正直なところ、時どきぶざまにもぱくぱくと口を開くのですから。そんなわけで、もし作家ジェーヴシキンは継ぎのあたった靴をはいているると知れわたった日にはどうなります！かりにも、どこかの子爵夫人とか公爵夫人とかにそんなことが知られたら、なんといわれるでしょう？いや、そんな夫人は気がつかないかもしれません。なにしろ、子爵夫人ともなれば靴なんかにはそれも小役人の靴なんかにはかまっていられないでしょう（それに靴にもぴんからきりまでありますからね）。でも、ほかの者が夫人にぶちまけるかもしれません。友だちがいいふらすでしょう。いや、きっとあのラタジャーエフが先に立って暴露するでしょう。あの男はV伯爵夫人のところへ出入りしていますからね。しょっちゅう自由に訪ねて行くのだといっています。なかなか文学好きの夫人だという話です。とにかくすばしこい男ですよ、ラタジャーエフというのは！

でも、こんな話はもうたくさんです。わたしがこんなことを長々と書いたのは、あなたを笑わせてあげようというういたずらのせいです。ごきげんよう、わたしの可愛《かわい》い人！　この手紙はずいぶんいろんなことを書きましたが、それはきょうはとても愉快な気持になってるからです。きょうわたしたちはみんなでラタジャーエフの部屋で食事をとり（それがみんなやんちゃ揃《ぞろ》いでしてね！）、大騒ぎをやったものですから……いや、こんなことはあなたにお知らせしても仕方がありませんね。ただ、ワーレンカ、わたしのことを勝手に変なふうに考えないでください。わたしはなんということもなく書いただけなんですからね。本はお届けします、きっとお届けします……ここではポール・ド・コック（訳注　フランスの小説家。一七六一―一八一九）のある本がひっぱりだこで読まれています。でも、ポール・ド・コックだけはあなたには読ませませんよ……決して、決して読ませませんよ！　あなたにはポール・ド・コックは向きません。この作家はペテルブルグ中の批評家たちに義憤を感じさせているという話です。お菓子を少々送ります――きみのためにわざわざ買ったんです。どうぞ、お菓子をつまむたびにわたしを思い出してください。ただ氷砂糖は噛《か》まないで、しゃぶるだけにしてください、歯が痛くなりますから。きみはひょっとすると、果物の砂糖漬《さとうづけ》がお好きかもしれませんね？　お手紙に書いてください。それじゃ、ごきげんよう、さよなら。

いつまでもきみの最も忠実な友
マカール・ジェーヴシキン

六月二十七日

マカール・ジェーヴシキンさま！

フェドーラの申しますには、あたくしさえその気になるなら、ある人があたくしの境遇に同情して、あるお邸《やしき》に家庭教師の口を世話してくださるそうです。あなたはどうお考えになります——行ったものでしょうか、それとも止《よ》したほうがいいでしょうか？ むろん、そうなればあたくしはもうあなたのお荷物にならなくても済みますし、それにとてもいい口らしいのでございます。でも、一方から考えると、知らない家に行くのはなんだかそら怖《おそ》ろしい気もいたします。なんでもどこかの地主だということです。あたくしの身の上が知れたら、根ほり葉ほりたずねることでしょう——そのときにはなんと返事をしたものでしょう？ おまけに、あたくしはこのとおりの世間知らずの野育ちですから、住みなれた所にいつまでもじっとしているのが好きなのでございます。なんといっても慣れた所がよくて、悲しみと一緒に暮していても、やっぱりそのほうが楽なのです。おまけに、そこは地方へいかねばならないのですし、仕事だってどんなものかわかりませんし、ただ子供のおもりでもさせられるのかもしれません。それに先方は二年間に三人も家庭教師をとりかえたというお宅なんですもの。マカールさん、どうか後生ですから、あなたのご意見をお聞かせくださいませ。行ったほうがよいでしょうか、どうでしょうか？　それになぜさっぱりあたくしどもへおいでになりませんの？　たまには、ちょっとでもお顔を見せてくださいまし。このところ、日曜日のミサでお目にかかるだけですもの。あなたはほんとに交際ぎらいでいらっしゃいますのね！　まるであたくしと同じですわ！　でも、あたくしはあなたの身内も同然じゃありませんか。マカールさん、あなたはあたくしを愛してはくださらないんですね、独りでいると、時どきとても寂しくなることがありますの。とりわけ日暮れどき、ひとりでいるときなどがそうなんですの。フェドーラがどこかへ行って、ひとりぽつんと坐《すわ》って考えていると――楽しかったことも、悲しかったことも、昔のことがみんな思い出されて――それが一つ一つまるで霧のなかから浮きだしたように、目の前をかすめていくのです。知った人たちの顔も浮んできて（あたくしは現《うつつ》でも幻が見えるようになりました）――一番よくあらわれてくるのはママの顔です……それから、あたくしの見る夢といったら！　あたくしはからだをこわしたような気がします。すっかり弱っていて、今朝もベッドから起き上ったとたんに、気分が悪くなりました。そのうえ、とてもいやな咳《せき》が出るようになりましたの！　間もなくあたくしは死ぬのじゃないかと感じています、それはわかっています。そのときは誰に葬《ほうむ》っていただくのでしょう？　どなたがあたくしの棺のあとからついてきてくださるのでしょう？　どなたがあたくしのことを悲しんでくださるのでしょう？……ひょっとすると、あたくしは知らない土地の、他人の家の、どこか片隅《かたすみ》で死ぬことになるかもしれませんわ！……ああ、マカールさん、生きていくのはなんてわびしいことでしょう！　ときに、あなたはなんだってあたくしにお菓子ばかり食べさせようとなさるんですの？　どこからそんなにお金を取っていらっしゃるのか、まったく見当もつきませんわ。ねえ、あたくしの大事な方、どうかお金を大切にしてくださいまし。フェドーラはあたくしの作った敷物を売ろうとしています。紙幣で五十ルーブルになるそうです。大助かりですわ。もっと安いだろうと思っていたんですもの。あたくしはフェドーラに銀貨三ルーブルやって、自分でも服を一着つくることにします、ごてごてしていない、あたたかそうな服を。あなたにはチョッキを作ってさしあげますわ。上等の布地を見立てて、自分で作ってさしあげます。

フェドーラが『ベールキン物語』という本を手にいれてくれました。お読みになるのでしたら、お届けします。どうぞ汚さないように、そしてあまり長くかからないようにしてください、他人の本ですから。これはプーシキンの作でございます。あたくしは二年前にこの本をママと一緒に読んだことがありますので、こんど読みかえすのがとても悲しゅうございました。もしお手元になにかご本がありましたら、持たせてやってくださいまし。ただラタジャーエフからお借りになったものではないのを。あの人は、もし自分のものが本になっていたら、きっとそれを貸すでしょうから。マカールさん、あなたはなぜあの人の作品なんかがお好きなんでしょう？　あんなくだらないものが……それでは、ごきげんよう！　すっかりおしゃべりをしてしまいましたわ！　気が滅入《めい》ってくると、何でも見境なく、おしゃべりがしたくなるんですの。これはお薬なんですよ！　すぐに気が楽になりますもの、ことに胸にたまっていることをいってしまったときにはなおさらですわ。ごきげんよう、さようなら！

あなたの
V・D

六月二十八日

愛するワルワーラさん！

さあ、もうくよくよするんじゃありませんよ！　きみはそんなことで恥ずかしくないんですか！　さあ、もうたくさんですよ、わたしの天使さん。なんだってそんなことを考えたんでしょうね？　ねえ、きみは病気じゃありません、絶対に病気じゃありませんよ。きみは花の盛りですよ、ほんとに、いま花の盛りなんですよ。そりゃ、少しは顔色が悪いけれども、それでもやっぱり花の盛りなんですよ。それから、夢だ幻だって、いったいなんのお話です！　恥ずかしくないんですか、可愛い人、もうたくさんですよ。そんな夢なんか唾《つば》でもひっかけておやりなさい、ただもう唾をかけてやればいいんですよ。じゃ、わたしはなぜよく眠れるのでしょう？　なぜそんな目にあわないのでしょう？　まあ、わたしを見てごらんなさい。達者で、よく眠れますし、からだは健康そのもので、元気いっぱい、見るも好もしいほどですからね。いや、もうたくさん、たくさんですよ、ねえ、きみ、恥ずかしいことですよ。さあ、早くよくなってください。わたしにはきみの頭の中なんかちゃんとわかっているんです、何かちょっとあると、もう妄想《もうそう》をたくさんましくして、すぐにくよくよするんですから。どうかわたしのためにも、そんなことはもうやめてください。世間に働きにでかけるですって？――断じていけません！　いけません、いけません、絶対にいけません！　なんだってきみはそんな気をおこしたんです、いったい、どうしたというんです？　おまけに地方ゆきだなんて！　いや、わたしは許しませんよ、そんな考えには全力をあげて反対です。古い燕尾服《えんびふく》を売って、シャツ一枚で往来を歩くようになっても、決してきみには不自由をさせません。いいえ、ワーレンカ、だめです、わたしはきみという人をよく知っているんですから！　それはばかげた、まったくばかげた考えですよ！　ただひとつ確かなことは、何から何までフェドーラひとりが悪いということです。きっと、あのお馬鹿さんが、きみにとんでもない入知恵をしたんでしょう。あんな女のいうことを、本気にするものじゃありません。それに、きみにはまだすべての事情がわかっていないんでしょう？……あれはばかな、口うるさい、でたらめな女で、死んだ亭主だって、自分であの世におくりこんだくらいなものなんですから。いや、それとも、きっときみはあの女のために、何か腹を立てたんでしょう？　いやいや、たとえどんな事があっても、いけません！　それにもしそんなことになったら、このわたしはどうなるんです？　いや、いけませんとも、ワーレンカ、そんな考えはきれいさっぱり頭の中から捨ててしまってください。いったい、きみは何が不足だというんです？　わたしたちはきみを見て心からよろこんでいるんですし、きみはわたしたちを愛していてくださるんですから、そこでおとなしく暮していったらいいじゃありませんか。針仕事をしたり、本を読んだりして。いや、針仕事はしなくてもけっこうです。とにかく、わたしたちと一緒に暮していってください。でなければ、そんなことをしたらいったいどんな結果になってしまうか、とくとご自分で考えてごらんなさい。……さあ、本も持ってきてあげますよ、それからまたどこかへ散歩にも行きましょう。ただそんな話だけはもうたくさんです、まっぴらです。もっと分別をつけて、つまらぬことでばかな考えを起さないでください！　きみのところへ参りますとも、ごく近いうちに参りますとも。その代り、この率直な忠告だけは、どうぞ受け入れてください！　いけません、絶対にそんなことをしてはいけませんよ。むろん、わたしは無学な人間です。自分でも無学で、乏しいお金でなにやかや学んだだけだということを知っています。ですから、わたしはそんな方角に話を持っていくつもりもありませんし、わたしにはどうにもならないことなんですから。しかし、きみがなんといおうと、ラタジャーエフのことは弁護します。彼はわたしの親友ですから、弁護をするのです。彼は上手にものを書きます、実に、実に、なんといっても実に上手に書くのです。きみの意見には賛成できません、なんとしても賛成できません。表現ははなやかで、奔放で、修辞もよくきいておるし、いろんな思想も含まれているし、実に立派なものですよ！　ワーレンカ、きみは感情をこめずに読んだんでしょう、それともあれを読んだとき、機嫌《きげん》が悪かったんじゃないんですか、何かフェドーラに腹でも立てたとか、それともまた何かよくないことでもあったんですか。いやいや、もっと感情をこめて、読みなおしてください。満ち足りて、晴ればれとした、機嫌のいいときに、たとえばお菓子を口に入れたようなときに読みなおしてください。そりゃラタジャーエフよりすぐれた作家がいるということには反対しません、ずっとすぐれた作家もいます（そんなことには誰も反対しませんよ）。ただ、そんな作家もよければ、ラタジャーエフもいいのです。そんな人たちも上手に書けば、ラタジャーエフだって上手に書くのです。彼は彼なりに独特な味があり、独特な書き方をしているのです。彼がそうしたものを書いているのは、とてもいいことです。それじゃ、ごきげんよう。もう書いていられません。用があるので、急がねばならないのです。わたしのワーレンカ、くれぐれも気を落着けていてください。そうすれば、神さまが守ってくださいますよ。

きみの忠実な友
マカール・ジェーヴシキン

二伸　ご本をありがとう、プーシキンも読むことにします。今晩は必ずお訪ねします。

七月一日

親愛なるマカール・ジェーヴシキンさま！

いえ、いえ、あたくしはあなた方にかこまれてもう暮していくことはできません。よくよく考えたすえ、こんな条件のいい口を断わるのは、とてもよくないことだと悟りました。あちらへ行けば、少なくとも毎日のパンだけは間違いなく得られるのです。あたくしはがんばって、他人から優しくして頂くように努めます。必要とあれば、自分の性格だって改めるように努めるつもりです。むろん、他人のなかで暮し、他人のお情けにすがって、自分の本心をかくし、心にもない行いをするのは、辛《つら》い苦しいことに違いありませんが、神さまのお助けでなんとかなりましょう。それに、一生人づきあいの悪い人間で通すわけにもいきません。前にもこれと同じような機会がありました。今でも憶《おぼ》えていますが、まだ小さい時分に寄宿学校にいたことがありました。日曜日には一日じゅう家にいて、はしゃぎまわって、時にはママに叱《しか》られることもありましたが、そんなことは平気で、とても気分がよく、心も晴ればれとしていました。ところがだんだん夕方が近づいてくると、もう死ぬほど悲しくなって、明日は九時までに寄宿学校に帰らなくてはならない、あそこは何から何までよそよそしく、冷たくて、厳格で、女教師たちも月曜日はとても怒りっぽいのに、などと考えると、もう胸がしめつけられるように痛んで、泣きたくなってしまうのでした。そのため独りぼっちで隅っこへいって、涙をかくして泣いていると、怠け者だなんていわれるのです。でも、あたくしは決して勉強がいやで泣いていたのではありません。それがどうでしょう？　そのうちにすっかり慣れてしまって、寄宿学校を出るときには、お友だちにお別れをいいながら、やっぱり泣いてしまったんですから。それに、あなた方お二人のご厄介《やっかい》になって暮すというのは、よくないことですもの。そう考えると、あたくしは辛くてなりません。あなたとでしたらなんでもざっくばらんにお話をする癖がついてしまいましたから、このこともすっかりあけすけに申し上げます。フェドーラが毎朝とても早く起きて、洗濯《せんたく》をし、夜も遅くまで仕事をしているのを、まさかあたくしが知らないはずはございません。年寄りになれば、骨休めをしたいものです。また、あなたがあたくしのためにすっかりお金をお使いになって、最後の一コペイカまで投げ出してあたくしのために使っていらっしゃるのを、まさかあたくしが知らないとでもいうのですか？　ねえ、あなたはそんなお金持ちじゃございませんわ！　お手紙には、最後のものを売りはらっても、あたくしに不自由はさせないと書いておられます。

そりゃ、あたくしも信じます。あなたの善良なお心は信じます。でもあなたは今だからそんなふうにおっしゃれるのです。今は思いがけないお金を持っていらっしゃいます、ボーナスをお貰《もら》いになったんですもの。でも、これからはどうなりましょう？　ご承知のとおり、あたくしはしょっちゅう病気をいたしております。あなたのようには働けません。それに、いくら仕事をする気があっても、いつでも仕事があるわけではありません。では、あたくしはどうしたらいいのでしょうか？　あなた方お二人が真心から尽してくださるのをぼんやり眺《なが》めながら、胸も張りさける思いでいなければなりません。あたくしはどうしたら、ほんの少しでもあなたのお役にたつことができるのでしょう？　ねえ、あたくしはまたなんでそんなにあなたに必要な女なのでございましょう？　なにをそんなに良いことをしてあげたのでしょう？　あたくしはただ心からあなたをお慕いし、あなたをつよく、つよく、心をこめて愛しているだけでございます。でも、あたくしの運命は辛うございます！　あたくしは人を愛する術《すべ》を知っており、愛することもできますが、ただそれだけのことで、なにか善いことをしてあげることも、あなたのご恩にお酬《むく》いすることもできないのでございます。もうあたくしを引きとめないでくださいませ。よくお考えのうえ、最後のご意見をお聞かせくださいまし。では、ご返事をお待ちしております……

あなたをお慕いする
V・D

七月一日

ばかげた、ばかげた考えですよ、ワーレンカ、そんなことはほんとにばかげた考えというものですよ！　きみを放《ほう》っておいたら、その頭でどんなことを考え出すかわかったものではありませんね。ああでもない、こうでもない、とね！　しかし、わたしには今度こそわかりましたよ、そんなことはみんなばかげた考えです。いったいきみはここにいて何が不足なんです、まず、それから聞かしてください！　きみは愛されていますし、きみもわたしたちを愛していてくださる、わたしたちはみんなそれに満足して、しあわせなんです、このうえ何がいるんですか？　じゃ、きみは他人の中へ出ていって、いったい何をしようというんです？　きっと、きみにはまだ、他人とはどんなものか、よくわかっていないんでしょう……いやいや、わたしにちゃんとたずねてください、そうしたらわたしは他人とはどんなものか話してあげますから。わたしは他人を知っています、ようく知っていますとも。他人のパンも食べたことがあるんですから、ワーレンカ、他人というものは意地の悪いものですよ。いや、意地の悪いのなんのって、とにかくちょっとでも気にくわないことがあれば、小言をいったり、責めたりするばかりか、いやな眼《め》で見るのですからね。わたしたちのなかにいれば、きみは温かく、気持よく、まるで自分の巣のなかに入っているようなものですよ。それにきみがいってしまったら、わたしたちは首がなくなったも同然ですよ。きみがいなくなったら、わたしたちはどうやって暮していけます？　そんなことになったら、この年寄りのわたしは何をしたらいいのでしょう？　きみがわたしたちに必要じゃないんですって？　役にたたないんですって？　いや、どうして役にたたないことがありましょう？　いや、ご自分でよく考えてみてください、きみが役にたたないひとかどうか？　ワーレンカ、きみはわたしにたいへん役にたっていますよ。きみはとってもいい影響をもってますよ……現に、このわたしは今きみのことを考えて、すっかり楽しくなっているんですから……わたしは時どききみにお手紙を書いて、自分の思っていることをなにもかもぶちまけて、きみから詳しいご返事を頂いておりますよ。時にはきみに着物を買ってあげたり、帽子をつくってあげたり、時にはきみから何か頼まれることもありましたし、わたしが頼んだこともありました……いや、どうしてきみが役にたたないことがありましょう？　それに第一、わたしは年をとってから独りぼっちでどうしたらいいのでしょう、このさき何の役にたてましょう？　ワーレンカ、きみは、きっと、この点を考えてみてくれなかったんですね？　いや、どうかこの点をこそ考えてみてください。つまり、自分がいなくなったら、あの人は何の役にたつのだろう？　ってね。わたしはすっかりきみと親しくなってしまったので、もしきみがいってしまったら、どんなことになるでしょう？　わたしはネヴァ河へでも飛びこんで、それでもうおしまいですよ。ワーレンカ、きっと、そうなりますよ。だって、きみがいなくなったら、わたしは何もすることがないじゃありませんか！　ああ、わたしの可愛《かわ》い人、ワーレンカ！　どうやらきみは、わたしが荷馬車でヴォルコヴォ墓地へ運ばれていくのをお望みのようですね。どこかの乞食婆《こじきばあ》さんがひとり棺のあとについてきて、やがてわたしは砂をかけられ、婆さんもわたしひとりを置きざりにして行ってしまう。それがきみのお望みらしいですね。あんまりです、あんまりですよ！　ほんとに、あんまりですよ、まったく、あんまりですよ！　ワーレンカ、きみのご本をお返しします。わたしの意見をおたずねでしたら、わたしは生れてこのかたこんなにすばらしい本を読んだことはないと申し上げましょう。今やわたしは、われとわが身に、自分はこれまでなぜこんなにのほほんと暮してきたんだろう？　と自問している始末です。自分は何をしてきたんだろう？　どんな森の中から出てきたんだろう？

とね。わたしは何も知りません、まるっきり何も知らないんです！　ほんとに、何も知りません！　ワーレンカ、ざっくばらんにいいますが、わたしは無学な男です。これまでろくに本も読んだことがないんです、ほんとに幾らも読んでいません、何も読まなかったも同然です。『人間の本質』（訳注　ロシアの哲学者ア・ガリチ（一七八三―一八四八）の観念哲学による人間論）という、ためになることを書いた本は、読んだことがあります。『小鈴でさまざまな曲を奏《かな》でる少年』（訳注　当時評判の高かったフランスの作家デュクレ・デュムニール（一七六一―一八一九）の小説）も読みました、それから『イビュクスの鶴《つる》』（訳注　ドイツ詩人シラーのバラード）も読みましたが、全部でこれだけです。そのほかには何ひとつ読んだことがありません。今度きみのご本で『駅長』を読みました。これだけはいっておきますが、長年生きているくせに、自分の生活をそっくりまるで掌《たなごころ》を指すように書いた本が、身近にあることを知らずにいることもあるものなんですね。それに、今まで自分でも気づかないでいたことが、こんな本を読んでいるうちに、少しずつ思い出したり、気づいたり、なるほどと納得してくるのです。それから最後に、もうひとつきみの本が好きになった理由があるのです。それはほかでもありません。そこらにある本は、読んでも読んでも、どうにも難かしくて、解《わか》らないようなことがよくあるんです。たとえば、わたしなんか愚鈍なたちで、生れながらの鈍才ですから、あまり難かしい本は読まないのですが、この本を読んでいると、まるで自分で書いたような気がするんです。たとえていえば、自分自身の心をそっくりそのまま取り出してきて、みんなに裏返しにして見せ、それをなにもかもすっかり書きとめた、といったふうなんですよ！　それに書いてあることも何も難かしいことじゃないんです。まったく何でもないんです！　いや、わたしだってこのくらい書けそうですよ。どうして書けないことがあるもんですか？　なにしろ、わたしはこの本に書いてあるようなことを、あれとそっくり同じように感じますし、わたしだって時にはあの気の毒なサムソン・ヴィリンと同じ立場におかれたことだってあるんですから。それに第一、わたしたちのまわりにはこんなサムソン・ヴィリンたちが、彼と同じように不運な人たちが、いくらでもいるじゃありませんか！　それが実にうまく書けているんですからね！　わたしはあの男が罪ぶかい話ながら気を失うほどやけ酒をのみ、一日じゅう羊皮の外《がい》套《とう》をかぶって寝すごし、悲しみをまぎらすためにポンス酒をあおり、迷子になった仔《こ》羊《ひつじ》のような娘のドゥニャーシャのことを思い出しては、汚ない外套の裾《すそ》で目をこすりながら、哀れっぽく泣き声をあげるというところを読んだとき、思わず涙がこぼれそうになりました！　いや、これは作りごとじゃない！　読んでごらんなさい、まったく自然そのままです！　生きています！　わたしはこの眼でそれを見てきました。現に、みんなわたしのまわりに生きています。テレーザだってそうです――何も遠くまで例をさがしに行かなくてもいいんです！——ここに住んでるあの気の毒な小役人だってそうです。彼だってサムソン・ヴィリンと同じような人物ですが、ただゴルシコーフという別の苗字《みょうじ》をもっているだけです。だれにもみんな共通したことで、きみだって、わたしだって、そうならないとは限らないのですよ。ネーフスキー通りや河岸《かし》通りに住んでいる伯爵《はくしゃく》にしたところで、同じことなんですが、ただあの連中は何でも貴族らしく、上品ぶっているから、違ったように見えるだけのことで、やっぱり同じことなんですよ。いつなんどきどんな事が起らないとも限らないのです。わたしにしたって同じことが起らないとは限りません。それなのに、きみはわたしたちを捨てて行こうとしているんですよ。ワーレンカ、あんまりじゃありませんか。きみは自分をも、わたしをも破滅させてしまいますよ。ああ、わたしの大事な人、お願いですから、そんな自由思想は頭の中からたたき出して、わたしをいたずらに苦しめないでください。まだ羽根もろくに生えそろわない、ひ弱な小鳥のようなきみが、どうして自分の口を養うことができましょう、どうしてわが身の破滅をふせぎ、悪人どもから身を守っていくことができましょう、ワーレンカ、もうたくさんです、はやく丈夫になってください、つまらない忠告やおせっかいに耳を傾けないでください。そしてもう一度注意ぶかくきみの本をよく読み返してください。きっとなにかためになりますから。

わたしは『駅長』のことをラタジャーエフに話しました。彼は、あれはみんな古くさいもので、近頃《ちかごろ》ではいろんな描写や説明の入った本が流行《はや》っている、といっていました。正直な話、そのときわたしは彼のいったことがよく呑《の》みこめませんでした。しかし、結局のところ、プーシキンはいい、彼は聖なるロシアの名を世に輝かしたのだからといって、そのほかいろいろとプーシキンのことをわたしに話して聞かせてくれました。ええ、とにかく、たいへんにいいのです、ワーレンカ、たいへんにいいのです。わたしの忠告をきいて、もう一度この本を注意ぶかく読み返してごらんなさい。きみも聞きわけをよくして、この年寄りのわたしを喜ばしてください。そのときには神さまもきみに酬いをさずけてくださるでしょう、きっとさずけてくださいますよ。

きみの心からの友
マカール・ジェーヴシキン

七月六日
マカール・ジェーヴシキンさま！
フェドーラがきょう銀貨を十五ルーブル持ってきてくれました。あたくしが銀貨三ルーブルをやったとき、あのかわいそうな女《ひと》の喜びようといったら！　取急ぎお手紙をさしあげます。あたくしは今あなたのチョッキを裁っているところでございます。すてきな生地《きじ》で、黄色いところに小さな花が散っているのです。ご本を一冊お届けいたします。いろんな小説を集めたものです。あたくしはそのうちの幾つかを読みました。その中のひとつ『外套』という題のついたのを読んでごらんくださいまし。一緒にお芝居へ行こうとお誘いくださいましたが、お高くはございませんの？　行くとしても天井桟敷《さじき》がよろしゅうございますわ。あたくしももう長いことお芝居には参っておりません。ええ、ほんとにいつ行ったきりだかもう忘れてしまいましたわ。ただその思いつきがずいぶん高いものにつくんじゃないかと、またそればかり心配しております。フェドーラはしきりに首を振って、あなたは近頃ご自分の収入にふさわしくない暮しをするようになったと申しております。あたくし自分でもそう思います。あたくしひとりのために、あなたはどんなに無駄使《むだづか》いをなさったことでしょう！　どうか困ったことにならないように、お気をつけくださいまし。フェドーラはいろんな噂《うわさ》を聞いてきて話してくれますが、あなたは部屋代を滞らせてお宅の女主人《おかみ》さんと口論をなさった、とか。あたくしはあなたのためにたいへん心配しております。では、ごきげんよう、急ぎますので。ちょっとした仕事があるのです、帽子のリボンを取替えているものですから。

V・D

二伸　ねえ、もしお芝居に行くんでしたら、あたくし新しい帽子をかぶって、黒いケープを羽織っていこうと思いますの。それでよろしいでしょうか？

七月七日

ワルワーラさん！

……では、またきのうの話の続きをしましょう。そうです、その頃はわたしどももばかなまねをしたものですよ。なにしろ、その女優にのぼせて、すっかり参ってしまったんですから。いや、それくらいならまだしも、一番ひどいのは、その女優をろくすっぽ見たこともなく、芝居にはあとにもさきにもたった一回しか行かないくせに、それでいてすっかり彼女に参ってしまったのです。その頃、壁一つとなりに血気さかんな青年が五人ほど住んでいました。わたしはその連中とつきあっていました。もっともかなりけじめはつけていましたが、なんとなくつきあうようになったんです。こちらも仲間はずれにされまいと思って、何事につけ相槌《あいづち》をうっていたのですよ。この連中がその女優のことをさんざん話して聞かせてくれたのです。毎晩劇場が開く時分になると、この連中はお揃《そろ》いで出かけていくのです。必要なものを買うお金なんかついぞ持っていたためしもないくせに、お揃いで出かけていって、天井桟敷に陣どり、わいわい拍手をしては、その女優をカーテンコールに呼びだして——まるで狂気のさたなんです！　そのあと家へ帰っても、寝かしてはくれないんです。一晩じゅうその女優の品さだめをやっているんです。みんながその女優をおれのグラーシャだと呼んで、みんながその女優ひとりに恋してしまったのです。みんなの心に恋のカナリヤが宿ったってわけですよ。連中は頼りないこのわたしまでそそのかしたのです。その時分はわたしもまだ若かったものですな。どうやってあの連中と劇場四階の天井桟敷へ入ったのか、自分でもよくわかりません。見たものといったら幕の端っこばかりですが、聴くほうは何でもきこえました。その女優はまったくすばらしい声をしていました、ウグイスのような張りのある甘いひびきでした！　わたしたちは猛烈な拍手をして、怒鳴りちらしました。一口にいって、みんなは危うく警察のご厄介になるところでした。一人なんか、ほんとに、つまみ出されてしまいました。わたしは家に帰っても、まるで毒気に当ったような気がしていました！　ポケットには銀貨一ルーブルしか残っていないのに、月給日まではまだたっぷり十日はあるのです。そこで、どうしたと思います？　その翌日、役所に出る前に、わたしはフランス人の香水店へ寄って、全財産をはたいてなんとかいう香水といい匂《にお》いの石鹸《せっけん》を買ってしまったんです。いや、どんなつもりであのときそんなものを買いこんだのか、自分でもわかりません。それから中食《ちゅうしょく》にも家へ帰らないで、ずっとその女優の窓の下をうろついていたんです。彼女はネーフスキー通りの四階に住んでいました。わが家に帰って、小一時間も休むと、もう彼女の窓の下を通りたい一心から、ネーフスキー通りへ出かけていくのでした。一カ月半もこんなふうに通いつめて、その女優の尻《しり》を追いまわしたものでした。しょっちゅう威勢のいい馬車を雇って、彼女の窓の下を往《い》ったり来たりしていました。やがて、すっかり金を使いはたし、借金をつくって、ようやく恋もさめてしまいました──飽きてしまったのです！　いやはや、女優というものは、ちゃんとした人間をこんなにまで変える力をもってるんですよ！　もっともわたしも若かったんです、あの時分は若かったんですね！……

M・D

七月八日

わたしのワルワーラさん！

今月の六日にお借りしたご本（訳注　ゴーゴリの短編集のこと。次にのべてあるのは『外套』の感想）を取急ぎお返しいたします。と同時に、この手紙でひとつ釈明しておきたいことがあります。いけませんね、ワーレンカ、こんなにわたしを追いつめるなんて、ほんとに、いけませんね。まあ、聞いてください、人間の境遇というものは、だれでも至高の神さまからきめられているのですよ。ある人は将軍の肩章《けんしょう》をつけ、またある人は九等官として勤めるように運命づけられております、ある人は他人に命令をくだし、ある人は不平もいわずに戦々《せんせん》兢々《きょうきょう》としながら、その命令に服従するようになっています。これはもう人間の才能によって決っているのです。ある人にはこれこれの才能があり、また別の人には別の才能があるのですが、その才能は神さまによって与えられているのです。わたしはもうかれこれ三十年近くも役所勤めをしております。勤めぶりも非難されたことがなく、品行も方正で、規律にそむいたこともありません。一個の市民として、わたしは欠点もあるが、同時に長所もある人間だと自覚しております。上司の人びとにも尊敬され、閣下からも満足していただいております。もっとも今まで上司の人びとから特別の好意を示されたことはありませんが、わたしに満足しておられることは承知しております。白髪《しらが》になるまで生きてきましたが、顧みて大きなあやまちを犯したとは思いません。もちろん、小さなあやまちのない者はいないでしょう？　誰だってあやまちはあるもので、きみにだってあやまちはありますよ！　でも、大きなあやまちや、大それた行い、つまり、法にふれたり、公安を害するようなことは、一度も見つかったことがありませんし、また、そんなことはしたこともありません。十字勲章さえ貰おうとしたんですから。でもそんなことはどうでもかまいません！　こういうことはきみも良心にかけて、ちゃんと知っていてくださるはずですね。いや、あの男だって知っているのが当然です。なにしろ、物を書こうとするからには、なんでも知っておくべきですからね。いや、ワーレンカ、きみからそんなことをいわれようとは思いませんでしたよ！　ほかならぬきみからあんなことを聞かされようとは思いませんでしたね。

どうしろというんです！　もうこうなったからには、それがどんな部屋であろうと、じっと自分の部屋の片隅《かたすみ》におとなしく暮すこともできませんよ。諺《ことわざ》にもいうように、水も濁さず、他人にもさわらず、神をおそれてわが分をまもるかわりに、人さまにも指ひとつわが身にふれさせず、自分の巣に忍びこまれぬようにしているのに、お前の家庭はどんなふうか、たとえばお前は上等のチョッキを持っているか、下着はきちんとしたものを着ているか、靴《くつ》は持っているか、靴の底には何を張っているか、何を食べ、何を飲み、何を浄書しているのか？……などとはたから覗《のぞ》き見されるのではやりきれませんよ。また、たとえば、わたしだって道が悪ければ、爪先《つまさき》立って歩くこともありますが、それをなんだってわたしが靴を大切にするなんて書きたてる必要があるんです！　人がときに金に困って、お茶を飲まないでいるなんてことをなんだって書くんです？　これじゃまるで誰でも必ずお茶を飲まなくちゃいけないみたいじゃありませんか！　またわたしは、あいつは何をもぐもぐやっているんだろうと、他人の口をのぞいたことでもあるというんですか？　このわたしが誰かにそんな侮辱をしたことがあるでしょうか？　いいえ、ありませんよ。向うから手も出さないのに、こちらが他人を侮辱するわけがないじゃありませんか！　それじゃ、ワルワーラさん、一つ実例をお目にかけましょう。つまり、こういうわけなんですよ。こちらはせっせとまじめに勤めている、それで結構じゃありませんか！　おまけに上司の人びとも尊敬してくださる（なんとかかんとかいっても、とにかく尊敬しているんです）——ところが、これというしっかりした理由もないのに、何気なく、こちらの鼻先で、誰かが自分をたねに悪口をいったら、どうします？　そりゃ、何か新調でもしたときには、ほんとにうれしくなって、夜も眠らずに、喜ぶものですよ。たとえば新調の靴なんか、有頂天になってはいてみるものですがね。これは本当のことです。わたしだってそう実感しました。ぴったりした洒落靴《しゃれぐつ》をはいた足はわれながら見た目にも気持がよいものですからね。これはたしかによく書いてありますよ！　そうはいうものの、フョードル・フョードロヴィチともあろう人が、こんな本を見のがしておいて、自己弁明ひとつしないのにわたしはびっくりしています。なるほど、あの人はまだ若い高官で、時には怒鳴りちらすのが好きなんです。もっとも怒鳴りちらしていけないわけはありませんよ！　われわれ小役人を叱《しか》りつける必要があれば、大いに叱りつけるべきですからね！　まあ、かりにそうだとして、見栄《みえ》のために叱りつけるとしましょう。見栄のためだって、怒鳴りちらしてかまいません。みんなを叱責《しっせき》訓戒することも必要なんですから。というのは、ワーレンカ、これは内証の話ですけれども、われわれ小役人どもときたら、懲戒されなかったら、何もしないからです。みんなどこかに籍をおいて、自分が認められることばかりねらって、自己宣伝しているくせに、仕事のほうはなるべく避けていこうとするからです。ところで、官等にはいろいろあって、それぞれの官等がちゃんとその分に相応した譴責《けんせき》を必要とするので、懲戒にもいろいろなニュアンスがでてくるのも自然というものでしょう。これは当然の話ですよ！　また、わたしたちがお互いに訓戒しあい、お互いに懲戒しあっていくからこそ、世の中も持っていくのです。この予防法がなかったなら、世の中もたっていきませんし、秩序も何ものあったものではありませんよ。いや、フョードル・フョードロヴィチがこんな侮辱を見すごしたのは、まったく心外でなりません！

それに、いったいなんのためにこんなものを書くのでしょうか？　こんなことがなんの必要があるのです？　読者のだれかが代りにこのわたしに外套を作ってくれるとでもいうのですか？　新しい靴でも買ってくれるというのですか？　とんでもありません、ワーレンカ、さっと読みとばして、つづきを見たいというのが落ちですよ。いや、時にはわたしも身をひそめ、手当り次第になんでも引きかぶって姿をくらまし、どこへも顔を出したくないことがありますよ。それというのも世間の取りざたが怖《おそ》ろしく、この世のありとあらゆるものをたねに皮肉な悪口をいわれるのが怖いからなんです。だってそんなことになれば、自分の市民生活も、家庭生活も、すっかり文学に書かれて、何から何まで印刷され、みんなに読まれて笑いぐさとなり、世間に取りざたされてしまうのですから。そうなったらもう往来にも出られやしません。だってもうすっかり証拠はあがっているんですから、歩きぶりひとつ見ても、わたしども小役人だとわかってしまうじゃありませんか。せめてあの結末のところで思い直して、もうすこし調子をやわらげ、たとえばあの男が頭の上へ紙切れを振りかけられる件《くだり》のあとに、それにも拘《かか》わらず彼は善良なる市民であり、同僚からこんな仕打ちを受けるいわれのない人間であり、上司の命令によく従い（ここに何か実例をあげてもいいでしょう）、誰にも悪《あし》かれと望んだことはなく、信心ぶかく、そして死んだときにも（作者がどうしてもこの男を死なせたいなら）みなから惜しまれて泣かれた——とでもすればよかったのです。でもなんといっても、いちばんいいのはこの気の毒な男を殺さないでおいて、なくなった外套もみつかり、あの将軍は彼の善行をくわしく知って、自分の役所へ引きとり、官等をあげ、月給もあげてやった、というようにすることですよ。そうなれば、悪は罰せられ、善はさかえ、仲間の役人たちは何も得をしなかったことになるでしょう。わたしならきっとそんなふうにしますよ。ところがあの本では、あの男は何ひとつ目だつことも、いい所もないじゃありませんか？　あれじゃ毎日のくだらない生活からとった、空疎《くうそ》な一こまでしかありません。それにしても、きみはいったいどうしてこんな本をわたしに届ける気になったんです。ワーレンカ、だってこれは悪意にみちた本じゃありませんか。これは嘘《うそ》っぱちですよ。なぜなら、こんな役人はいるはずがありません。いや、あんなことをされたら、訴えなければいけません、ワーレンカ、手続きをふんでちゃんと訴えなければなりませんよ。

きみの最も忠実な僕《しもべ》

マカール・ジェーヴシキン

七月二十七日

マカール・ジェーヴシキンさま。

このあいだの出来事とあなたのお手紙にはすっかりびっくりさせられてしまい、ちょっと面くらってしまいましたが、フェドーラの話を聞いて、なにもかもはっきりいたしました。でも、マカールさん、どうしてそんなに絶望なさって、いきなりどん底に落ちこまなければならなかったんでしょう？　あなたのご説明では少しも納得できませんでしたわ。それ、ごらんなさい、あの条件のいい就職口をすすめられたとき、あたくしがぜひともいきたいと我を張ったのは間違いだったでしょうか。それに、このあいだあたくしの身に起った事も心底からあたくしをびっくりさせました。あなたはあたくしを愛すればこそ、かくしておくのだとおっしゃっています。あなたはあたくしのために使うのは余分のお金だけだと断言なさって、その余分のお金は万一の場合に備えて質屋においてあるとおっしゃってくださったときでさえ、あたくしはずいぶんありがたいことだと承知しておりました。ところが今はあたくしはもうなにもかも知ってしまいました、あなたはまるっきりお金なんかお持ちではなかったのに、ふとしたことからあたくしが困っていることをお聞きになり、それに心を動かされて、月給を前借りしてまであたくしを助けようという気を起され、あたくしが病気になったときにはご自分の服までお売りになってしまったのです。今ではそれがすっかりわかってしまいましたので、あたくしはそれをどう受取ったものか、どう考えたらよいのか、今なおわからないくらい苦しい立場においこまれました。ああ！　マカールさん！　あなたは同情の気持と肉親としての愛情に動かされてなさった、あの最初のお恵みだけで止《や》めておいて、その後の無駄使いをなさってはいけなかったのです。マカールさん、あなたはあたくしたちふたりの友情を裏切りなさったのです。だって、あなたはあたくしに打明けてくださらなかったんですもの。こうして今、あなたの最後のものまでがあたくしの着物や、お菓子や、散歩や、お芝居や、本になってしまったのかと思うと、あたくしは自分の許しがたい軽はずみを悔むことによって、たかい代償を払っているわけでございます（軽はずみだと申しますのは、あたくしはあなたご自身のことを考えないで、何でも頂いたからです）。そしてあたくしをよろこばせようと思って買ってくださったものが、今ではみんなあたくしの悲しみとなり、無益な悔いを残すのみとなりました。あたくしも近頃《ちかごろ》あなたが沈んでいらっしゃるのに気づいて、自分でもうら悲しい気持でなにかしら待ちのぞんでいたのですが、今度のようなことになろうとは夢にも思いませんでした。ねえ、なんていうことでしょう！　マカールさん、そんなにまであなたが落胆なさるなんて！　でも、これからは、あなたをご存じの人は、あなたのことをなんと思うでしょう、なんというでしょう？　あなたは心の優しい、慎しみぶかい、分別のある方だったので、あたくしをはじめみんなが尊敬しておりましたのに、そのあなたが今までついぞなかったような、忌《いま》わしい堕落に、思いがけなく、落ちておしまいになったんですもの。あなたが酔いつぶれて往来で倒れているところを警官に見つけられて、お宅まで送られてきたという話をフェドーラから聞かされたとき、あたくしの気持はどんなだったでしょう！　あたくしは驚きのあまり棒だちになってしまいましたわ。そのくせあなたが四日も家をあけていらしたので、何か変ったことがあったのではないかと予期してはいたのです。それにしても、マカールさん、あなたは欠勤のほんとうの原因が知れたら、上司の方がなんといわれるか、考えてごらんになりまして？　あなたはみなに嘲笑《ちょうしょう》されているとか、みながあたくしたちの関係を知ってしまったとか、同宿の方たちがあたくしを笑い草にしているとかおっしゃっています。マカールさん、そんなことはお気にかけないでください。後生ですから、お気を静めてください。それから、これはちょっと小耳にはさんだことですけれども、あの士官たちの経緯《いきさつ》にも、あたくしはびっくりいたしました。いったいそれはどういうことなのか、すっかりお話ししてくださいまし。お手紙によりますと、打明けるのが怖ろしかったとか、告白したらあたくしの友情を失いはしないかと心配だったとか、病気のあたくしをどうやって助けたものかわからないで絶望なさったとか、あたくしの生活をささえ病院に入れないで済まそうとして何もかも売払っておしまいになったとか、できるかぎりの借金をなさったとか、今でも毎日女主人《おかみ》さんとおもしろくないことがあるとか書いておられますが、あなたはそんなことをかくしていらしたために、なによりも悪い道をお選びになったわけですわ。でも今となってはあたくしもなにもかも知ってしまいました。あなたはあたくしがあなたの不幸の原因となったことを、あたくしに悟られまいと気を使ってくださいましたが、今度はご自分の行いで二倍の苦しみをあたくしに与えてくださったわけですのよ。ねえ、マカールさん、あたくしは今度のことではほんとにびっくりいたしました。ああ、あたくしの大切な方！　不幸は伝染病みたいなものですわね。不幸な者や貧しい人たちはお互いに避けあって、もうこれ以上伝染させないようにしなければなりません。あたくしはあなたが以前のつつましい孤独の生活では一度も経験なさったことのないほどの不幸をあなたに持ってきたのでございます。それを思うと、あたくしは苦しくて、死にそうですわ。

では今度こそ、あなたはどうなさったのか、なぜあんなことをする気におなりになったのか、なにもかも打明けてお知らせくださいまし。できることなら、あたくしを安心させてくださいまし。今あたくしを安心させてくださいと書いたのは、決して自尊心のためではございません。それはどんなことがあってもあたくしの胸から消えることのない、あなたへの友情と愛のためでございます。では、ごきげんよう。ご返事を待ちこがれております。マカールさん、あなたはあたくしという人間を悪くお取りになっていらしたんですのね。

心からあなたをお慕い申し上げる

ワルワーラ・ドブロショーロワ

七月二十八日

わたしにとってかけがえのないワルワーラさん！

さて、もう今ではなにもかも終りをつげて、すべてのことが少しずつ以前の状態にかえりつつありますから、わたしは次のように申し上げておきます。ねえ、きみは世間の人がわたしのことをなんと考えるだろうかと心配しておられますから、取り急ぎ宣言しておきますが、ワルワーラさん、わたしにとっては何よりも名誉心がいちばん大切なのです。ですから、わたしは自分の災難やあの不始末の一部始終をご報告するついでに、上司の方々はまだ誰ひとり知っているものはなく、将来とも気づかれるはずはありませんから、みんなは昔どおりにわたしに尊敬の念を払ってくれるだろうということをお知らせしておきます。ただ一つ怖ろしいのは世間の噂《うわさ》だけです。家では女主人《おかみ》が怒鳴りちらしていますが、今ではきみから借りた十ルーブルのおかげで借金の一部を返したものですから、ただぶつぶついうだけで、もうたいしたことはありません。ほかの連中はどうかというと、これもなんでもないのです。この連中からは決して借金してはいけないので、借金さえしなければ、あとは問題じゃありません。さて、この弁明の結びとして申し上げておきますが、わたしは自分に対するきみの尊敬をこの世で何よりも尊いものと考えておりますので、今もこの一時的な混乱のなかにいても、それによって慰められているのです。おかげさまで最初の打撃と初めの騒ぎはもうおさまりましたし、わたしが自分の天使のようにきみを愛し、きみと別れかねるままに、きみをひきとめて欺《だま》していたからといって、きみはこのわたしを利己的な背信の友とは考えておられなかったのですから。このところ、わたしは勤めにはげみ、立派に職務を果しております。きのうわたしが横を通ったときにも、エフスターフイ・イワーノヴィチは一口も文句をいいませんでした。もうきみにはかくさずに申し上げますが、死ぬほど辛《つら》い思いをしているのは借金と、服装のひどさです。でもこれは大したことじゃありません。どうぞ、お願いですから、そんなことにむきにならないでください。きみはまた五十コペイカ玉を届けてくださいましたが、ワーレンカ、この五十コペイカ玉はわたしの心をえぐりましたよ。ああ、ついにこんなことになってしまったのか、こんなにまでなってしまったのか！というのは、ばかの老いぼれのわたしがきみを助けるのではなくて、逆に哀れな孤児のきみがわたしを助けてくださることになってしまったんですから！　フェドーラがお金をつくってきたのは感心ですね。差当りわたしのほうにはまったくお金の入る見込みがありません。もしちょっとでも見込みがたったら、くわしくお知らせします。しかし、世間の噂には弱ります、なにより世間の噂が心配です。では、ごきげんよう、わたしの天使さん。きみの手にキスして、ご全快をお祈りします。役所へ急いでいるので、くわしくは書いていられません。なにしろ精励努力して、勤めをおろそかにした罪をつぐないたいと思うからです。例のいろいろな出来事や、士官相手の経緯についてはくわしいことを晩にゆずります。

きみを尊敬し、心からきみを愛している

マカール・ジェーヴシキン

七月二十八日

ああ、ワーレンカ、ワーレンカ！　今度こそ罪があるのはきみのほうですよ、きみはきっと良心の呵責《かしゃく》を受けるでしょう。きみのお手紙でわたしはすっかり理性をかき乱され、当惑してしまいました。でも、今ようやく暇ができたので、わが心のなかを顧みて、自分のほうが正しかったのだ、絶対に正しかったのだと悟ったのです。わたしは自分のやったふしだらなことをいっているんじゃありません（あんなことは、あんなことは問題じゃありませんよ！）。わたしがいいたいのは自分がきみを愛したということなんです。しかも、きみを愛することがわたしにとっては少しも無分別なことではなかった、決して無分別なことではなかったということです。きみはなんにもご存じないんです。ですから、なぜこんなごたごたが起きたのか、なぜわたしがきみを愛せずにはいられなかったかということさえわかれば、きみもあんなことはいわれなかったでしょう。きみはただ理詰めであんなことをいっているだけで、心のなかではそれとまったく違ったことを考えていらっしゃるものと、わたしは信じております。

さて、ワーレンカ、あの士官たちとの間にどんなことがあったのかは、わたし自身もよく知りませんし、憶《おぼ》えてもいないのです。断わっておかなければなりませんが、それまでわたしはおそろしく混乱しきっていたのです。もうまる一カ月も、わたしはいわば一本の糸にしがみついた状態でいたということを念頭にいれておいてください。とにかく悲惨な状態だったのです。きみにはかくしていましたし、家でもやはりかくしていたのですが、女主人《おかみ》が騒ぎたて、わめきちらしたのです。もっともそれだけならなんでもなかったのです。あんな性悪な婆《ばあ》さんには、わめかせておけばいいのですが、ただ第一に恥さらしですし、第二に、どこから聞いてきたのかあの婆さんがわたしたちの関係をかぎつけて、ひどいことを家じゅうに響きわたるほどわめきちらしたものですから、わたしはぞっとして、耳をふさいでしまったのです。ただ問題なのはほかの連中が耳をふさがなかったばかりか、かえって、そばだてたということです。今でもわたしは身のおき場も知らないくらいです……

さて、わたしの天使さん、こういう不幸がみんな山のようになって、わたしをぎりぎりにまで追いつめたのです。そこにもってきて、突然フェドーラから妙なことを聞かされたんです。それは身の程を知らない男がお宅を訪ねて、無礼にも結婚の申込みをして、きみを侮辱した、ということです。その男はきみを侮辱した、ひどく侮辱したんだと、わたしは自分なりに判断したのです。というのはわたし自身もひどい侮辱を感じたからです。そこでつい、わたしは道をあやまってしまったのです。それを聞くと、わたしは前後を忘れて、すっかり参ってしまいました。ワーレンカ、わたしは前代未聞《みもん》の狂乱状態で家を飛び出しました。わたしはその怪《け》しからん男のところへ行こうと思ったのです。なにをするつもりだったのか、自分でもわかりませんでしたが、ただわたしは天使のようなきみが侮辱されるのが忍びがたかったのです！　ええ、そりゃ、やるせない気持でした！　ちょうどその時分は雨とぬかるみで、おそろしく憂《ゆう》鬱《うつ》だったのです！……わたしはもう引っ返そうとしましたが、そのとき魔がさしたんです。わたしはエメーリヤ、つまり、エメリヤン・イリイッチに会ったのです。この男は役人で、いや、その役人だった男で、今じゃもう役人ではありません。というのは役所を首になったからです。今は何をやっているのかわたしも知りませんが、なにしろ困っている様子でした。で、その男と二人で出かけて行ったのです。それから――いや、何をいまさら書きたてることがありましょう。ワーレンカ、きみだって、自分の親友の不幸や難儀や、その人のなめてきた誘惑の物語を読むのが、おもしろいはずはないでしょう。三日目の晩にこのエメーリヤがあまりわたしをけしかけたので、わたしはあの男、つまり、あの士官の家へ行ったんです。アドレスはうちの門番から聞いておきました。ついでだからいいますが、わたしは前からこの若僧には目をつけていたんです。まだわたしどもの家に間借りしていたときから、あの男には目をつけていたんです。今になって考えれば、わたしは失礼を働いたということがわかります。なぜなら、わたしは先方の玄関に立ったときもう正体不明だったからです。ワーレンカ、わたしは正直いって何ひとつ憶えておりません。ただ憶えているのは、あの男の部屋にとても大勢の士官がいたことです。いや、これもわたしの酔眼のため二重写しに見えたのかもしれません。わたしは自分がどんなことをしゃべったのかも憶えておりません。ただ義憤にかられて大いにしゃべりまくったことだけしか知りません。そこで、わたしはその場からつまみ出されたんです。いきなり階段から突き落されたんです。いや、突き落されたというほどじゃなくて、押しだされたのです。ワーレンカ、きみはわたしが家に帰ったときのことは、もうご存じですね。これで全部です。そりゃ、わたしは自分で値打ちをさげました、わたしの名誉心も傷つけられました。しかし、それは誰も知りません。きみよりほかには誰も他人は知らないのです。とすれば、そんなことはなんにもなかったと同じわけです。ワーレンカ、ひょっとすると、そのとおりかもしれませんね、きみはどう思います？　わたしがよく知っているのは次のことくらいなものです。去年うちの役所でアクセンチイ・オシポヴィチがやはりこんな具合にピョートル・ペトローヴィチの人格を傷つけたことがあるのです。ただあの人はそれを内証で、秘密にやったんです。あの人は相手を門番の部屋に呼びつけたんですが、わたしはそれをすっかり隙間《すきま》から見ていました。そのときあの人ははっきり制裁したんですが、それもなかなか潔《いさぎよ》いやり方でした。というのは、わたしよりほかには誰も見ていませんでしたし、わたしなら、大丈夫ですからね。つまり、その、わたしは誰にもそんなことは吹聴《ふいちょう》しなかったという意味です。さて、その後ピョートル・ペトローヴィチとアクセンチイ・オシポヴィチは何事もないみたいでした。ピョートル・ペトローヴィチは、ご承知のとおり、自尊心の強い人ですから、誰にも話さなかったのです。そのため二人は今でもお辞儀もすれば、握手もしています。わたしは口論するつもりはありません、ワーレンカ、きみを相手に口論する勇気はありません。わたしはひどく堕落しました。そしてなによりも一番怖ろしいのは、自分で自分を今までのように尊敬できないことです。しかし、これはきっと生れながらにきめられていた運命に違いありません。それに運命となれば、もう逃げられないことは、あなたもご承知のとおりです。さあ、ワーレンカ、以上がわたしの不幸と災難のくわしい報告です。ご覧のとおり、どれもこれも読んでも読まなくても構わないようなことばかりです。わたしはすこしからだの調子が悪く、茶目気なんかすっかり抜けてしまいました。では、ワルワーラさん、右のとおり、きみへの好意と愛情と尊敬を証明してペンをおきます。

きみの最も従順な僕《しもべ》
マカール・ジェーヴシキン

七月二十九日

マカール・ジェーヴシキンさま！

お手紙二通とも拝見いたしました。そして、ただもう嘆息するばかりでした！　ねえ、あなたはまだこのあたくしに何かかくしていらして、あの不愉快な出来事のほんの一部しかお知らせしてくださらないのですね。でなければ……マカールさん、ほんとに、お手紙はまだどことなく調子が乱れているところがございますわ……後生ですから、あたくしどものところへお出かけくださいな、ねえ、きょうお出《い》でください。いっそのこと、まっすぐ中食《ちゅうしょく》にお出かけください。お宅でどんなふうにしていらっしゃるのか、女主人《おかみ》さんとどう話をおつけになったのか、あたくしにはさっぱりわからないんですもの。だってあなたはそういうことは何ひとつお書きになりませんし、わざと黙っていらっしゃるんですのね。では、さようなら。ぜひともきょうはお出かけくださいませ。いっそのこと、毎日あたくしどものところで中食をなさるようにしたほうがようございますわ。フェドーラはお料理がとても上手なんですの。では、ごきげんよう。

あなたの
ワルワーラ・ドブロショーロワ

八月一日
ワルワーラさん！
きみは善をもって善に報い、わたしに恩返しする機会を今度は自分の番として神さまに恵まれたことを喜んでおられますね。ワーレンカ、わたしはそれを信じます、また、天使のようなきみの心根の善良さをも信じているので、これは決してきみを非難していっているのではありません。ただあのときのように、わたしがいい年をして道楽をはじめたなんて責めないでください。あれはたいへんなあやまちでした、いまさらどうにもなるものではありません。もしきみがどうしてもあれをたいへんなあやまちだといわなくては気がすまないというのなら別ですが、ただきみからそんなことを聞かされるのは、わたしとしてとても辛いんですよ！　わたしがこんなことをいったからといって、きみは怒らないでください。わたしは胸がかきむしられるような想《おも》いです。貧しい人たちは気むずかしいものです、これはもう当然のことです。わたしは以前からそう感じていました。この貧しい人というものは気むずかしくて、世間を見る目も人と違いますし、往来を通る人にもいちいち白い目をむけ、キョロキョロと落着きのない目であたりを見まわし、他人のどんな言葉にも、あれは自分のことを噂しているんじゃなかろうか？　と耳をすますものなのです。あいつはなんてぶざまな格好をしているんだろう、いったいあいつは心に何を感じているんだろう？　こっち側から見たらどんなだろう、あっち側から見たらどんなだろう？　などといった調子です。ワーレンカ、これはもうわかりきった話ですが、貧乏人というものはぼろ屑《くず》にも劣るもので、人がなんと書きたてようが、誰からも尊敬なんかされないものなんです！　あの三文文士どもが何を書きたてようと同じことですよ！　貧乏人は何から何までまったく昔のままなんですから。じゃ、なぜ昔のまんまなんでしょう？　それはほかでもありません。あの連中にいわせると、貧乏人というものは何から何まで人の裏返しになっているはずだから、貧乏人であるからには神聖なものなど何ひとつ持ってるはずがないし、自尊心なんかもこれっぽっちもありはしない、というわけです！　現に、先日もエメーリヤが話していたことですが、どこやらであの男のために醵金《きょきん》してくれたそうです、各人が金を十コペイカずつ出しあって、いってみれば、公式に彼を見物したわけですよ。その連中は十コペイカずつただでくれてやったと思っていたでしょうが、とんでもありません、連中は一人の貧乏人を見せてもらった料金を払ったまでなのですからね。最近では慈善事業でさえもおかしなふうに行われています。いや、ひょっとすると、いつの時代もそうだったのかもしれません！　慈善家連中はやり方が下手なのか、でなければ大名人なのか――の二つに一つです。きみはたぶんこんなことはご存じなかったでしょうね。それじゃ一つ教えてあげましょう！　ほかのことでしたら、わたしたちは何でも黙ってひきさがるのですが、こうしたことにかけては心得がありますからね！　では貧乏人はなぜそんなことを心得ているのでしょうか、なぜそんなふうにばかり考えるのでしょうか？　なぜでしょう？　いや、それは経験のたまものですよ！　ですから、たとえば次のようなことを貧乏人はちゃんと承知しています。つまり、自分のそばにいるどこかの紳士が、近くのレストランへ行きながら、この小役人はきょうは何を食うんだろう？　おれはソテー・パピリオを食うつもりだが、こいつはきっとバター抜きのカーシャでも食うんだろうと、気をまわすのをちゃんと承知しているんです。でも、このわたしがバター抜きのカーシャを食べるからって、その紳士になんの関係もないじゃありませんか？　ワーレンカ、そんな人間がいるんですよ、そんなことばかり考えている人間がいるんですよ。そして、あの連中も、あの失敬な当てつけ専門の三文文士どもも方々歩きまわって、わたしどもが足をちゃんと敷石につけて歩いているか、爪先《つまさき》だけで歩いているか、などと観察しているんですよ。そして家に帰ってから、某省に勤める九等官某は靴の先から足の指がむき出しになっており、肱《ひじ》のところも破けている——などとこまごま書きとめて、そんなくだらない代物《しろもの》を出版しているのです……わたしの肱が破れていたって、それがどうしたっていうんだ？　いや、こんな乱暴な言葉をつかって失礼ですが、ワーレンカ、貧乏人にもこんなことについては、きみに処女の羞恥心《しゅうちしん》があると同じように、羞恥心があるのだ、ということを申し上げておきましょう。だって、まさかきみは、乱暴な言葉を使って失礼ですが、衆人環視のなかで裸になんかなりはしないでしょう。それとおんなじことですよ、貧乏人だって、あいつの家庭生活はどんなだろうなどと、自分の小部屋を覗《のぞ》きこまれたくはないのですよ。それなのに、ワーレンカ、ちゃんとした人間の名誉と自尊心を傷つけるこの敵どもとぐるになって、なんだってきみはあのときこのわたしを侮辱したんです？

それに、きょうは役所に行っても、顔から火の出るほど恥ずかしくて、まるで熊《くま》の子か、毛をむしられた雀《すずめ》かなんぞのようにじっとしていました。ワーレンカ、そりゃ、恥ずかしい思いをしましたとも！　なにしろ服の袖《そで》からむき出しの肱が見えたり、ボタンが糸の先でぶらぶらしているんですから、気がひけるのも当り前ですよ。ところが、このわたしときたら、まるでわざとしたように、そういうひどい格好をしていたんです！　思わず知らず、気が滅入《めい》ってしまいましたよ。それに、どうでしょう！……きょうはスチェパン・カルロヴィチが仕事のことで、わたしに声をかけて、いろいろ話をしておられましたが、ふと何気ない調子で、「いや、どうしたんだ、きみ、マカール・アレクセーエヴィチ」と、いわれて、もうそれっきり、何を考えておられたのか、最後まではおっしゃいませんでした。でも、わたしは万事をのみこんで、禿《はげ》頭《あたま》まで赤くなるほど、赤面してしまいました。そんなことは実際のところなんでもないことですが、やっぱり気になって、重苦しい思いです。先方ではもう何か感づいたんじゃなかろうか！　ひょっとして、何か感づいたとしたら、どうしよう？　白状すると、わたしはある男に疑いをかけています、とても疑っています。なにしろ、あんな悪党たちにかかったら、そんなことはお安いご用ですからね！　ばらすにきまってますよ！　一文にもならないのに、他人の個人生活をすっかりばらしてしまうんですよ。あの連中には神聖なものなんか一つもありゃしないんですから。

わたしは今ではそれが誰の仕業か、ちゃんと知っています。それはラタジャーエフの仕業なんです。あの男はうちの役所に懇意な人がいるので、きっと話のついでに尾《お》鰭《ひれ》をつけて何もかもしゃべってしまったんでしょう。いや、ひょっとすると、あの男が自分の役所で話したのが、うちの役所まで伝わってきたのかもしれません。ところで、わたしの下宿ではもうみんな一人のこらず知っていて、きみの部屋の窓を指さす始末なんですからねえ。わたしは連中が指さしているのを、ちゃんとこの目で見たのです。また、きのうお宅へ食事にいったときには、あの連中たちがみんな窓から首を出しましたし、女主人《おかみ》は、ほら、悪魔のやつが小娘とくっついた、といってから、きみのことを失礼な呼び方をしました。でも、そんなことも、ラタジャーエフの卑劣な計画に比べれば問題にはなりません。あの男はわたしときみを自分の作品に取りあげて、諷刺《ふうし》めいたものにしようとしているのですから。これは本人が言明したことで、わたしはそれをうちの親切な人たちから聞かされたのです。わたしはもう何ひとつ考えもまとまりませんし、どう決めたらよいのかもわかりません。わたしの天使さん、もうかくしても仕方のないことですが、わたしたちは神のお怒りにふれたんですよ！　きみは退屈しのぎに何かご本を届けてくださるそうですが、もう本なんかまっぴらで

す！　本とはいったい何でしょう！　それはもっともらしく書かれた嘘《うそ》っぱちです
よ！　小説だってくだらないもので、暇人に読ませるために、くだらないことを書い
たものです。どうか、わたしの言葉を信じてください、わたしの永年の経験を信用し
てください。みんながきみにシェイクスピアとかなんとかいって、だって文学にはシ
ェイクスピアがあるじゃないかなどとまくしたてても、問題じゃありません。そのシ
ェイクスピアがくだらないのですから。みんなたにもかもまったくくだらない代物で
す。みんなただ他人の悪口のためにつくられたものなんですから。

きみの
マカール・ジェーヴシキン

八月二日

マカール・ジェーヴシキンさま。

どうか、なにごともご心配くださいませんように、神さまがなにもかも上手に納め
てくださるでしょうから。フェドーラが自分のもあたくしのも山ほど仕事を持ってき
てくれましたので、あたくしたちはとても楽しく仕事にかかりました。これでたぶん

万事取りかえしがつくでしょう。フェドーラは最近あたくしの身に起った不愉快な出来事にアンナ・フョードロヴナが関係していないはずはない、と気をまわしていますが、もうあたくしはそんなことどうだって構いません。きょうはなぜかとても朗らかなんですもの。あなたは借金をなさるおつもりのようですが、とんでもありません！　あとでお返しにならなければならないときに、きっと難儀をなさいますわ。それより、あたくしたちともっと親しくおなりになって、たびたびお遊びにおいでくださいまし。女主人《おかみ》さんのことなんか気になさいますな。そのほかの敵とか悪意を持ってる人たちのことについては、マカールさん、あなたの取越し苦労にすぎないと、あたくしは信じております！　この前も申し上げましたのに、お手紙の文章がひどく乱れておりますのね、お気をつけてくださいまし。では、ごきげんよう、さようなら。ぜひお出でをお待ちしております。

あなたの
V・D

八月三日

わたしの天使ワルワーラさん！

取り急ぎお知らせいたしますが、わたしにもいくらか希望が湧《わ》いてきました、わたしの天使さん、きみは借金をしてはいけないとお書きになりましたね。ところが、それをしないではやっていけないのです。わたしもひどく困っていますし、あなただって、急になにか悪いことが起らないともかぎりませんからね！　なにしろ、きみは丈夫なほうじゃありませんからね。そんなわけで、わたしはなんとしても借金をしなければならない、といっているのです。では、その先を続けます。

ワルワーラさん、念のためにお断わりしておきますが、わたしは役所でエメリヤン・イワーノヴィチと机をならべています。これはきみがご存じのエメリヤンではありません。これはわたしと同じ九等官で、わたしたち二人はこの役所では一番の古狸《ふるだぬき》で、生え抜きときているんです。好人物で、無欲な男ですが、とても無口で年じゅう熊みたいな目つきをしています。その代り仕事はしっかりしていて、筆跡も純イギリス風のきれいなもので、ざっくばらんにいえば、わたしにも劣らぬ能筆家で、立派な人物なんです！　わたしはこの男と親密につきあったことは一度もありません。ただ一般の習慣としておはようとか、さようならとか挨拶《あいさつ》を交わすだけです。時たまナイフが要るような場合には、エメリヤン・イワーノヴィチ、ちょっとナイフを貸してくれませんかなどと、要するに一緒に仕事をやってゆくに必要なつきあいしかしなかったのです。ところが、きょうその男がわたしに、マカール・アレクセーエヴィチ、何をそんなに考えこんでいるんです？　ときくじゃありませんか。それがいかにも親切心にあふれているのがわかったので、わたしも実はエメリヤン・イワーノヴィチ、こうこうなんでと打明けたんです。といっても、全部しゃべったわけじゃありません。とんでもない、そんなことは金輪際しゃべりませんとも。そんな勇気もありません。ですから、すこしばかり手もとが苦しいとかなんとか、洩《も》らしただけなんです。すると、「それじゃひとつ借金したらどうです」と、エメリヤン・イワーノヴィチがいうんです、「あのピョートル・ペトローヴィチにでもお借りになったら。あの人は利息をとって貸してますよ、わたしも借りたことがありますが、利息だってまあまあですし、そんなひどいことはありませんよ」とね。ワーレンカ、それを聞いて、わたしは胸がおどる思いでしたよ。そんなら、ひょっとすると、あのピョートル・ペトローヴィチが親切心を起して、このわたしに貸してくれるかもしれないと、そのことばかり考えこんでしまったんです。わたしはもうさっそく胸算用を始めて、女主人《おかみ》にも支払い、きみにも援助したうえ、身のまわりをすっかり整えよう、でなければとんだ恥さらしだ、なにしろ、これでは自分の席に腰をおろすのも肩身が狭い、あの口の悪い連中があんなふうに笑うだけならともかく、閣下も時にはこの机の横をお通りになるのだ、ひょっとしてこのわたしのだらしない服装にお目がとまろうものならそれこそ一大事だ！　役所では清潔で小ざっぱりしていることが第一なのだ。そりゃ先方ではなんともいわれないかもしれないけれども、こちらは恥ずかしさのあまり死んでしまうだろう、いや、そうだとも。と、こんなことを考えたあげく、わたしは気を強く持ちなおして、穴だらけのポケットにわが身の恥をかくして、ピョートル・ペトローヴィチのところへ出かけていったのです。そのときの気分といったら、希望で胸がいっぱいながら、はりつめた期待のために、何もかもごっちゃになって、生きた心地もありませんでしたよ。ところが、ワーレンカ、どうでしょう、それはまったく愚にもつかぬ結果になったのです！　あの人はフェドセイ・イワーノヴィチと何か用談をしていました。わたしはそばによって、相手の袖をひきながら、ピョートル・ペトローヴィチ、もしピョートル・ペトローヴィチ！　と声をかけました。相手がこちらをふりかえったので、わたしはこれこれの訳で、三十ルーブルほどでいいから云々《うんぬん》と説明したんです。はじめあの人はこちらの話が呑《の》みこめない様子でしたが、わたしが何もかもすっかり説明すると、にやりと笑って、それっきり、黙りこんでしまったのです。わたしがもう一度同じことを繰り返すと、担保はあるんですか？　といったきり、もう書類に顔を突っこむようにして書きものをしながら、こちらを見向きもしないんですよ。わたしは不意をつかれて、すこし呆然《ぼうぜん》としていました。いいえ、ピョートル・ペトローヴィチ、担保はありません、と答えてから、こんど月給を貰《もら》ったら返します、きっと返します、なによりも真っ先に返します、と説明しました。そのとき誰かがあの人を呼びにきましたので、わたしはじっと待っていました。あの人は戻ってくると、ペンをとぎ始めて、わたしがそこにいることなんか気もつかない様子です。こちらは、ピョートル・ペトローヴィチ、なんとかなりませんでしょうか？　の一点張りなんです。向うは黙りこんで、こちらのいうことなど聞いてもいない様子です。わたしはしばらくじっとその場に立っていましたが、えい、最後のひとふんばりだと思って、あの人の袖をひっぱりました。ところが、先方は黙りこくったまま、ペンをけずり終ると、そのまま書き出したので、さすがのわたしも引きさがりました。あの連中はそりゃ立派な人たちかもしれませんが、高慢ですよ、まったく高慢ちきですよ、わたしなんかの手におえませんよ！　ワーレンカ、わたしどもには及びもつきませんよ。それがいいたいばかりに、こんなことをすっかりきみに書いたのです。エメリヤン・イワーノヴィチも笑って、首をひねりましたが、その代りに実のある人で、希望を持たせてくれましたよ。エメリヤン・イワーノヴィチはちゃんとした人物で、ある人に紹介してやると約束してくれました。その人というのはヴィボルグ街に住んでいて、やはり利息をとって金を貸している十四等官（訳注 文官で最下級）だということです。エメリヤン・イワーノヴィチの話では、この方はきっと貸してくれるそうですから、明日行ってみます。え？　きみはどう思います？　借金ができなかったらたいへんじゃありませんか！　女主人《おかみ》はわたしを追い出さんばかりで、食事を出すことさえ承知していないんですからね。それに、靴もひどくなっていますし、ボタンもとれていますし、とにかく、ないないづくしですよ！　こんな醜態が上役の誰かに見つかったらどうします？　たいへんですよ、ワーレンカ、まったくたいへんですよ！

マカール・ジェーヴシキン

八月四日

親切なマカール・ジェーヴシキンさま！

後生ですから、マカールさん、できるだけ早く、いくらでも結構ですからお金を借りてくださいませ。現在のあなたの立場を考えますと、どんなことがあってもご援助をお願いすることなどとてもできないのでございますが、あたくしがどんな境遇に追いこまれているか、ご承知くださいましたら！　あたくしたちはもうなんとしてもこの家にいるわけにはまいりません。ここで世にも怖《おそ》ろしいいやなことが起ったのでございます。あたくしが今どんなに取り乱して興奮しているか、お察しくださいまし！　ねえ、想像がおつきになりまして。けさうちに見ず知らずの人がやって来たんですの。もう老人といってもよいくらいの、いくつも勲章をつけた人なんです、こんな人があたくしどもの家へなんのために来たのかわからないものですから、あたくしすっかりびっくりしてしまいました。フェドーラはちょうどそのとき買物に出かけていました。その人はあたくしをつかまえて、どんな暮しをしているか、何をしているのかとたずねたうえ、こちらの返事も待たないで、自分はあの士官の伯父だが、自分は甥《おい》がしでかした不始末にひどく腹をたてている、また下宿じゅうにふれまわって家名に傷をつけたことにも憤慨している、と断わってから、甥のやつは軽薄な若僧だから、これからは自分があなたを保護してあげるつもりだというのです。さらに若い者のいうことなんか聞くものじゃないと忠告してから、自分は父親のようにあなたの境遇に同情しているから、父親のような感情をもって、これからなんでも援助してあげたいと思っている、というじゃありませんか。あたくしは真っ赤になって、どう取ったらよいかもわからず、お礼の言葉もすぐには出ませんでした。すると、その人は無理にあたくしの手をとって、頰《ほお》を軽くつつきながら、あなたはとてもきれいだ、頰っぺたにえくぼがあるのがえらく気にいった（まあ、なんてことをいうのでしょう！）などといって、とどのつまりは、わしは年寄りじゃからといいながら（ほんとにいやな男でした！）、あたくしにキスしようとしたんです。そこへフェドーラが入って来ました。あの人は少しどぎまぎして、改めて自分はあなたの慎みぶかさと品行の正しさに敬意を払っている、ぜひ他人行儀にしないでいただきたい、なんていいだすのです。それからフェドーラを脇《わき》へよんで、なにか変な口実をつけて、幾らかお金を握らせようとしましたが、フェドーラはむろん受取りませんでした。それから、ようやく帰り支度を始めながら、今までいった言葉をもう一度くり返し、またお訪ねするが、今度はイヤリングを持ってきてあげよう、なんていうじゃありませんか（どうやら、当人もとてもてれていたようです）。それから下宿をかえるようにとすすめ、ひとついい部屋の心当りがあるからお世話しよう、部屋代のことは心配しないでいい、といってから、あなたは正直で思慮ぶかい娘さんだからたいへん気にいった、品行の悪い青年には気をつけなさい、と忠告する始末です。そして最後に自分はアンナ・フョードロヴナを知っているが、アンナ・フョードロヴナから近いうちに訪ねて行くという伝言をたのまれたともいいました。それを聞いて、あたくしはなにもかもすっかりわかりました。

あたくしは自分がどうなったのか知りません。ただ生れて初めてこんな立場を味わいました。あたくしはかっとなって、思いきりその男に恥をかかせてやりました。フェドーラも応援して、その男を部屋からたたき出さんばかりの勢いで、追い返してしまいました。あたくしたちは、これはアンナ・フョードロヴナの仕業にちがいない、ときめてしまいました。でなければ、あんな男があたくしたちのことを知るわけがないじゃありませんか。

さてそこで、マカールさん、あなたにご援助をお願いいたす次第でございます。後生ですから、こんな立場に追いこまれたあたくしを見捨てないでくださいまし！　どうか、お金を借りてくださいまし、幾らでも結構ですからお金を作ってくださいまし。あたくしたちには引越していくお金もなければ、そうかといって、ここにはもうどんなことがあってもいられないのでございます。フェドーラもそう申しております。少なくとも、二十五ルーブルばかり入用なのでございます。そのお金は働いて、あとでお返しします。二、三日うちにフェドーラがまた仕事を見つけてきますから、高い利息だとお思いになっても構わずに、どんな条件でも承知なさってくださいまし。あとですっかりお返しいたしますから。ただ後生ですから、あたくしを見捨てないで、助けてくださいまし。あなたが今のようなご事情になっていらっしゃる現在、こんなご心配をおかけするのはとても心苦しいことですけれども、あなたお一人だけが頼りなのでございます！　では、ごきげんよう、マカールさん、あたくしのことを考えてくださいまし。神さまがあなたをお助けくださいますよう！

V・D

八月四日

わたしの可愛《かわい》いワルワーラさん！

なんという思いもかけない打撃でしょう、わたしはただもう震えおののきました！　いや、そうした怖《おそ》ろしい災難がわたしの心まで打ちのめしてしまうのです！　そうした口先ばかりうまい連中やいやらしい爺《じじい》どもが、よってたかって天使のようなきみを病の床へ追いこもうとするばかりか、あの連中は、あの狼《おおかみ》どもは、このわたしまでもやっつけようとしているんです。ええ、やっつけるでしょうとも。誓ってもいいです、連中はきっとわたしをやっつけますよ！　なにしろ、今のわたしは、もしきみを助けることができないくらいなら、むしろ死んでしまったほうがましですからね！　きみを助けることができなければ、ワーレンカ、わたしはすぐその場で死んでしまいますとも、きっときっと死んでみせます。ところが、きみを助けてしまえば、きみは小鳥が巣立っていくように、わたしの手もとから飛んで行ってしまうのです。あの梟《ふくろう》や猛《もう》禽《きん》どもの怖ろしいくちばしを逃れるように！　ねえ、このことがわたしを苦しめているんです！　それにしても、ワーレンカ、きみという人は、なんという気の強さでしょう！　あんなことがよくいえましたね？　きみはいじめられ、侮辱され、苦しめられているんですよ。それなのに、きみはわたしに心配をかけるのを心苦しく思うばかりか、借金を返すなんて約束しているんです。それはつまり、はっきりいえば、約束の期限内にわたしの肩の荷を取りのぞくために、きみの弱い体をすりへらすというのと同じじゃありませんか。それにワーレンカ、きみはいったいなにをいっているのか、まあ、ひとつ考えてごらんなさい。いったいなんのために針仕事をするんです、なんのために働くのです、なんのためにその可愛い頭をこき使い、なんのためにその美しい目を痛めるのです、なんのためにからだをこわさなければならないんです？　ああ、ワーレンカ、ワーレンカ！　わたしの可愛い人、ご覧のとおり、わたしはなんの役にもたたない人間です、なんの使い道もない人間だと自分でも知っていますが、しかしちゃんと役にたつようになって見せますよ！　どんなことでも頑張《がんば》って、自分で内職を探して、いろんな文学者の原稿を浄書しましょう。こちらからあの連中のところへ訪ねていって、無理にでも仕事を取ってきますよ。なぜならあの連中は腕のいい筆耕者を探しているからです。連中が探していることは、ちゃんと知っています。ですからきみにわが身をすりへらすようなことはさせません、そんな自殺的な考えは実行させませんからね。わたしの天使さん、わたしはなんとしても借金してきます。借金ができないくらいなら、死んでしまいます。お手紙には、利子が高くてもびっくりしないようにと書いてありましたが、びっくりなんかするものですか、びっくりなんかしませんとも。もうどんなことにもびっくりしませんから。わたしは紙幣で四十ルーブル貸してくれと頼むつもりです。わずかなものじゃありませんか。ワーレンカ、きみはどう思います？　そう頼んだだけで、いきなりわたしにその四十ルーブルを貸してくれるでしょうか？　いや、わたしがおたずねしたいのは、初対面でそれだけ信用できる確かな人間だと相手に思いこませることができるかどうか、ということです。風《ふう》采《さい》を一目見ただけで、わたしのことをちゃんとした人物と判断できるでしょうか？ねえ、そんなふうに相手に思いこませる腕がわたしにあるでしょうか、よく考えてみてください。きみだったら、どう思います？　いや、実はとても怖ろしい気がするんです。病的なくらい、まったく病的なくらい怖ろしいんですよ！　さて、その四十ルーブルのうち二十五ルーブルは、ワーレンカ、きみの分です。銀貨で二ルーブル

(訳注　紙幣で)(七ルーブル)

は女主人《おかみ》にやって、残りは自分の用にあてましょう。実は、女主人《おかみ》にはもっとやらなくてはならんでしょう。いや、でしょうじゃなくて、やる必要がありまず。でも全体的にみて、わたしの窮状をひとつひとつ数えてみてください。そうすれば、もうこれ以上はどうしても出せませんし、従って、そんなことはいまさら問題にならない、催促にも及ばないことがわかりますよ。銀貨一ルーブルでわたしは靴《くつ》を買います。あの古靴では明日にも役所へ出勤できなくなりそうですから。マフラーもやはり必要でしょう。今のは使い始めてからもうすぐ一年になりますからね。しかし、きみはご自分の古いエプロンでマフラーはおろか、ワイシャツの胸あてまでも作ってやると約束してくださいましたから、もうマフラーのことは考えないことにします。これで靴とマフラーは揃《そろ》いました。次はボタンです！　ボタンなしではやっていけないことはきみも異存ないでしょうが、わたしの服はその片側の半分ちかくもボタンがないのです。こんな醜態が閣下のお目にとまったら、なんとおっしゃるか、考えただけでもぞっとしますよ！　いや、閣下のお言葉なんか、きっと耳にも入らないでしょう。だって、そんなことになったらわたしは死にます、死にます、その場で死んでしまいますよ。とにかく、そんなことを考えただけでも、恥ずかしさのあまり死んでしまいそうです！　ああ、ワーレンカ！　さて、これだけ必要なものを買っても、あとまだ三ルーブル札一枚が残ります。これは生活費にあてて、タバコを半ポンド買いましょう。なぜなら、わたしの天使さん、タバコがなくては生きていられないからです。それなのに、もうきょうで九日もわたしはパイプを口にしたことがないのですから。正直いって、きみにはなにもいわないで買ってしまいたいところですが、それでは気がとがめます。きみは今とても不幸でぎりぎりの暮しをされているのに、わたしがこうしていろんな楽しみを味わっているということになりますから、良心の呵責《かしゃく》をうけないように、何から何までこうして書いておくのです。ワーレンカ、ざっくばらんに白状してしまいますが、今わたしは極度に困っています、つまり、こんなひどいことは、これまでついぞ一度もなかったのです。女主人《おかみ》はわたしを軽蔑《けいべつ》していますし、誰ひとり敬意を払ってくれる者もありません。世にも怖ろしい窮乏、借金、そのうえ役所に出れば、同僚の態度はこれまでさえあまり香《かんば》しくなかったのですから、今はもうお話にもなりません。わたしは隠しています、誰からもなにもかも隠しています。いや、自分でも隠れるようにしています。役所へ入るときも、そっと脇のほうを通って、みんなを避けています。こんなこともきみだから白状するんです……それにしても、万が一、貸してくれなかったらどうしましょう？　いや、よしましょう、ワーレンカ、そんなことは考えないほうがいいんです。そんな取越苦労をしてもはじまりませんよ。

いや、こんなことを書くのも、きみがそんなことを考えて、くよくよ苦にしないように、と思ってのことなんです。ああ、もしそんなことになったら、きみはどうなるでしょう！ もっともそのときには、きみは今のところを越さないで、わたしもきみといっしょに暮せるわけですが……いや、とんでもない、もしそんなことになれば、わたしはもう帰ってはきませんとも、きれいさっぱりどこかへ消えてなくなります。さて、長々と書きなぐりましたが、もうひげを剃《そ》らなくてはなりません。そうすればいくらか体裁がよくなりますし、体裁がよいというのはいつでもなにかの役にたつものですから。では、どうかうまくいきますように！ お祈りして、出かけることにしましょう！

M・ジェーヴシキン

八月五日

だれよりも親切なマカール・ジェーヴシキンさま！

もうこうなりましたら、せめてあなただけでも絶望などしないでくださいまし！ それでなくても悲しいことばかりですもの。銀貨で三十コペイカお送りいたします。

これ以上はどうにも都合がつきません。これで一番お入り用なものをお求めになって、せめて明日までなんとかおしのぎくださいまし。あたくしどもの手もとには、ほとんど何も残っておりません。ですから、明日はどうなるのか、見当もつきません。気が滅入《めい》ってなりませんわ、マカールさん！　でも、あなたはくよくよなさいますな。うまくいかなかったといっても仕方がございませんわ！　フェドーラの申すには、時がくるまでここにいられるんだから、まだそれほど不幸じゃない、たとえ越して行っても、どっちみち大していいことにはならないだろうし、向うでその気になれば、どこへ行っても見つけられてしまうんだから、ですって。でも、今となっては、やっぱりここにいるのはなんとなくいやですわ。こんなに気が滅入らなければ、何やかや書きたいこともございますけれど。

マカールさん、あなたはほんとに変なご性分ですこと！　あなたはなんにでもあんまり感受性がおつよいのですね。そのためにいつも一番不幸な方になっていらっしゃるのですよ。お手紙はいつも注意ぶかく拝見しておりますが、どのお手紙を見ましても、あなたがあんまりあたくしのことで気をもんだり苦しんだりなさって、ご自分のことなどちっとも気になさらないのがよくわかります。もちろん、どなたでもあなたは善良なお心を持っていらっしゃるというでしょうけれども、あたくしにいわせるなら、あなたのお心はあまりに善《よ》すぎるのです。マカールさん、あたくしは親しいお友だちとしてあなたにご忠告申し上げましょう。あたくしはあなたに感謝しております。あたくしのためにしてくださったことは、なにもかもたいへんありがたく思っております。しみじみと身にしみて感じております。ですから、あの心ならずもあたくしが原因となって起った、数々のご不幸のあとの今でも、あなたがあたくしの生活を生活として、あたくしの喜びを喜びとして、あたくしの悲しみを悲しみとして、あたくしの心を心として、生きていらっしゃるのを見るのは、あたくしとしてどんなに辛《つら》いことか、どうぞお察しくださいまし！　もし人のことを何から何までそんなふうに気にかけていたら、いちいちそんなに同情していたら、もう誰よりも不幸な人になるにきまっていますわ。きょう、お勤めの帰りに寄ってくださったとき、あたくしはあなたのお顔を見てほんとにびっくりいたしました。真っ蒼《まさお》なお顔をなさって、おびえきって、さも絶望的なご様子でしたもの。お顔の色ったらありませんでしたわ。それというのも、ご自分の失敗をあたくしに話されるのが怖ろしかったからですわ。あたくしを悲しませ、驚かすのを、怖れていらしたのです。ところが、あたくしが笑い出さんばかりの顔をしているのにお気づきになると、あなたはやっと胸の重荷がおりたようなご様子でしたね。マカールさん！　どうか、そんなに悲しまないでくださいまし、やけにならないでくださいまし、もっと分別をもってくださいまし、お願いです、ぜひともお頼みいたします。さあ、今に見ていらっしゃい、これからはなにもかもよくなっていきますから、ますますよくなっていきますから。ねえ、そんなに年じゅう人の不幸でくよくよなさったり、心を痛めていらしては、生きていらっしゃるのもお辛いでしょうに。では、ごきげんよう。ぜひお頼みしますから、あたくしのことはあまりご心配くださいませんように。

V・D

八月五日

わたしの可愛いワーレンカ！

いや、結構ですとも、結構ですとも！　わたしがお金を都合できなかったのも大した不幸じゃない、とおっしゃってくださったんですから。いや、結構ですとも。安心しました、きみのおかげでわたしは幸福になりましたよ！　いや、この年寄りのわたしを見捨てないで、今の下宿にそのままいてくださるのが、かえって嬉《うれ》しいくらいですよ。なにもかも打ちあけてしまえば、きみがわたしのことをお手紙のなかであんなによく書いてくださって、わたしの感情についても、ちゃんとおほめにあずかったのを知ったとき、わたしの心は喜びでいっぱいになりましたよ。わたしがこんなことをいうのは、自慢したいためではなくて、わたしの心をそんなに心配してくださるからには、きみはわたしを愛してくださっているのだと思うからです。いや、結構です。もう今となっては、心の話なんかしてもはじまりません！　心のことは心にまかせましょう。ところで、きみはそんなにくよくよするなとおっしゃいましたね。そうですとも、ワーレンカ、そんな取越苦労なんてよくないことぐらい、自分でも承知しています。それはともかく、明日わたしはどんな靴をはいて役所へ出たものでしょう、まずそれから決めて欲しいですね！　たったそれだけのことなんですがね、こんな心配がひとりの人間を破滅させることも、すっかり破滅させることもあるんですよ。しかも、一番かんじんなことは、わたしがこんなことを気にするのも自分のためではなく、こんな苦労をするのも自分のためではないということです。たとえどんな寒い日でも、わたしなら外套《がいとう》も着ず、靴もはかないで歩いても、平気です。わたしはなんでも我慢し、辛抱します。わたしは平ちゃらです。どうせわたしは平凡でつまらない人間ですから。でも、世間の人はなんというでしょう？　わたしの敵ども、あの口の悪い連中は、外套を着ないで行ったら、なんというでしょう？　外套を着て歩くのが世間の人のためなら、靴もあの連中のためにはくようなものですよ。こうなると、靴というものは、わたしの名誉と体面を保つために必要なものであって、穴だらけの靴をはいていれば、そのどちらも失ってしまうわけです。どうか、わたしの永年の経験を信用してください。三文文士やヘボ作家のいうことなんかに耳を傾けないで、世間も人間も知りつくしたこの年寄りの言葉を信用してください。

ところで、わたしはきょうの不首尾が実際どんなふうであったか、わたしがどんなひどい目にあったか、まだくわしくお話ししませんでしたね。さて、わたしの経験したことといったら、ふつうの人だったら一年かかっても経験できないほどの精神的苦痛を、たった一朝《ひとあさ》で味わったんですからねえ。それはこんな調子でした。まず第一に、わたしは朝うんと早く出かけました。先方が外出しない前に行って、役所にも遅れないように、というわけです。きょうはひどい雨降りで、ひどいぬかるみでした！　わたしは外套にくるまって歩きながら、《主よ！　わが罪を赦《ゆる》して、この願いをかなえたまえ》と道々ずっと祈るような気持でした。ある教会の脇を通りかかったときには、十字を切って、あらゆる罪を悔い改めましたが、ふと自分に神さまにおすがりする資格がないことに気づきました。わたしはすっかり物思いに沈んでしまって、もう辺りのものはなにひとつ目に入りませんでした。こうしてもうどこを通っているかもわからず、歩いて行きました。通りには人影もなく、たまに行きあう人びとはみんなひどく忙しそうで、なにか心配事に気をとられているようでした。それも当然なことで、だれだってこんな天気の悪い日に朝っぱらから散歩に出かけるわけがありませんからね！　うす汚ない労働者の群れに出会いました。礼儀をわきまえぬ連中が、すれちがいざまに、わたしに突き当ってくる始末です！　わたしはおじけづいて、いやな気分になりました。もう早い話が、お金のことなんか考えるのもいやになりました。もう運を天にまかせて、イチかバチか、といった気持でした。ヴォスクレセンスキー橋のたもとで片方の靴底がはがれてしまいました。それから先はどうやって歩いていったのか、もう自分でもわかりません。ちょうどそこへうちの役所の書記のエルモラーエフが通りかかりました。奴《やっこ》さんはぴんと不動の姿勢をとって、まるで酒代がほしいといわんばかりに、このわたしを見送るじゃありませんか。わたしは腹の中で《ちえっ、今は酒代どころの騒ぎじゃないよ！》と考えました。わたしはひどく疲れたので、立ち止って一息ついてから、また歩き出しました。なにか気をまぎらし、元気をつけてくれるようなものはないかと、わざわざ辺りを見まわしましたが、なんにもないのです。何ひとつ気をまぎらすものがなかったばかりか、おまけに自分でも恥ずかしくなるほど泥《どろ》まみれになっていました。そのうちにようやくわたしは見晴らし台のような中二階のついた、黄色い木造の家を、遠くから見つけました。ははあ、あれだな、エメリヤン・イワーノヴィチのいっていたとおりだ、あれがマルコフの家だな、とわたしは思いました（このマルコフという男が、利息をとってお金を貸しているのです）。わたしはもう前後の見境がなくなっていたのですね。マルコフの家だと自分で承知しているくせに、交番の巡査に、あれはどなたの家ですか？　とたずねる始末です。その巡査はひどく乱暴な男で、誰に腹を立てているのか、いやいやながら、ろくに口もあかずに、あれはマルコフの家だ、といいました。交番の巡査なんて、みんな無愛想なものですね。もっとも、わたしには巡査なんて関係ありません！　それにしても、印象がなにもかも妙に悪くて、不愉快で、それらが次々に重なり合っていくのでした。こんな場合には、いつもそうですが、何を見ても何かしら身につまされるのでした。わたしはその家の前の通りを三度行ったり来たりしましたが、歩けば歩くほど気分が悪くなってくるのです。いやいや、これじゃ貸してはくれまい、とても貸しっこはないさ！　と考えました。わたしは見ず知らずの人間だし、用件も用件だし、風采もぱっとしないし、と思いながらも、いや、運を天にまかせて、あとで後悔しないように、イチかバチか当るだけならまさか食われもすまい、と考えなおして、わたしはそっと木戸をあけました。ところが、そこでまた災難が待っていたんです。うす汚ないやくざな番犬が飛びだしてきて、あらんかぎりの声をふりしぼって吠《ほ》えたてるじゃありませんか。さて、人間はこんな愚にもつかない事のために、時には前後の見境もなくなり、おじけづいてしまって、前もっての決意もなにも台なしになってしまうことがあるんですよ。ですからわたしは生きた空もなく、家のなかへ入って行ったのですが、入ったとたんに、またもう一つの災難にぶつかってしまったのです。薄暗い入口で、足もともはっきり見えなかったものですから、一足またいだかと思うと、どこかの婆《ばあ》さんにつまずいたんです。ところがその婆さんは、ちょうど桶《おけ》から壺《つぼ》に牛乳を移すところだったので、牛乳はすっかりこぼれてしまいました。とんまな婆さんは金切声をあげてわめきたてながら、あんたはどこへいくんだね、何の用があるんだね、とそれはひどい悪態をつきました。わたしがこんなことを書くのも、実はこんな場合になると、いつもきまって似たような事件が起るからなんです。どうやら、これがわたしの運命なんでしょう。わたしは年がら年じゅう何かしら愚にもつかないものに引っかかってしまうのですから。この騒ぎをききつけると、鬼婆《おにばば》みたいなフィンランド人の主婦が顔をつき出しました。わたしはさっそく相手に、マルコフさんのお住居《すまい》はこちらですか、とたずねました。いませんよ、と相手はいい、その場に立ち止ってじろじろわたしを見まわしながら、「あの人に何かご用ですか？」わたしはこうこういうわけで、エメリヤン・イワーノヴィチが、とかなんとか説明して、ちょっと用件があるんです、といったのです。婆さんは大声で娘を呼びました。娘も出て来ましたが、年頃《としごろ》のくせに、素足でいるんです。「お父さんを呼んでおいで、二階の下宿人のところへ行っているから――さあ、どうぞ」そこでわたしは入って行きました。部屋はちょっとしたもので、壁には絵がかかっています。みんな将軍かなんかの肖像画ばかりです。ソファがあり、丸テーブルがあり、木犀草《もくせいそう》や鳳仙花《ほうせんか》の鉢《はち》が並んでます。わたしは頭のなかで、こりゃ足もとの明るいうちに退散したほうがよくはないかな、さあ、早いところ帰ってしまおうか、と考えながら、本気で逃げ出したくなりましたよ！　そうだ、明日出なおしたほうがいいな、天気もよくなるだろうし、一日待ってみよう、きょうは牛乳もこぼしたし、あんな怖い顔をして将軍たちも睨《にら》みつけているんだから……そう思って、わたしがもうドアのほうへ歩きかけたとたんに、あの男が入ってきたのです。それは白髪《しらが》まじりの、泥棒みたいな目つきをした男で、すごく脂《あぶら》じみたガウンに細紐《ほそひも》を帯がわりにしていました。先方がどういう用件で来たのかとたずねたので、わたしはこれこれしかじか、エメリヤン・イワーノヴィチの紹介で四十ルーブルほど、まあ、そんな事情で、と最後までいってしまわないうちに、相手の目の色からこれはだめだと悟ったのです。「いや、事情はともかく、金はありませんよ、もっとも何か担保でもお持ちですか？」と、いうんです。わたしは担保はないけれども、エメリヤン・イワーノヴィチの紹介だから、と弁明しはじめました。要するにお金が入用だと説明したのです。相手はすっかり聞くと、「いや、ありませんね、エメリヤン・イワーノヴィチがなんといっても、わたしは金なんか持ってませんよ」というばかり。はあ、なるほど、なるほど、なに、ちゃんと前もって虫の知らせがありましたよ、と心の中で考えました。いや、まったくの話、ワーレンカ、こんなことなら、足もとの大地が真っ二つに割れてくれたほうが、どんなにましだったか、と思いましたね。ひどい寒さで、足はしびれ、背筋がぞくぞくしました。わたしは相手の顔を見、相手もわたしの顔を見て、さあ、とっととお帰り、いつまでいたってだめなものはだめだよ、といわんばかりです。これが他の場所だったら、とても恐縮したにちがいありません。それにしても、あなたはいったいなんでお金が入用なんです？（ねえ、きみ、こんなことまでたずねるんですよ！）わたしがぼんやり突っ立っているのも気まずいので、口を切ろうとすると、それには耳もかさずに、「ありません、金はありません、喜んでお貸ししたいところですが」というじゃありませんか。わたしは一生懸命になって、ほんのわずかのことですし、必ず返します、期限までには返します、いや、期限前に返します、利子はいくらでもお好きなだけ取ってください、誓って返します、と頼みこみました。わたしはその瞬間きみのことを思い出しました、きみの不幸と貧乏をすっかり思い出しました、きみから頂いた五十コペイカ玉のことも思い出しました。「いや、だめです、利息なんかどうでも、担保がなくちゃ！　それじゃ、金はありません、神かけてありませんよ。ご用立てしたいのは山々ですがね」と、神さままでひっぱりだすんです、あの強盗め！　さて、そこをどうやって飛び出して来たのか、どんなふうにしてヴィボルグ街を通り抜けたのか、どんなふうにヴォスクレセンスキー橋にたどりついたか、まったく憶《おぼ》えておりません。すっかり疲れはて、凍えきって、ぶるぶる震えながら、ようやく十時に役所へ出ました。服の泥を落そうとすると、守衛のスネギリョフが「いけません、ブラシをいためますから、旦那《だんな》、ブラシはおかみのものですからね」と、ぬかすじゃありませんか。近頃ではあの連中までこうなんです。そんなわけで、この連中にいわせると、わたしなんか泥靴をふくぼろ屑《くず》にも劣る人間なんですからね。ワーレンカ、いったいわたしを破滅させるのは何だと思います？　わたしを破滅させるのはお金ではなくて、こうした浮世の気苦労なんですよ、あのひそひそ話や、意味ありげな笑いや、意地の悪い冗談です。そのうち閣下までがひょっこりわたしのことを注意されるかもしれません。ああ、わたしの黄金時代はすぎさってしまいました！　きょうはきみのお手紙をすっかり読み返してみました。気が滅入《めい》ります！　では、ごきげんよう。主よ、きみを守りたまえ！

M・ジェーヴシキン

二伸　ワーレンカ、わたしは自分の悲しみを冗談まじりに書こうと思ったのですが、どうやら、この冗談はうまくいかなかったようです。きみのお気にいるようにしたかったのです。お宅へお寄りします、きっとお寄りします、明日お寄りします。

八月十一日

ワルワーラさん！　わたしの可愛《かわい》い人！　わたしは破滅しました、わたしたちは二人とも破滅しました。二人一緒に、もう取返しのつかないまでに破滅したんです。わたしの評判も、名誉も、なにもかもだめになってしまいました！　わたしは破滅しました。きみも破滅しました。きみもわたしと一緒に、もう取返しのつかないまでに破滅してしまったんです！　それはわたしのせいです、わたしがきみを破滅に導いたのです！　わたしは追い立てられ、軽蔑《けいべつ》され、笑いぐさにされています。女主人《おかみ》さんはもう頭ごなしにがみがみと怒鳴りつけるようになりました。きょうも一日じゅうわたしのことをさんざん怒鳴りちらして、鉋屑《かんなくず》ほどの値打ちもないように、こきおろす始末です。晩にはラタジャーエフのところで、誰やらがきみあてのわたしの手紙の下書きを声高々に読みあげました。それはわたしが書きあげたものを、うっかりポケットから落した代物《しろもの》です。みんながよってたかってそれは冷やかしました！　わたしたちのことをさんざんはやしたて、笑いころげました、あの裏切り者どもめ！　わたしは連中のところへ出かけて行って、ラタジャーエフの背信行為を暴露して、きみは裏切り者だといってやりました。するとラタジャーエフが答えるには、きみこそ裏切り者で、いろんな女を征服しているじゃないかとやりかえし、「きみはわれわれに隠しているんだ、きみはラヴレース（訳注　リチャードソンの小説『クラリッサ・ハーロー』の主人公、ドン・ファンとならぶ色魔の代名詞）だ」というじゃありませんか。今ではみんながわたしのことをラヴレースと呼んで、ほかには名前がないみたいですよ！　ねえ、おわかりですか、わたしの天使さん、おわかりですか、あの連中ときたら、もうなんでも知っていますよ、何から何まで知りぬいているんです。きみのことも知っています。お宅に関することならどんなことだって知ってますよ！　いや、それどころじゃないんです！　ファリドーニのやつまでが連中とぐるになっているんです。きょうあの男をソーセージ屋に使いにやって、少しばかり買ってくるようにいいつけたんですが、てんで行こうともしないで、用がある、の一点張りなんですから。だってそれがお前の義務じゃないか、といってやると、「いや、そんなことはありません、義務なんかありません。あんたはうちの女主人《おかみ》さんに金を払っていないのだから、わたしもあんたには義務はありません」とぬかしました。わたしはあんな教育のないやつに侮辱されたのが我慢ならず、相手に馬鹿《ばか》といってやりました。すると「そういう人こそ馬鹿なんですよ」と、やり返すじゃありませんか。わたしは相手が酔ったあげくそんな失敬なことをいうのだと思ったものですから、貴様、酔ってるんだな、この馬鹿野郎め！と、いってやりました。すると相手は「ねえ、あんたはわしに何かおごってくれたことでもあるかね？　自分だって迎え酒の飲み代《のみしろ》はないんだろ？　どこかの女子《おなご》から二十コペイカ玉を恵んでもらっているくせに」とぬかしたうえ、「へん、それでも旦那さまかよ！」とつけ加える始末です。どうです、事態はここまできてしまったんですよ！　ワーレンカ、生きていくのが恥ずかしいくらいですよ。これじゃまるで札つきの無頼漢のようなものです。旅券をもたない浮浪人にも劣るありさまです。なんという不幸でしょう！　わたしは破滅してしまったのです。ほんとに、破滅してしまったのです！　もう取返しのつかぬほど破滅してしまったのです！

M・D

八月十三日

だれよりも親切なマカール・ジェーヴシキンさま！　あたくしたちの頭上には次々と不幸が襲ってまいりますので、もうあたくしはどうしたものやらまったくわからなくなりました！　これから先あなたはどうおなりになるのでしょう。あたくしのほうも見通しは暗いのです。きょうはアイロンで左手をやけどしてしまいました。うっかり取り落してしまったものですから、打ち身とやけどを一緒に作ってしまいました。とても仕事をすることができません。それにフェドーラはもう三日も寝こんでいます。とても心配でなりません。銀貨で三十コペイカお届けします。これはあたくしどもの手もとに残ったほとんど最後のものでございます。今お困りになっていらっしゃるあなたを、なんとかお助けしたいのですけれども、それがかなわず、涙の出るほど口惜《くや》しゅうございます！　では、ごきげんよう、きょうお出《い》でくださったら、どんなに気が晴れることでしょう。

V・D

八月十四日

マカール・ジェーヴシキンさま！　いったいあなたはどうなさったんですの？　きっとあなたはもう神さまのことなんか忘れておしまいになったんですのね！　あなたはこのあたくしの気を狂わせておしまいになりますわ。それでも恥ずかしくないんですの！　あなたはご自分でご自分を滅ぼしていらっしゃるのですわ。ご自分の評判のことを少しはお考えになったらいかがです！　あなたは正直で、潔白で、名誉を大切にされる方ではありませんか。それなのに、もしみんながあなたのことを知ったらどうでしょう！　それこそ恥ずかしさのあまり、死んでおしまいにならなければなりませんわ！　それとも、あなたはおつむの白髪に気がおとがめになりませんの？　ねえ、ほんとに、神さまのことをお忘れになったんですか！　フェドーラは、もうあなたを助けるのはいやだと申しておりますし、あたくしももうあなたにはお金をさしあげないことにいたします。マカールさん、あなたは、このあたくしをこんなひどい目にあわせておしまいになったんですのよ！　きっと、ご自分がどんなに悪いことをしても、あたくしは平気だと思っていらっしゃるんでしょう！　あたくしがあなたのためにどんな苦しい目にあっているのか、まだご存じないのですね！　あたくしはもううちの階段さえ通れなくなりましたわ！　みんながじろじろとあたくしを見て、指までさしながら、それはひどいことをいうのですから。ええ、もういきなり、あいつは酔っぱらい、い、い、い、いとくっついているなんて、声に出していうのです。そんなことを聞かされるあたくしの気持はどうでしょう！　あなたがここに運びこまれてきたときには、みんながさも軽蔑したように、あなたのほうを指さして、ほら、例の小役人がかつぎこまれてきたぞ、という始末でございます。あたくしはあなたのために恥ずかしくてなりませんわ。もうなんとしても引越しますわ。どこかへ小間使いなり、洗濯女《せんたくおんな》なりになって住み込んでも、もうここにはいないつもりです。あたくしはお出でくださるようにとお手紙をさしあげましたのに、あなたは来てくださいませんでしたのね。マカールさん、つまり、あたくしの涙もお願いも、あなたにとってはなんでもないことなんですのね！　それに、いったいどこからお金を手においれになったのです？　どうか後生ですから、お金は大切になさいませ。あなたは身を滅ぼしておしまいになりますわ。愚にもつかぬことで身を滅ぼしておしまいになりますわ！　それは恥ずかしいことですわ、それこそ恥辱というものですわ！　きのうは女主人《おかみ》さんがあなたを家に入れてくれませんでしたね、あなたは玄関でおやすみになったんですのね。あたくしなにもかも存じております。それを聞かされたとき、あたくしがどんなに辛《つら》い思いをしたか、おわかりになるでしょうか。どうか、あたくしのところにお寄りくださいまし！　ここでしたらあなたのお気も晴れましょうし、ご一緒に本を読んだり、昔の思い出話をやりましょうよ。フェドーラは自分で巡礼をしていた頃のお話をお聞かせするでしょう。どうぞあたくしのために、ご自分を滅ぼすような真似《まね》をしないでくださいまし。あたくしも破滅させないでくださいまし。だって、あたくしはあなたおひとりのためにだけ生きているのですし、こうしてあなたのためにお側《そば》を離れないでいるんですもの。それなのに近頃のあなたといったらどうでしょう！　どうかご立派な人間になってくださいまし。不幸にもめげずしっかりしていてくださいまし。貧乏は罪ではない、ということを忘れないでくださいまし。それに、こんなことはみんな一時《いっとき》のことじゃありませんか！　神さまがすっかり立てなおしてくださいますよ、今はただあなたさえ頑張《がんば》ってくだされぱいいのです。二十コペイカお届けいたします。タバコなり、何なりお好きなものをお求めくださいまし。ただよくないことには、後生ですから、お使いにならないでください。どうかあたくしどもへお立ち寄りください、ぜひともお立ち寄りくださいまし。ひょっとすると、あなたは相変らず、恥ずかしがっていらっしゃるのかもしれませんわね。でも、恥ずかしくお思いになることはありませんわ。そんなのは嘘《うそ》の恥ですもの、ただあなたが心から悔い改めてくだされぱいいのです。

神さまにおすがりなさいませ。神さまはなにもかもよくしてくださるでしょう。

V・D

八月十九日

ワルワーラさん！

愛するワルワーラさん、まったくお恥ずかしいかぎりです、面目もありません。でも、あれがそれほどとりたてて騒ぐほどのことでしょうか？　気晴らしをやって悪いわけがないでしょう？　だって、その間だけは靴底《くつぞこ》のことなんか考えないでいられるんですよ。なにしろ、靴底ってやつはくだらないものですからね。いつだって平凡で、くだらなくて、汚ない靴底には変りないんですから。それに靴だって、やっぱりくだらないものですよ！　ギリシャの賢人だって、靴なんかはかずに歩いていたんですから。とすれば、わたしどものような連中がこんなくだらない代物をめぐって、わいわい騒ぐほどのことはないじゃありませんか？　それじゃ、なんのためにこのわたしを辱《はずか》しめたり、軽蔑したりするんでしょう？　ねえ、ワーレンカ、きみも書くことにことかいて、とんだお説教をしたものですね！　フェドーラにいってやってください、あんたは馬鹿な女だ、落着きのない、鼻っ柱ばかり強い、おまけに愚劣な、お話にならないほど愚劣な女だとね。ところで、わたしの白髪については、この点については、あなたもとんだ間違いをされていますよ。だってわたしはきみがお考えになるほどの老人では断じてないからです。エメーリヤがあなたによろしくとのことでした。お手紙によると、きみは心痛のあまり嘆き悲しまれたようですが、わたしもまた心痛のあまり嘆き悲しんだことをお知らせしておきます。末筆ながらきみのご健康とご多幸を祈ります。わたしも健康で無事暮しております。

きみの変らざる友
マカール・ジェーヴシキン

八月二十一日

親愛なるワルワーラさん！

わたしが悪かったのだと感じています。きみに済まないことをしたと思っています。しかし、わたしの考えではきみがなんといわれようとも、わたしがいくらこんなことを痛感してみても、結局なんの役にもたたないのです。わたしはあの不始末をしでかす前にもこれと同じことを感じていたのですが、やっぱり気がくじけてしまいました。自分が悪かったのだと自覚しながら、堕落してしまったのです。ねえ、ワーレンカ、わたしは意地悪でもなければ、残酷な人間でもありません。きみの心をずたずたにひき裂くには、血にうえた虎《とら》になるよりほかはありません。ところが、わたしは羊の心の持ち主で、きみもご承知のとおり、血に狂うようなことはありません。ですから、あの不始末についても必ずしも全面的に責任があるとはいえません。それと同様に、わたしの心にも、わたしの考えにも罪があるのではありません。そうなると、わたしには何が悪いのやら、わからなくなってしまうのです。いや、これは実にあいまいな問題ですよ！　きみは銀貨で三十コペイカ、そのあとでまた二十コペイカ届けてくださいました。わたしは身寄りのないきみから頂いたお金をながめながら、心がうずく思いでした。ご自分は手にやけどをされて、今にも飢え死にしそうだというのに、わたしにはタバコを買えとお手紙をくださるんですから。こういう場合、わたしとしてはどうするのが正しいのでしょう？　それとも良心なんかには目をつぶって、強盗のように、みなし児《ご》のきみをまるはだかにすればよかったのでしょうか？　そう考えたとたん、わたしはすっかり気がくじけてしまいました。つまり、まず最初に自分はなんの役にもたたない人間だ、この靴底よりいくらかましなくらいだと、いやでも応でも考えさせられたのです。自分をなにか意義のある人間のように考えるのは、とんでもないことのように思いました。いや、それどころか、わたし自身を何かしら不作法な、ある程度だらしない人間だと考えこむようになったのです。こうして自分自身に対して尊敬を失って、自分の長所と品位を否定するようになると、あとはもう何もかも、がらがらと崩れさって、ほんとの堕落がはじまったのです。これはもう運命で決められたことなので、わたしには罪はありません。初めは少し外の風に当るつもりで家を出たのです。ところが出てみると、何から何まですっかりお膳立《ぜんだ》てができていたのです。辺りの自然は今にも泣きだしそうですし、陽気は寒いし、雨は降るしで、そこへもってきて、エメーリヤにばったり出会ったんです。ワーレンカ、あの男は持物をすっかり質に入れていて、自分のものはなにもかもしかるべきところに納まってしまったので、わたしに会ったときなんか、もう二昼夜というもの芥子粒《けしつぶ》ひとつ口にしていない始末でした。で、ついに質草にも何にもならないものを持ち出して、なんとか質草として預かってもらおうとするところでした。なにしろ、そんな質草は前代未聞《みもん》なんですよ。で、ワーレンカ、こうなってはもうおしまいです、わたしは自分の気持に従ったというより、むしろ人類に対する同情の念に負けてしまったのです。こうして例の不始末が起ったのですよ！　わたしはあの男と一緒に大いに泣きましたよ！

きみのことも話にでました。あの男はとても善人で、たいへんな善人で、おまけに、とても涙もろいたちなんです。わたしにはそれが実によくわかるのです。いや、わたしがよくこんな不始末をしでかすのも、もとはといえば、わたしがあまりに感受性が強いからなんです。わたしの可愛い人、わたしはきみにどれだけお世話になったか、ちゃんと知っています！　きみという人を知ってから、わたしは第一に、自分自身をよく知るようになり、そしてきみを愛するようになったのですから。いや、きみに会うまでは、わたしは独りぼっちで、眠っていたも同然です。この世に生きていなかったも同然です。なにしろ、あの悪人どもは、わたしの風采《ふうさい》までぶしつけだといって、このわたしを嫌《きら》っていましたので、わたしはわれながら自分がいやになってしまいました。また、あの連中がわたしを愚鈍だといいふらしたので、わたしも本気で自分は愚鈍なのだと思いこんでしまいました。ところが、きみがわたしの前に姿をあらわして、この暗い生活を明るく照らしてくださったのです。すると、わたしの心も魂もぱっと明るくなって、わたしは心の落着きを取りもどし、自分だってなにもほかの人に劣らないのだと悟りました。もちろん、きらびやかなところもないし、ピカピカ光ったところもないし、大した品もないが、それでもやっぱり自分は一個の人間だ、心と頭を具《そな》えた人間だ、と悟ったのです。ところが今度は、自分は運命に追いたてられ、虐《しいた》げられた人間だと感じながら、すっかり自分の価値を否定するようになっていた矢先、あの不幸が起ったので、わたしはすっかり弱って、気がくじけてしまったのです。今ではきみも、もう何もかも知っておられるのですから、この問題はもうこれ以上穿《せん》鑿《さく》なさらないように、切にお願いします。今は胸もはり裂けんばかりに、悲しく辛いからです。

きみを尊敬し、常に変ることなき友

マカール・ジェーヴシキン

九月三日

マカール・ジェーヴシキンさま、この前のお手紙は最後まで書かずにやめてしまいました。書くのが辛かったのでございます。あたくしは時おり独りぼっちで話相手もなく、独りきりで嘆いたり、悲しんだりするのが心たのしいときがあるのですが、近《ちか》頃《ごろ》ではそうしたときの訪れがだんだん頻繁《ひんぱん》になってきました。思い出の中には、何かしら自分でもよく説明のつかないものがございますし、それがむやみにぐいぐいとあたくしを引っぱりこんでいくものですから、あたくしは何時間も何時間も、周囲のいっさいのものに対して無感覚になって、現在というものをすっかり忘れてしまうことがございます。今のあたくしの生活には、それが嬉《うれ》しいものであっても、辛いものであっても、悲しいものであっても、その印象が、何かしらあたくしの過去における似たようなものを、とりわけ幼年時代を、あの黄金の幼年時代を、思いおこさせないようなものはありません！　しかし、そうしたひとときが過ぎさると、あたくしはいつも辛くなってしまうのでございます。どうやら、あたくしは衰弱していくようです。この空想癖のためにあたくしは根《こん》を疲らせ、あたくしの健康はそうでなくてさえ日ましに悪くなっております。

でも、きょうはさわやかな、よく晴れわたった、輝かしい朝で、当地の秋としては珍しいことでございます。あたくしは生き生きとした気持で、嬉しく朝を迎えました。ああ、いよいよ当地も秋になりましたね。あたくしは田舎の秋が大好きなんですの！　あたくしはまだほんの子供でしたが、でもあの頃からもういろいろなことを感じていました。あたくしは秋の朝より、秋の夜のほうが好きでした。今でも憶《おぼ》えていますが、わが家からすぐそばの山すそに、一つの湖がありました。この湖は、いまも目にありありと浮びますが、その湖はとても広くて、明るくて、水晶のように澄んでいました！　おだやかな夕暮れどきには湖は静かで、岸に茂った木々もそよがず、水面は鏡のようにじっと動かないのです。すがすがしくて、ひやっとするくらいです！　露が草葉にやどり、岸辺の百姓家に燈火《とうか》がともり、家畜の群れが帰って来ると、あたくしは自分の大好きな湖を見るためにそっと家から抜け出して、じっと見とれていたものでした。なぎさで漁師たちが枯枝か何かを焚《た》くと、その火が遠く水面を流れていくのです。空は寒々と青く澄みわたり、その端々には燃えるような赤い雲の波がひろがり、やがてその縞《しま》がだんだんとうすくなっていくのです。月が出ると、大気はとても澄みきって、ものに驚いた小鳥が飛び立つのも、そよ風に葦《あし》がさやさやと鳴りわたるのも、小魚が水面で跳びはねるのも、なにもかも手に取るように聞えるのです。青い水面には白い透明な水蒸気が立ちのぼり、遠くのほうは暗くなり、ものみなが夕もやのなかに沈んでいきますが、近くのものは、小舟も、なぎさも、小島も、まるで鑿《のみ》できざんだもののように、くっきりと浮いて見えるのです。岸辺に置き忘れている何かの樽《たる》が、水面でかすかにゆれ、黄ばんだ葉をつけた柳の枝が葦の葉ともつれ、帰りおくれたかもめが一羽さっと飛び立って、冷たい水に胸をひたすかと思う間もなく、飛び立って夕もやのかなたに消えていきます。あたくしはじっとそれに見とれながら、耳をすましているのです。あれはなんてすばらしい気持だったでしょう！　でも、あたくしはまだほんの子供でした……

あたくしは秋が大好きだったのです。それももう穀物をとりいれて、野良仕事《のら》がすっかり片づき、そこここの百姓家で夜の集りが始まり、みんなが冬の到来を待っている、あの晩秋のころが大好きだったのです。その頃になると辺り一面は陰鬱《いんうつ》な感じとなり、空は雲に蔽《おお》われて顔をしかめ、黄色い落葉は裸になった森のへりに、小路のように吹きよせられ、森は青黒くなってきます。とりわけ、しっとりと霧がおりた夜など、霧の中から巨人のように、醜く怖《おそ》ろしい化物のように森かげが浮んでくるときには、いっそう青黒く見えるのでした。散歩に出かけ、連れにはぐれて、独りで急ぎ足で帰るときなどの無気味さといったら！　ひとりでに木の葉のようにからだが慄《ふる》えだし、今にもあの木のむろから誰かしら怖ろしい男がぬっとあらわれるのではないかと生きた心地もありません……。やがて、森の中を風がわたって、ごうごうと音をたて、さもうらめしそうに唸《うな》り声をあげ、枯枝の葉を吹きちぎり、宙にまきあげるのです。その後から小鳥が幅の広くて長い騒々しい群れをなして、けたたましい鳴き声をたてながら飛んでいくと、空までが鳥の群れに蔽われて黒くなってしまうのです。こちらが怖ろしくなっていると、人の声が聞えるような気がしてくるのです。「さあ、駆けろ、駆けろ、子供よ、おくれちゃだめだ、ここは、いまに、こわくなるぞ、駆けろ、駆けろ！」と、誰か囁《ささや》くような気がするのです。すると、心の底までこわくなって、もう息もつまるほど、駆けだしてしまうのです。息を切らしてわが家へ駆けもどると、家のなかは騒々しく陽気です。子供たちも、豌豆《えんどう》や芥子《けし》の殻《から》をとる仕事を手伝うのです。暖炉では生木の薪《たきぎ》がはぜ、ママは楽しそうにあたくしどもの仕事ぶりを眺《なが》め、年とった乳母のウリヤーナは昔話をしたり、魔法使いや亡者《もうじゃ》の出てくる怖ろしいお伽話《とぎばなし》をして聞かせてくれるのです。あたくしたち子供は互いにひしと身をよせあっていますが、それでもみんなの唇《くちびる》には微笑が浮んでいます。ふと、みんなが黙りこみます……しっ！　ガタガタ音がするわ！　誰かが扉《とびら》をたたいてるみたい！——でも、それは見当ちがいでした！　フローロヴナ婆《ばあ》さんの糸車の音だったからです。みんなはどっと笑いくずれました！　それからは夜中にもこわくて寝つかれないんです。とても怖ろしい夢ばかり見るのです。夜中に目がさめても、じっと身動きもしないで、夜があけるまで毛布をかぶって、ぶるぶる慄えている始末です。でも、朝になれば、花のように元気いっぱいで起き上がるのです。窓に目をやると、野原は一面に霜で蔽われ、秋の薄いつららが葉を落した木の小枝にさがっています。湖には紙のような薄氷が張り、水面から白い蒸気がたちのぼり、楽しげな小鳥たちが鳴いています。太陽は辺り一面にキラキラした光線をふりまき、その光線がガラスのような薄氷を割っていくのです。明るくて、キラキラしていて、とっても楽しいんです！　ペーチカではまた火がパチパチと音をたて、みんなはサモワールをかこんで、腰を下ろすのです。外に目をやると、一晩じゅう庭で寒さに凍えていた黒犬のポルカンが窓のなかを覗《のぞ》きこんで、愛想よく尻尾《しっぽ》をふっています。家の前をお百姓さんが元気のよい馬に乗って、薪を取りに森へ出かけていきます。みんなはとても充《み》ち足りた気分で、いかにも楽しそうです！……ああ、あたくしの幼年時代はなんという黄金時代だったのでしょう！……

あたくしはいまも追憶に惹《ひ》きこまれて、子供のように泣いてしまいました。あたくしはなにもかも生き生きと思い出しました。過ぎ去ったことが、あざやかに目の前に浮びあがってきました。それにひきかえ、現在はなんてぼんやりと、薄暗く見えるのでしょう！……これから先どうなるのでしょう、いったい、どんな結末を告げるのでしょう？　実は、あたくしには自分はこの秋死ぬのだという妙な確信が、一種の信念がございます。からだの調子がとても悪いのです。あたくしはよく死ぬことを考えますけれども、いつもこんなふうに、つまり、この土地では死ぬのはいやだと考えています。ひょっとすると、あたくしはこの春のように寝こむかもしれません、本当はまだ全快していなかったのです。今こうしておりましても、とても辛うございます。フェドーラはきょう一日じゅうどこかへ出かけていて、あたくしは独りぼっちでおります。いつごろからか、あたくしは独りぼっちでいるのが、怖くなりました。いつも自分の部屋に誰か別の人がいて、その人があたくしと話をしているような気がしてくるのです。とりわけ、あたくしが何か物思いにふけっていて、急にわれに返ったときなど、とても怖ろしくなってしまいます。ですから、こんなに長いお手紙を書いてしまったんですの。書いているときは、平気なんですもの。では、ごきげんよう。もう紙も時間もありませんから、これでお手紙を終えます。あたくしの服と帽子を売ってつくったお金も、手もとにはあと銀貨一ルーブルになりました。あなたは女主人《おかみ》さんに銀貨二ルーブルお払いになったんですのね。本当にようございましたわ。これで女主人《おかみ》さんも当分はがみがみいわないでしょうから。

なんとかしてご自分の服をお直しなさいませ。では、ごきげんよう。あたくしとても疲れました。なぜこんなに弱くなったのか、自分でもわかりません。ちょっとした仕事をしてもすぐ疲れてしまうんですの。仕事が見つかっても、これでは働けませんわ。そう思うと、もう死ぬ思いです。

V・D

九月五日

わたしの可愛《かわい》いワーレンカ！

わたしはきょうたくさんの印象を味わいましたよ。第一に、一日じゅう頭痛がしていました。なんとか気分をさっぱりさせようと、家を出て、フォンタンカを散歩してきました。とても薄暗い、じめじめした夕暮れでした。五時すぎには、もう暗くなるんです、今はそういう季節なんですね！　雨は降っていませんでしたが、そのかわり霧がひどくて、ちょっとした雨にも劣らぬくらいでした。空には雨雲が長く広い帯をなして流れていました。たくさんの人びとが河岸《かし》通りを歩いていましたが、その連中ときたら、みんな申し合せたように、一目見ただけでも気の滅入《めい》るような、怖ろしい顔つきをしていました。酔っ払いの百姓をはじめ、長靴をはいて帽子もかぶらない獅《し》子鼻《しばな》のフィンランド女、労働者、馭者《ぎょしゃ》、何か用ありげなわたしの仲間の小役人、腕白ども、縞の作業服を着、煤《すす》と油で汚れた顔をし、手に錠前を持ったひ弱そうな鍛冶屋《かじや》の職人、背丈が二メートルもありそうな復員兵、といった連中です。どうやらこれ以外の連中の出歩かない時刻だったようです。いや、それにしてもフォンタンカは船が通る運河なんですね！　よくもこんなに入ったものだと思うほどたくさんの艀《はしけ》が見えました。橋の上には、しけた蜜入菓子《プリャーニチヌイ》や腐ったりんごを抱えた女たちが坐《すわ》っていましたが、みんなとても汚ないなりをして、しょぼ濡《ぬ》れていました。フォンタンカを散歩するのはわびしいものですよ！　足もとの花崗岩《みかげいし》は濡れていて、両側には煤けて黒ずんだ高い家並みがつづいています。足もとも霧なら、頭の上もやはり霧なんです。きょうはとても気が滅入るような、陰気な夕暮れでした。

ゴローホヴァヤ通りに曲ったときには、もうすっかり暗くなっていて、ガス燈に火をいれていました。わたしはもう永いことゴローホヴァヤ通りに行ったことがありませんでした、そういう機会がなかったのです。賑《にぎ》やかな通りですよ！　とにかく、立派な大小さまざまな商店が並んでいます。ショーウィンドウの中の布地や花、リボンのついたいろんな帽子、なにもかもみんなキラキラと輝いて、燃えているようです。どれもこれもただ飾りとして並べてあるかと思われるほどですが、そうじゃないんです。それらの品々を買って、細君たちにやる人が実際にいるんですから。金持ちの街ですよ！　ゴローホヴァヤ街にはドイツ人のパン屋もたくさんあります、あの連中もきっと裕福なんでしょう。ひっきりなしに通る馬車の数もたいへんなもので、よくあれで石の舗道がもつものですね。えらく豪華な馬車もあります。窓ガラスは鏡のようで、内部にはビロードや絹が張ってあるのです。馬手までも貴族然として、肩章《けんしょう》をつけ剣をさげています。わたしはひとつひとつそうした馬車の中を覗いて見ましたが、みんな貴婦人たちが坐っていました。みんな着飾っていましたから、公爵《こうしゃく》令嬢とか、伯爵夫人といった人たちなのでしょう。きっとそんな時刻で、みんなは舞踏会や夜会へ急いでいたんでしょう。公爵夫人とか、一般にいって名流の婦人を間近に見るのは好奇心をそそられるものですが、いや、とても気持のいいものかもしれませんが、わたしはきょう初めて馬車の中を垣間見《かいま》たくらいで、一度も見たことがないのです。そのとき、わたしはちらっときみのことを思い出しました。ああ、わたしの可愛いワーレンカ！　きみのことを思うと、わたしの胸は張りさけんばかりでした！　きみはなぜそんなに不幸なのでしょうね？　わたしの天使さん！　きみはいったいどこがあの連中に比べて劣っているというのでしょう？　きみは気だてが優しく、美しくて、学問もあります。それなのに、どうしてきみはそんな不運を背負わなければならないんでしょう？　立派な人が荒野におきざりになっているのに、別の人には向うから幸福が飛びこんでくるというのは、いったいどういうわけでしょう？　こんなことを考えてはいけない、これは自由思想だってことは、わかっていますよ。でも正直な話、本当のことをいえば、ある人は母の胎内にいるときから運命の烏《からす》に幸運を告げられるのに、ある人は養護施設の中から人生の荒浪《あらなみ》に飛びこまなければならないのは、いったいどういうことでしょうね？　また、幸運というやつはよくイワンの馬《ば》鹿《か》に授けられていますね。さあ、イワンの馬鹿や、お前は先祖代々の金袋をかきまわしながら、飲んだり、食ったり、楽しんでいればいいのだよ。でも、誰それや、お前さんはただ指をくわえて見ていればいいんだ、お前さんにはそれがお似合いだよ、というわけです。ねえ、こんなことを考えてはばちが当りますね、でも、あそこにいると思わず知らずそんな罪な考えが頭の中に浮んでくるのです。ねえ、きみがあんな馬車を乗りまわしたらどうでしょう。そうなれば、われわれ風情《ふぜい》ではなくて、将軍連中がきみの優しい眼差《まなざ》しを捉《とら》えようと騒ぎますよ。きみはそんな木綿の古ぼけた服ではなくて、黄金をちりばめた絹の服を着るんです。そうすれば、きみは今のように瘦《や》せこけて、しょぼしょぼせずに、まるで砂糖人形のように、みずみずしく、ふっくらと豊満になり、頰《ほお》にはほんのりと紅がさすでしょう。いや、そうなればわたしはもう往来から、明るく照らされた窓越しにきみの姿を眺めただけで、いや、きみの影をちょっと見ただけで、幸せになるでしょう。わたしの可愛いワーレンカ、きみがあそこで幸福に、楽しく暮しているのだと考えるだけで、わたしはもう楽しい気持になるでしょう。ところが今はどうでしょう！　悪人どもがきみを破滅させたばかりか、どこの馬の骨ともしれない汚ない好色漢がきみを辱《はずか》しめているんですから。そんな恥知らずが燕尾服《えんびふく》をだてに着こなして、金縁の柄《え》つき眼鏡でじっときみを見れば、そんな男のけがらわしい言いぐさだって、じっと拝聴しなければならないんですから。いや、もうたくさんです！　そうじゃありませんか？　じゃいったいなぜこんなことになるのでしょう？　それはきみが孤児だからですよ、きみが誰ひとり頼りのない小娘だからです、しっかりした後見人となってくれる有力な友だちがいないからです。それにしても、みなし児《ご》を辱しめてなんとも思わないのは、いったいどんな男です、どんな連中です？　それは屑《くず》みたいな奴《やつ》らですよ、人間じゃなくて、ただの屑ですとも。一応は人間の数に入っていても、本当は人間じゃありません、わたしはそう信じています。奴らはそういう連中なんですよ！　わたしの考えでは、きょうゴローホヴァヤ通りで見たシャルマンカ（訳注　肩にかけて歩く大型のオルゴール）弾きのほうが、あんな奴らよりもよっぽど尊敬に値しますよ。あのシャルマンカ弾きは一日じゅう歩きまわって、くたくたに疲れながら、はした金《がね》をもらって暮しをたてていますが、そのかわり自分が自分のご主人さまで、自分で自分を養っているのです。施しなんか求めようとはしないで、できるだけ人さまを楽しませようと、自分にできる芸で人さまを楽しませながら、ねじのかかった機械のように働いているのです。なるほど、それは乞食《こじき》です。乞食は乞食ですが、しかし高尚《こうしょう》な乞食ですよ。疲れきって、凍えきっていても、やっぱり働いているのです。街頭芸人流とはいいながら、やっぱり働いているのです。世間にはこうした正直者がたくさんいます。そういう人たちは自分の働きの高と値打ちにふさわしいわずかな稼《かせ》ぎしかなくても、誰にも頭を下げず、誰にも日々のパンをねだりはしないのです。このわたしなんかも、あの芸人とまったく同じですよ。いや、わたしはなんでもあの男と同じだというのではありませんが、今申しました、自分の力にふさわしく、自分のできる芸で働くという、高尚な、騎士的な意味で、あの芸人とまったくおんなじなのですよ。わたしは大きなことはできませんが、やれるだけのことはしています。

わたしがこのシャルマンカ弾きの話を始めたのは、きょうは自分の貧しさをいつもの倍くらい痛感したからなんです。わたしは立ちどまって、そのシャルマンカ弾きを見ていました。さっきのような考えが頭に浮んだので、気をまぎらそうと足をとめたのです。そのときそこには、辻馬《つじば》車《しゃ》の馭者が二、三人、どこかの召使いがひとり、それに、泥《どろ》だらけの女の子が見ていました。シャルマンカ弾きはどこかの窓の下に陣取っていました。ふと見ると、十歳くらいの男の子が目にとまりました。ほんとは可愛い子供なんでしょうが、見るからに病身らしく、痩せこけていて、何かぼろを着ていましたがシャツ一枚も同然で、ほとんどはだしの格好で、口をポカンとあけて音楽を聞いているんです。まだ、ほんの子供なんですよ! ドイツ人が人形を踊らすのをじっと見つめているのですが、手も足もかじかんでいて、からだを震わせながら、袖口《そでぐち》をかんでいるんですよ。見ると、その子は手の中に何か紙切れを持っているのです。

一人の紳士が通りがかりに、幾らかの小銭をシャルマンカ弾きに投げてやりました。お金は、まわりを小さな柵《さく》でかこった箱の中へぴたりと落ちました。その箱の中ではフランス人形の紳士が、貴婦人たちと踊っていました。お金がちゃりんと音をたてると、その少年はぶるっと身震いして、おずおずとあたりを見まわして、わたしに目をとめました。きっと、わたしが投げたんだと思ったのでしょう。少年はわたしのそばに駆けよって来ましたが、その小さな手はぶるぶると震え、声まで震えているんです。少年は例の紙切れを差しだして、「手紙だよ！」といいました。その手紙をあけて見ると、なに、文句はきまったもので、お情けぶかい皆さま、この子の母親は瀕死《ひんし》の床におり、三人の子供は飢えに苦しめられております、どうか、お助けくださいませ。たとえわたくしが死にましても、きょうこの子供たちをお助けくださったご恩を忘れず、あの世でお情けぶかいあなた様のご幸福をお祈りいたします、といったものでした。なに、いたって平凡な、世間によくあることですが、いったい、このわたしに何をやることができましょう？　それで、なんにもやりませんでした。でも、とってもかわいそうでした！　かわいそうなその子は、寒さのあまり蒼《あお》ざめていて、きっと腹も空《す》いていたんでしょう。いやいや、嘘《うそ》をいってるんじゃありません、断じて嘘じゃありません。わたしにはよくわかります。でも、なぜこうした浅ましい母親たちは、子供を大切にしないで、はだか同然の子供にあんな手紙を持たせて、この寒空を歩かせるのか、それが心外でなりません。その母親は馬鹿な女で、しっかりしておらず、また、誰も世話をしてくれる人もいないのかもしれません。だから、のほほんと家に腰をすえているのかもしれません。いや、本当に病気なのかもしれません。もしそうなら、しかるべき筋に願い出ればいいのです。しかし、ひょっとすると、女のペテン師がわざと腹を空かせた、瘦せた子供を使って、世間の人をだまし、子供を本物の病人にしているのかもしれません。それにしてもあんな手紙を持ち歩かされるかわいそうな子供はいったいどんなことを覚えるでしょう？　ただ心がすさむばかりです。子供は歩きまわったり、駆けまわったりして物乞《ものご》いをしても、世間の人はどんどん通りすぎていってしまうのです。みんな忙しいのです。みんな石のような心を持っていて、言葉もとげとげしています。「あっちへいけ！　さっさと失《う》せやがれ！　おい、ふざけるな！」あの子が人から聞かされる言葉はこんなものばかりです。こうして子供の心はとげとげしくなっていくのです。かわいそうなあの子は、巣がこわれて落ちた雛《ひな》鳥《どり》のように、おびえきって、寒空にむなしく立っているのです。手も足も凍えて、息もつまりそうなんです。ほら、ごらんなさい、あの子はもう咳《せき》をしていますよ。いまわしい害虫のように、病気があの子の胸に忍びこむのもそう遠いことではないでしょう。それから先はどこか汚ない部屋の片隅《かたすみ》で、誰からも世話も看護もされぬまま、死の手にかかってしまうのです。これがあの子の一生なんですよ！　こんな一生もあるんですよ！　ああ、ワーレンカ、「どうぞお恵みください」という文句を聞くのは切ないものです。その側《そば》を素通りしながら、なんにもやらないで、「神さまが助けてくださるよ」というのは切ないものです。時には平気で聞き流せる「どうぞお恵みください」もあります（「どうぞお恵みください」にもいろんな種類があるんです）。なかには長々と語尾をひっぱった、慣れっこになった、場数をふんだ、いかにも乞食然としたものもあります。こんなのにはやらなくても、それほど切なくはありません。こんなのは乞食を永年やっている職業的な乞食ですから、慣れたもので、なんとかやりくりをつけるだろうし、現にその術《すべ》も心得ているんですから。ところがそれとは別の「どうぞお恵みください」は、そんな習慣的なものではなく、もっと乱暴で怖ろしいものなんです。たとえば、きょうも、わたしがあの少年から手紙を受取ったとき、塀《へい》のそばにそういうのが一人いたのです。この男は誰にでも物乞いをしていたわけではありませんが、わたしに向って「旦那《だんな》、いくらでもいいから、恵んでおくんな！」と、えらく乱暴な調子でいったので、わたしはなんとなく怖ろしくなってぶるっと身震いしたほどですよ。でも、一文もなかったので、やりはしませんでした。ところで金持ちは、貧乏人がわが身の不運をかこつのを、とても嫌《きら》うものなんです。あいつらはうるさくて、しつこいな、というわけです。いや、たしかに貧乏というものはいつもうるさがられます。飢えた人間のうめき声が、金持ちには耳について眠れないんですかね！　いや、白状すると、わたしがこんなことを長々と書いたのは、ひとつには気をまぎらしたいためですが、それよりむしろ、わたしの書いた立派な文章の見本をお目にかけたかったからなんです。というのは、きみもきっと気づいておられるでしょうが、近頃《ちかごろ》わたしの文章にも一種のスタイルができてきたからなんです。ところが今はたいへんにふさぎこんでいるため、わたし自身が心底から自分の考えに同感するようになったのです。むろん、こんな同感だけではなんの足しにもならないことは自分でも承知していますが、それでもいくらか自分を正義漢だと認めることはできますからね。実際、なんの理由もないのに、よく自分で自分を卑下して、一文の値打ちもない、鉋屑《かんなくず》にも劣るものだと思うことがあります。いや、そんなことになるのも、たとえていえば、わたし自身があの施しを乞うている哀れな子供みたいに、おどかされ追いまくられているためかもしれません。今度はひとつ、たとえ話で説明してみましょう。ねえ、よく謹聴してくださいよ。いいですか、これはよくあることですが、朝早く役所へ急ぎながら、市《まち》の様子を眺《なが》めると、人びとが目をさまし、起き上り、かまどに火をつけ、お湯をわかし、騒々しく動きまわるのが感じられます。ところが、そうした光景に接すると、時には自分がひどく小さなものに思われてきて、まるでもの好きにつき出した鼻の先をぱちんと爪《つま》はじきされたような気になって、それからはしおらしくトボトボと歩きながら、これではとても歯がたたないと、あきらめることも稀《まれ》ではありません。では、あの黒く煤けた宏壮《こうそう》な建物の中ではいったい何が起っているのでしょうか？　よく内部をのぞいてごらんなさい。そのうえで、むやみに自分を卑下して、恐縮するのが正しいかどうかを判断してください。ワーレンカ、これは一つのたとえ話で、直接的な意味でいっているのではありませんからね。では、あの家々ではどんなことが起っているのか、眺めてみましょう。さて、あの煙ったい一角の、強引にも貸間と呼ばれている犬小屋同然の部屋の中で、今ひとりの職人が目を覚ましたところです。この職人は一晩じゅう、眠っているあいだ靴《くつ》の夢ばかり見ていたのです。きのううっかり裁ちそこなった靴の夢を見ていたんです。たしかに、この男は職人でまるで、こんなくだらないことしか夢に見てはならないといわんばかりに、です！　たしかに、この男は職人です、靴職人です。ですから、自分の商売のことを考えるのは当り前かもしれません。この男の家では子供が泣きわめき、女房は空腹を抱えているのです。もっともこんなふうに朝、目を覚ますのはなにも靴屋だけとは限っていません。こんなことは別になんでもないことかもしれませんし、書くにも当らないことかもしれませんが、そこには次のような事情があるのです。それは同じ建物の中の、一階上か下かの、金ピカずくめの広間のなかで大金持ちが、やはり前の晩に靴の夢を見たということだってありうるのです。つまり、同じ靴でも型のちがう、しゃれたものでしょうが、靴はやっぱり靴ですからね。というのは、わたしがここでいいたいのは、われわれはみんな幾らかは靴屋なんだってことですよ。これまたたいしたことではありませんが、ただいけないのは、その大金持ちのそばに、「もうたくさんだ、そんなことを考えるのは。自分のことばかり考えるのは、自分ひとりのために生きていくのはたくさんだ。君は靴屋じゃないんだし、君の子供は達者で、細君もお腹《なか》を空かせているわけじゃないさ。あたりを見まわしたまえ、靴なんかよりもっと高尚な心配事がありそうなものじゃないか！」と、囁《ささや》いてやる人物がいないことです。ワーレンカ、わたしがたとえ話でいいたかったのはこれだけです。これはあまりにも自由思想であるかもしれませんが、時どきこんな考えが浮んでくるものです。そんなときには思わずはげしい言葉となって心の底から飛び出してしまうのです。ですから、ちょっと人から騒がれたり、怒鳴られただけで、度胆《どぎも》をぬかれ、自分を一文の値打ちもない人間だなどと思いこむのは馬鹿げています。最後にひとつついっておきたいのは、きみはひょっとすると、わたしは根も葉もない中傷をしているのだとか、ふさぎの虫にとりつかれているのだとか、何かの本からそんなことを書き抜いたのだとか、いわれるんじゃありませんか？　いや、そうじゃありません、考え直してください。そうじゃありません、わたしは中傷なんかしませんし、ふさぎの虫にもとりつかれていませんし、人さまの本からもこれっぽちも書き抜いたりなんかしていませんよ。本当ですとも！

わたしは憂鬱《ゆううつ》な気分で家へ帰ると、テーブルに腰をおろし、お湯を沸かして、お茶を一杯のもうと用意していました。ふと見ると、ここの貧乏な間借人のゴルシコーフが部屋の中へ入ってくるじゃありませんか。わたしはけさのうちから気づいていたのですが、ゴルシコーフは下宿人のところを方々訪ねまわって、わたしのところにも寄ろうとしていたのです。ついでにいっておきますが、あの一家の暮しむきはわたしのところなんかと比べものにならないほどひどいのです。そりゃひどいんですから！　なにしろ、女房子供があるんですからね！　もしもわたしがゴルシコーフで、あの立場におかれたら、どんなことをしでかしたかも、わかりませんね！　さて、そのゴルシコーフが入ってきて、お辞儀をしました。睫毛《まつげ》には相変らず涙がただれるようにたまっていて、足をガクガクさせるばかりで、自分では口もきけないありさまです。わたしはとりあえず相手を壊れ椅子《いす》に坐らせ、お茶を出しました。ほかには椅子がないんです。彼はすみませんと、永いことあやまっていましたが、それでもコップを取りあげました。砂糖をいれずに飲もうとするので、砂糖をいれなくちゃとすすめますと、またすみませんとあやまるのです。永いこと押問答して、辞退したあげく、ようやく一番小さな砂糖のかけらを自分のコップに入れて、とっても甘いですね、といいはるのです。ねえ、貧乏というものはこんなにまで人間を卑屈にするものなんですよ！「それで、何かご用でも？」とたずねると、「それがですね、実はこうこういうわけなんでして、マカール・アレクセーエヴィチ、あなたはお情けぶかくていらっしゃるから、どうかわたしどもを憐《あわ》れと思ってください、不幸な一家をお助けください、子供も女房も食べるものがなくて、わたしも父親として見るに忍びないのです！」というじゃありませんか。わたしが口を開こうとすると、それをさえぎるようにして、「マカール・アレクセーエヴィチ、わたしはこの家の人たちがみんな怖《おそ》ろしいんです、いや、怖ろしいというより、気がひけるんです。なにしろ、みんないつも気位がたかくて、高慢なんですから。いや、わたしもあなたにはご迷惑をかけたくはなかったんです。あなたご自身にも何かおもしろくない事があったのも存じておりますし、そうたくさんは出して頂けないことも知っておりますが、ほんのすこしで結構ですから、拝借さしてくださいませんか。こんな厚かましいお願いにあがったのも、あなたの優しいお心を承知しているからでございます。あなたご自身がお困りになったことも、いや、今でもご不自由をなめていらっしゃることも承知しておりますが、それだからこそあなたさまならきっと同情して頂けると思って参上したのです」といって、最後に「マカール・アレクセーエヴィチ、どうかこんな厚かましいお願いをあしからずお許しくださ い」と結びました。わたしは、よろこんでお貸ししたいところですが、わたしには何もありません、まったくの無一文なんです、と答えました。「いや、マカール・アレクセーエヴィチ、わたしはなにもそんな大金をお願いしているのではありません、実は、そのこうこういうわけで（そこであの人は顔を真っ赤にしました）、女房と子供が腹を空かしておりますので、せめて十コペイカ玉をひとつでもなんとか」というんです。いや、それを聞くと、わたしも胸をしめつけられるような思いでした。こりゃわたしなんかより、ずっとひどいな！　とは思ったものの、手もとには二十コペイカしか残っておらず、それもちゃんと使い道がきめてあったんです。つまり、明日どうしても必要なことに使うつもりでいたのです。「いや、こうこういうわけで、わたしにはどうにもなりません」とわたしはいいました、「マカール・アレクセーエヴィチ、なんとか思召《おぼしめ》しを。十コペイカで結構ですから」と泣きつかれたので、わたしは机の引出しからなけなしの二十コペイカを取りだして、渡してやりました。全財産を投げだしたわけですよ！　ねえ、これが貧乏というものなんですよ！　わたしはあの人と話をはじめ、いったいなぜそんなに困ってきたんです、またそんなに困っていながら、なぜ銀貨で五ルーブルもする部屋を借りているんです、と、きいてみました。彼の説明によると、あの部屋は半年前に借りたので間代は三カ月分前払いしておいたのだが、その後いろんな事情のためににっちもさっちもいかなくなったのだそうです。その間に例の事件も片づくものと思っていたのです。この事件というのは不愉快なものでしてね。いいですか、ワーレンカ、何か知りませんがあの人は裁判にかかっているのです。お上の請負工事で公金をごまかしたなんとかいう商人と係争中なんです。そのごまかしがばれて、商人は告訴されたのですが、被告は何か掛り合いのあったゴルシコーフを、この横領事件にまきこんでしまったのです。もっともゴルシコーフの罪は単なる不注意と怠慢のために、国庫の利益をなおざりにしたということにすぎないんです。この事件はもう何年も続いていて、ゴルシコーフにとって不利な障害が次々と出てくるのです。「わたしは汚名をきせられていますが、まったく身に覚えがありません、わたしには少しも罪はありません、詐欺《さぎ》横領についてもわたしは潔白です」と、ゴルシコーフはわたしにいいました。この事件は彼の名誉をいくぶん汚《けが》し、彼は勤めを首になりました。彼が重大な罪を犯したという証拠は出ませんでしたが、青天白日の身とならないかぎり、彼は商人から相当額の金を取り戻すことはできないのです。それは当然、彼の手に取るべきものなのですが、今は商人と係争中なのです。わたしは彼の言葉を信じますが、裁判所は口先だけでは信用してくれません。なにしろ、この事件はとてもこみいったもので、百年たっても解決しそうもありません。少しばかり解けかかると、商人のほうであぁだこうだとまたこじらせてしまうのです。わたしは心からゴルシコーフに同情し、彼のことを気の毒に思っています。彼は職業を持っていませんが、それは先の見込みがないのでどこでも雇ってくれないのです。持っていた貯《たくわ》えはすっかり食いつぶしてしまったのです。事件がこんがらがってしまっても、なんとか生きてはいかなければなりません。そのうちに間の悪いときは仕方のないもので、子供が生れたり、息子が病気をしたり、死んだりで、次々と物入りが重なったのです。おまけに細君は病身ですし、本人も何か持病に悩んでいるというふうで、一口にいって、苦労という苦労をなめつくしているのです。ところが本人は、二、三日中には事件が円満解決をつげるものと期待して、もう今度こそ間違いありません、といっているのです。気の毒です、気の毒です、ほんとに気の毒でなりません！　わたしは優しい言葉をかけてやりました。なにしろ、本人はすっかり取り乱して、おびえきって、助けを求めているのです。ですから、わたしは優しい言葉をかけてやったのです。では、さようなら、ごきげんよう。どうか、わたしの可愛《かわい》い人、お達者で！　きみのことを思い出すと、まるでわたしは病める心に薬をぬったようになります。きみのために苦労しても、きみのための苦労ならちっとも苦しくありません。

きみの真実の友
マカール・ジェーヴシキン

九月九日

愛するワルワーラさん！

わたしは無我夢中でこの手紙を書いています。怖ろしい出来事のために、わたしはすっかり興奮しています。頭がクラクラします。まわりのものがみんなぐるぐるまわっているような気がします。ああ、ワーレンカ、これからきみにたいへんなことを話してあげますからね！　まったく、わたしたちの予想もできなかったことなんです。いやいや、予想しなかったとはいえません、わたしはなにもかもそれを予想していたからです。これらのことはみんなあらかじめわたしの胸に予感があったのです！　つい最近も、何かしら似たようなことを夢で見たくらいです。

次のようなことが起ったのです！　文章なんか気にしないで、心に浮ぶままを書いていきましょう。わたしはきょう役所にいきました。むこうに着いて、腰を下ろすと、書類を書きはじめました。ちょっとお断わりしておかねばなりませんが、わたしはきのうも同じように書類を書いていました。さて、そのきのうのこと、チモフェイ・イワーノヴィチがわたしのところへおいでになって、これは大切な急ぎの書類だからと、わざわざご自分でお頼みになりました。マカール・アレクセーエヴィチ、なるべくきれいに、急いで、丁寧に書いてくれたまえ、きょう署名していただくのだから、とおっしゃるのです。ここできみにお断わりしておきたいのは、きのうわたしは気もそぞろで、何ひとつ見向きもしたくないほど、憂鬱でもの悲しかったということです！　胸の中は冷えびえとして、心は暗く、頭にあるのはただ不幸なきみのことばかりでした。そこで、わたしは浄書にかかりました。きれいに、上手に浄書しました。ただどんな悪魔にそそのかされたのか、目に見えない運命のいたずらだったのか、それとも、そうなるべき運命だったのか、その辺のところはなんとも説明のしようもありませんが、とにかく、わたしは一行そっくり抜かして書いてしまったのです。なんとか意味は通じたみたいでしたが、実はとんでもないことになっていたのです。きのうはその書類に手間どったので、ようやくきょうになって閣下の署名を頂くことになりました。わたしはそんなこととは夢にも知りませんから、きょうはいつもの時間に出勤して、エメリヤン・イワーノヴィチの隣りに腰を下ろしました。お断わりしておきますが、わたしは近ごろ以前より二倍も気がひけて、恥ずかしがるようになっているのです。最近はもう誰の顔もまともに見られないのです。誰かが椅子をぎいといわせただけで、わたしはもう生きた心地もないのです。きょうもそのとおりで、じっとうつむいて、目をすえたまま、針鼠《はりねずみ》のように身を縮めて坐《すわ》っていたものですから、エフィム・アキーモヴィチ（これは前代未聞《みもん》の毒舌家ですが）が、さも聞えよがしに、マカール・アレクセーエヴィチ、きょうはなんていう格好をして坐っているんです、え？　といってから、おまけに妙なしかめ面《つら》をして見せたものですから、わたしたちのまわりの者はみんな笑いころげてしまいました。むろん、わたしに当てつけてのことです。いや、笑ったのなんのって、たいへんな騒ぎでした！　わたしは耳をふさぎ、目をとじて、じっと身じろぎもしないで、坐っていました。これはわたしのよくやる手なのです。こうすると、連中は割に早くやめてしまうのです。ふと、何やら物音がして、人のばたばた走る音や、ざわめく音が聞えます。まさか空耳ではないかと耳をすますと、わたしの名を呼んで、探しているのです。たしかに、ジェーヴシキンと呼んでいるじゃありませんか。わたしは胸がドキンとしました。なにをそんなにびっくりしたのか、自分でもわかりません。ただわかったのは、自分が生れて一度もこんなにびっくりしたことはなかった、ということだけです。わたしは椅子にしがみついて、素知らぬ顔をしながら、ここにいるのは俺《おれ》じゃないよと構えていました。ところが、また騒ぎが始まって、だんだんこちらへ近づいてきました。ついにはわたしの耳もとで、ジェーヴシキン！　ジェーヴシキン！　ジェーヴシキンはどこだ？　と、怒鳴っているじゃありませんか。目をあげると、エフスターフィ・イワーノヴィチが目の前に立っていて、こういうのです。さあ、マカール・アレクセーエヴィチ！　急いで閣下のところへいきたまえ！　君はあの書類にとんでもないへまをやったんだよ。あの人はたったそれだけしかいわなかったのですが、もうこれだけいえばたくさんじゃありませんか？　わたしは死人のように蒼《あお》ざめ、氷のように冷たくなって、感覚を失ったまま、歩いて行きました。ええ、そうです、まったく生きた心地もなく出かけていったのです。一部屋を通りぬけ、次の部屋を通りぬけ、さらに三つ目の部屋を通りぬけて、閣下の執務室へ連れていかれ、その前に立ちました！　そのときわたしがどんなことを考えていたかは、はっきりとは申し上げられません。見ると、閣下のまわりにみんなお偉方たちが立っているではありませんか。わたしはお辞儀さえしなかったようです。

とんと忘れてしまったのです。いや、あんまりおじけづいていたものですから、唇《くちびる》も震え、足もガクガクしていました。それもそうでしょう。第一、気がひけてしまったのです。わたしは右手の鏡をのぞきこみましたが、そこに映った自分の姿を見ただけで気が狂っても不思議ではありませんでしたよ。第二に、わたしはいつも自分という人間がまるでこの世にいないかのように振舞っていたのですから。従って閣下などはわたしの存在すらご承知ないはずだと思っていました。いや、ひょっとしたら、役所にジェーヴシキンなるものがいるということは小耳にはさんでおられたかもしれませんが、直接の交渉などはついぞ一度もなかったのです。

閣下は憤然とされて、「これはいったいどうしたんだ、きみ！　何をぼんやりしていたんだ？　重要な書類で、急を要するものなのに、きみはめちゃめちゃにしてしまったじゃないか。いったい、これはどうしたというんだ」といってから、エフスターフィ・イワーノヴィチのほうを向かれました。わたしは「怠慢だ！　不注意だ！　とんでもないことをしてくれたな！」といった言葉がひびいてくるのを、ぼんやりと聞いているだけでした。わたしはなんということもなく、口をあけようとしました。おわびを申し上げようと思ったのですが、できませんでした。そこを逃げ出そうとも思ったのですが、それもできませんでした。ところがそのとき……まさにそのとき、とんでもないことが起って、今でも恥ずかしさのあまりペンを持つ手が震えるほどです。わたしのボタンが、あの忌々《いまいま》しい、一本の糸にやっとぶらさがっていたボタンが、不意にちぎれ落ちたと思ったら、ポンとひとつ飛び跳ねて（どうやら、われ知らず手をかけたんですね）、ころころと音をたてながら、まっすぐに、ほんとにまっすぐに閣下の足もとへころがっていったのです。しかも、それは辺りがしーんと静まりかえっていたときの出来事なんです！　それがわたしの弁解であり、陳謝であり、解答であり、さらには閣下に申し上げようと思っていたことのいっさいとなったのです！　その結果はたいへんなことになりました！　閣下はたちまちわたしの風采《ふうさい》と服装に注意を向けられました。わたしはさっき鏡のなかに見た自分の姿を思い出しました。わたしはボタンを拾いに飛んでいきました！　なんて馬鹿《ばか》なことを思いたったものでしょう！　身をかがめて、ボタンをつかもうとすると、相手はころころと転がったり、くるくるまわったりして、つかまりません。いや、要するに、不器用さにかけてもわたしは有名になったのです。わたしはもうそのとき、これでいよいよ最後の力もつきはてたな、なにもかも終《しま》いだ！　と感じました。体面もまるつぶれですし、一個の人間としても破滅してしまったんです！　すると、どうしたものか、急にテレーザとファリドーニの声が両の耳に聞えて、がんがん鳴りだしました。やっとのことでボタンをつかまえ、立ちあがって、姿勢を正しました。いや、馬鹿ついでに、そのままズボンの縫目に手をあてて、不動の姿勢でもとればよかったんです！　ところが、こともあろうに、ボタンをさっきちぎれた糸のはしにしばりつけようとしたのです。まるでそうしておけばボタンがちゃんと止るとでも思っていたんですね。おまけに、わたしはにやにや笑ったんです、そう、にやにやとね。閣下ははじめ顔をそむけておられましたが、やがてまたわたしのほうをちらっと見やって、エフスターフィ・イワーノヴィチに向って、「なんということだ？……見たまえ、なんという格好をしているんだ！……あの男はどうしたんだ！……あれは何者だ！」とおっしゃるのが聞えました。ああ、ワーレンカ、あのときあの場で、あの男はどうしたんだ？　あれは何者だ？　と声をかけられたのは、身にあまる光栄だったのです！　聞いていると、エフスターフィ・イワーノヴィチは「落度は、今まで一度も落度はございませんでした。品行も模範的で、俸給《ほうきゅう》は規定どおり十分に出しております……」と答えているんです。「では、なんとかもうすこし楽にしてやってはどうかね。前渡しでもしてやって……」と閣下がおっしゃるのです。「いや、それがもう前渡しになっておりますので、これこれの分まで前渡しになっております。なにか、よくよくの事情があるのでございましょう。品行は方正で、落度はついぞ一度もありませんでした」ねえ、わたしの天使さん、わたしは身を焼かれる思いでした。地獄の業火《ごうか》に焼かれる思いでしたよ！　いや、今にも死にそうな思いでした！「さあ、それでは」と、閣下は大きな声でいわれました。「大急ぎで浄書するんだね。ジェーヴシキン君、こっちへ来てくれたまえ、もう一度誤りのないように浄書を頼むよ。ああ、それから……」と、閣下は一座の人びとにいろいろな命令をくだし、みんなは出て行きました。一同が出て行くと、閣下はそそくさと札入れを取出されて、中から百ルーブル紙幣を一枚抜きだし、「さ、これは少ないけれどわしから、ま、取っておきなさい……」といって、わたしの手に握らせました。わたしの天使さん、わたしは思わずぶるっと慄《ふる》えました、心の底から感動させられました。わたしは自分がどうなったかもわかりません。わたしは閣下のお手を握ろうとしましたが、閣下もさっと頰《ほお》を赤くそめられて、それから――いいですか、ワーレンカ、わたしは毛ほども真実をまげてはいませんよ――それからこの卑《いや》しいわたしの手をお握りになって、強く一振りなさいました。まるでわたしが対等の者であるかのように、いや、将軍ででもあるかのように、無雑作にお握りになって、「さあ、もう行ってよろしい。なに、それはほんの志だけで……もう間違いはしないように。今度のことは別として」と、いわれたんです。

さて、そこでわたしはこう決めました。それはきみとフェドーラに神さまにお祈りしてもらいたいのです。わたしに子供があれば子供にもお祈りをさせるところですよ。たとえ生みの父親のためには祈らなくても、あの閣下のために朝晩お祈りしていただきたいのです！　それからもうひとつ、きみにいっておくことがあるのです。わたしはこれを厳粛な気持でいますから、きみもそのつもりでちゃんと聞いてくださいーー誓って申しますが、わたしはあの苦しい時代に、きみを見、きみの不幸を見るにつけ、また自分を見、自分の卑屈さと甲斐性《かいしょう》なさを見るにつけ、きびしい日々の心痛のあまり何度死ぬ思いをしたかしれませんが、それにもかかわらず、誓って申しますが、わたしには閣下がみずからこの藁屑《わらくず》同然の酔っ払いにすぎない、わたしのいやしい手を握ってくださったことのほうが、あの百ルーブル札などよりどれほどありがたいかしれないのです！　閣下はあの握手によって、わたしにわたし自身を取り戻させてくださったのです。あの行いによってわたしの魂をよみがえらせ、わたしの生活を永遠に楽しいものにしてくださったのです。ですからたとえわたしが神の前にいくら罪をかさねておりましょうとも、閣下のご多幸と安泰を願うわたしの祈りは必ずや神の御座《みくら》にとどくものと信じて疑いません！……

愛するワーレンカ！　わたしはいま怖ろしく気持が乱れています。おそろしく興奮しています！　心臓はドキドキと高鳴って、今にも胸から飛び出しそうです。なんとなく、全身から力が抜けたような気がします。きみに紙幣で四十五ルーブルお届けします。二十ルーブルは女主人《おかみ》にやり、手もとに三十五ルーブル残しておきます。二十ルーブルで服を修繕し、十五ルーブルは生活費にあてます。ようやく今ごろになって、今朝の出来事の印象がすっかりわたしという存在を激しく揺すぶっております。わたしはちょっと横になります。しかし、わたしは落着いています、とても落着いていま す。ただ心が痛みます。そして胸の底でわたしの魂がふるえ、おののき、うごめくのが感じられます。あとできみをお訪ねしますが、今はこの感激にただもう酔いしれています……神さまは何ごとも見通されているのですよ、では、なにものにも代えがたいわたしの愛する人、さようなら！

きみにふさわしい友
マカール・ジェーヴシキン

九月十日

親切なマカール・ジェーヴシキンさま。

あたくしは言葉に尽せないほどあなたのご幸福をうれしく思います。また、あなたの長官の善行をご立派だと感じました。これで、あなたもご不幸から一息おつけになれますわね！　でも、後生ですから、お金はむだにお使いなさいませんようにお願いします。できるだけつつましくひっそりとお暮しなさいませ。そしてきょうからでもさっそく、いくらかでも貯金されて、また不意の災難におあいにならないようになさいませ。あたくしたちのことは、後生ですから、ご心配なさいませんように。あたくしとフェドーラはなんとかやってまいりますから。マカールさん、なぜこんなにたくさんのお金を送ってくださいましたの？　あたくしたちは少しも困っておりません。あたくしたちは手もとにあるものだけで満足しております。もっともそのうちにこの部屋から引越しますので、その費用が要るわけですが、フェドーラはずいぶん昔にある人に貸しておいた古い貸金を返してもらえるあてがあると申しております。もっとも万一の場合がございますので、二十ルーブルだけ頂いておいて、あとはお返しいたします。マカールさん、どうかくれぐれもお金を大切になさいませ。では、ごきげんよう。これからは落着いて、お元気で、楽しくお暮しなさいませ。もっと長いお手紙をさしあげたいのですが、とても疲れてしまいました。昨日は一日じゅう床から起き上れませんでした。お出かけくださるとのお約束うれしゅうございます。マカールさん、どうぞお出かけくださいませ。

九月十一日

わたしの可愛いワルワーラさん！

ねえ、ぜひともお願いですから、わたしがすっかり幸福になり、いっさいのことに満足している今になって、わたしと別れるなんていわないでください。わたしの可愛い人！　きみはフェドーラのいうことなんか聞くんじゃありません。それに、わたしはきみのお気に入ることならなんでもやります。品行もつつしみます。閣下に対する尊敬のためだけでも、品行方正でやっていきます。わたしたちはまたお互いに幸福な手紙をやりとりし、自分たちの考えや喜びをわかちあいましょう。心配のたねがあればその心配もわかちあいましょう。ふたりで仲よく、幸福に暮しましょう。文学の勉強もやりましょう……わたしの天使さん！　わたしの運命はすっかり変りました、しかも、いっさいが好転したのです。女主人《おかみ》はおとなしくなりました。テレーザはだんだん利口になり、あのファリドーニまでが気軽く動くようになりました。ラタジャーエフとは仲直りしました。嬉《うれ》しまぎれに、自分のほうから訪ねていったのです。あれ

V・D

は実に愛すべき人物です。いろいろと悪い噂《うわさ》もありましたが、みんなでたらめです。今ではそれがみんな憎むべき中傷だったことがはっきりしました。彼はわたしたちのことなんか少しも書く気はなかったのです。本人がわたしにそういいました。わたしには新しい作品を読んでくれました。また、あのとき彼がわたしのことをラヴレースと呼んだのは、ちっとも悪口でも、失敬な名前でもないそうです。彼が説明してくれたのです。あれは外国語からとった言葉で、機敏な青年という意味だそうです。もっとしゃれて文学的にいえば、油断のならぬ若者という意味なんだそうです。ただそれだけのことです！　別に変な意味はないのです。罪のない冗談だったわけですよ。それなのに、無学なわたしはついかっとなって、腹をたててしまったのです。今度それがわかったので、彼にあやまりました……ワーレンカ、きょうはお天気まですばらしいですね。まったく上天気です。もっとも朝は薄霜がおりました、篩《ふるい》にかけたほどで、あんなものはなんでもありません！　おかげで空気がいくらか爽《さわ》やかになりました。わたしは靴を買いに出かけて、すばらしい靴を買いましたよ。ネーフスキー通りを散歩して、《蜜蜂《みつばち》》（訳注　新聞《北方の蜜蜂》のこと）を読みました。あっ、そうです！　一番かんじんなことをお話しするのを忘れていました。

それはこうなのです。

けさ、わたしはエメリヤン・イワーノヴィチとアクセンチイ・ミハイロヴィチを相手に閣下のことをいろいろと話しました。聞いてみると、ワーレンカ、あの方があんなに情けぶかい態度をおとりになったのは、わたしひとりではなかったのです。情けをかけてくださったのも、わたしひとりではなく、あの方の心根の美しさは世間に知れわたっているとのことでした。あの方に対してはいたる所で讃辞《さんじ》が捧《ささ》げられ、感謝の涙をながしているのです。あの方はひとりの孤児の娘を手もとで養育され、身のふり方まで面倒をみられたのです。つまり、閣下の役所でなにか特別の仕事をしているれっきとした官吏のところへ嫁にやられたのです。ある未亡人の息子も、どこかの役所へ世話されたり、そのほかにもいろいろと善根を施しておられるのです。そこでわたしもわたしなりに閣下礼讃《らいさん》をする義務があると考え、堂々とみんなに閣下のご行為を話して聞かせました。わたしは何ひとつ包みかくさずに、すっかり話してしまいました。自分の恥などポケットに押しこんでおいたのです。こういう場合には、恥も外聞もありませんよ！　いや、声高《こわだか》に話せば、それだけ閣下の名誉が高まるというものじゃありませんか！　わたしは夢中になって話しました、熱をこめて話しました。いや、赤面するどころか、こんな話をする機会が訪れたことを誇らしくさえ思いました。わたしはなにもかも話してしまいました（といっても、きみのことだけは分別をきかせて黙っていました)。うちの女主人《おかみ》さんのことも、ファリドーニのことも、ラタジャーエフのことも、靴のことも、マルコフのことも、なにもかもすっかり話してしまいました。二、三の人は顔を見合せてくすくす笑いだしました。いや、ほんとのことをいえば、みんなが顔を見合せて笑いだしたのです。あの人たちはきっとわたしの風采に何かしらおかしなところを見つけたんでしょう。いや、わたしの靴のことかもしれません。いや、きっと、靴のことでしょう。もし何か悪意があったら、とてもそんなことはできるはずがありません。それは若さのせいか、それともみんなが金持ちだったからのことで、わたしの話を悪意や悪気があって嘲笑《ちょうしょう》するなんてことは、とてもできっこありません。いや、なにか閣下のことで笑うなんてことは断じてできっこありません。ワーレンカ、そうじゃありませんか!

わたしは今なお、なんだかわれに返ることができないでいます。こうしたいろいろな出来事のために、わたしの頭はすっかり混乱してしまいました! 薪《たきぎ》はありますか。風邪をひかないようにしてください、ワーレンカ、風邪はひきやすいものですからね。ああ、きみはまたそんな悲しいことばかり考えて、わたしに死ぬような思いをさせるんですね。わたしは神に祈っています、きみのために祈っているんですよ! きみはたとえば毛糸の靴下をお持ちですか、何か温かそうな服をお持ちですか。気をつけてくださいよ、ワーレンカ、これから先も、なにか不自由なものがあったら、後生ですから、なんでも打ちあけて、この年寄りの気を悪くさせないでくださいよ。なんなりとどしどしいってきてください。今はもう不幸な時代は過ぎてしまったのですから、きみもわたしのことは心配しないでください。前途はなにもかも明るくて、すばらしいものですよ！

それにしても、ワーレンカ、今までは悲しい時代でしたね！　でも、もうどうってことはありませんよ。過ぎ去ってしまったんですから！　何年かしたら、この時代のことを思って、溜息《ためいき》でもつきましょう。わたしは自分の若い頃《ころ》のことを憶《おぼ》えています。ひどいものでしたよ！　一コペイカもないことがありましたからね。寒くて、空《す》き腹を抱えているくせに、それでいてただもう楽しかったものです。朝、ネーフスキー通りを散歩して、だれか美人に会えると、もうそれだけで一日じゅう幸福だったものです。いや、とにかく、すばらしい、実にすばらしい時代でしたよ！　ワーレンカ、この世に生きているというのはいいものですね！　ことにペテルブルグはいいですね。昨晩わたしは、目に涙を浮べて神の前にひざまずき、あの悲しい時代にわたしの犯したいっさいの罪を、不平や、自由思想や、乱行や、博奕《ばくち》などの罪を、なにもかも赦《ゆる》してくださるようにと懺悔《ざんげ》しました。きみのことも感激をこめて祈っておきました。天使さん、きみだけがわたしを力づけてくださったのです、きみだけがわたしを慰めてくださったのです、立派な忠告や訓戒をしてくださったのです。わたしはそれを決して忘れることはできません。きょうはきみのお手紙にのこらずキスをしました！　では、ごきげんよう。どこかこの近くに服の売り物があるという話です。ちょっといってみようと思います。では、ごきげんよう、わたしの天使さん、さようなら！

心からきみに信服している
マカール・ジェーヴシキン

九月十五日

マカール・ジェーヴシキンさま。

あたくしはおそろしく興奮しております。まあ、お聞きください、ほんとに、なんてことが起ったのでございましょう。あたくしはなにか宿命的なものを予感しております。ねえ、あたくしの大切な方、お察しくださいまし、ブイコフ氏がペテルブルグに来ておるのでございます。フェドーラがあの人に会ったのです。あの人は馬車に乗っていたのですが、車を止めさせ、わざわざ自分からフェドーラのところへ歩みよって、あの娘はどこに住んでいるのかと問いただしたのです。フェドーラははじめのうちはいわなかったのです。するとあの人はにやにや笑いながら、わしは、あんたのところに誰が住んでいるか知っているさ、といったそうでございます（きっと、アンナ・フョードロヴナがすっかりしゃべってしまったのでございましょう）。そこでフェドーラも我慢しきれなくなって、いきなりその往来のまん中であの人を非難攻撃して、あなたは破《は》廉恥《れんち》な人だ、あたくしどもの不幸の原因は、みんなあなただといってやったのです。あの人は、そりゃ人間は一文なしじゃ誰だって不幸になるさ、と答えたそうです。フェドーラはそれに対して、お嬢さんは自活だってできたし、お嫁にも行けたし、そうでなくてもどこかに勤め口も探せないこともなかったけれど、今はもう、永久に幸福から見放されてしまい、しかも病気だから、もう永いことはないだろう、といったそうです。するとあの人は、あたくしがまだ若すぎるとか、あたくしの頭のなかにはまだつまらない考えがもやもやしているのだとか、あたくしたちの善行もぱっとしなくなったのだ（これはあの人の言葉です）とか指摘したそうです。あたくしもフェドーラも、ブイコフ氏はあたくしたちの住居《すまい》を知らないものと思っていたのです。ところが昨日、あたくしが買物にマーケットへ出かけると、入れちがいにあの人があたくしたちの部屋へ入ってきたのです。どうやら、あの人はあたくしが在宅しているときには来たくなかったらしいのです。あの人は長いことフェドーラにあたくしたちの暮し向きのことをあれこれたずね、部屋の中をじろじろ見まわしたり、あたくしの仕事をのぞいたりしたあげく、最後に、あんた方の知合いの官吏というのはどんな男かね、とたずねたのです。そのときちょうど、あなたが中庭をお通りになったので、フェドーラがあなたを指さして教えると、あの人もちらっと覗《のぞ》いて、にやりと笑ったそうです。フェドーラはあの人に帰ってくださいとたのみ、お嬢さんはそうでなくてさえいろんな気苦労のために病気になっているから、ここであんたに会うのはさぞおいやでしょう、といったのです。あの人はちょっと黙っていましたが、やがて暇だから寄ってみたのだといって、フェドーラに二十五ルーブルやろうとしましたが、あの娘《こ》はむろん受取りませんでした。いったいこれはどういう意味でしょうか？あの人はなんのために訪ねてきたんでしょう？　あの人はどこであたくしたちのことをすっかり聞き出してきたのか、あたくしには合点がゆきません！　あたくしはすっかり見当がつかなくなってしまいました。フェドーラの話では、よくここへ訪ねてくる兄嫁のアクシーニャは、洗濯女《せんたくおんな》のナスターシャと懇意にしているし、そのナスターシャの従兄《いとこ》が守衛をしている役所には、アンナ・フョードロヴナの甥《おい》の知人が勤めているのだそうです。ひょっとすると、その辺からなにか噂が伝わったのではないでしようか？　もっともそれはフェドーラの勘ちがいかもしれません。あたくしたちはもう推察のしようがなくなりました。本当にあの人はまたやってくるのでしょうか！　そう思っただけでもあたくしはぞっとしてしまいます。昨日フェドーラがその話をしたときには、あたくしは怖《おそ》ろしさのあまり気絶するほどでした。いったい、あの人たちはこのうえ何がほしいというのでしょう？　あたくしはもうあんな人たちなんて顔を見るのもいやですわ！　いったいこの不幸なあたくしになんの用があるんでしょう！　ああ！　あたくしは今怖ろしくてなりません、今にもあのブイコフが入ってくるかも分らないんですもの。あたくしはどうなるのでしょう？　運命はあたくしにこのうえ何をしようというのでしょう？　後生ですから、今すぐに、いらしてください、マカールさん、いらしてくださ い、後生ですから、いらしてください。

V・D

九月十八日

愛するワルワーラさん！

きょうこのアパートでこのうえもなく悲惨で、なんとも説明のしようもない、思いがけない事件が起りました。例の気の毒なゴルシコーフが（どうか注意して読んでください）、すっかり青天白日の身となったのです。この判決はもう大分前にできていたのですが、彼はきょう最終判決を聞きに出かけたのです。事件は彼のためにきわめて有利に解決しました。問題となっていた職務上の怠慢と不注意の罪まで完全に免除されたのですから。相当な金額も、商人から取りたてて、彼のほうにまわすという判決が下ったのです。こうして財政状態もいっきょに好転し、名誉も挽回《ばんかい》され、なにもかもがよくなって、要するに、希望が完全にかなえられたわけです。彼はきょうの午後三時に帰宅しました。ところが、その顔はハンカチのように真《ま》っ蒼《さお》で、唇《くちびる》はぶるぶる慄《ふる》えているのに、本人はにやにや笑いながら、妻子を抱擁したのです。わたしたちはみな連れだって、彼の部屋へお祝いに出かけました。彼はわたしたちのこの行為にすっかり感激して、四方八方にお辞儀をしながら、ひとりひとりの手を何度も握りしめました。わたしには彼が急に背が高くなり、しゃんと姿勢もただして、目にはもう涙もなくなったような気さえしました。気の毒なことに、彼はすっかり興奮していたんです！　二分間も一つ所にじっとしていられないで、手あたり次第になんでも手に摑《つか》んでは、また放《ほう》り出し、絶えずにこにこ笑いながら、お辞儀をしたり、坐《すわ》ったり、立ち上ったり、また腰をおろしたりして、なにか訳のわからないことを口走っているのです。「わたしの名誉、名誉、わたしの体面、わたしの子供たち」などというのですが、そのいい方ったらありませんでした！　ついには泣き出してしまいました。わたしたちも大部分の者が貰《もら》い泣きしました。ラタジャーエフはどうやら彼をはげますつもりで「ねえ、きみ、何も食べるものがないのに、名誉もへったくれもあるもんですか。金ですよ、かんじんなのは金ですよ。さあ、神さまに礼をいうんだったら、その礼をいわなくちゃ！」そういって、彼の肩をぽんと叩《たた》きました。ゴルシコーフはむっとしたように思われました。いや、そう露骨に不満の色を浮べたわけではありませんが、何か妙な眼《め》つきでラタジャーエフを眺《なが》め、そっと相手の手を肩から取りのぞいたのです。以前だったら、そんなことはしなかったでしょう！　もっとも人の性格なんてさまざまですからね。たとえばわたしだったらこんな嬉しいときには、威張ったりはしないでしょうよ。それどころか、時には余分に頭を下げたり、謙遜《けんそん》したりするくらいのものですが、それは善良な心根と心の優しさがありあまってのことなんですから、いいじゃありませんか……しかし、ここではわたしのことなんか関係ありませんん！「そりゃ、お金も結構ですよ、おかげさまで、おかげさまでね！」と彼はいって、わたしたちがいる間じゅう、ずっとその「おかげさまで、おかげさまで！」を繰返していました……細君はいつもより上等の食事をたっぷり注文しました。うちの女主人《おかみ》さんがわざわざこの一家のために料理しました。うちの女主人《おかみ》さんもあれでなかなかいいところもあるのです。さて、その食事ができあがるまで、ゴルシコーフはじっとしていられなかったのです。彼は招かれようと、招かれまいと、そんなことにお構いなく、みんなの部屋へ入っていきました。勝手に入っていっては、にやにや笑いながら、椅子《いす》に腰をおろし、なにかいったり、時には何もいわないで、出てくるのです。海軍少尉《しょうい》の部屋ではトランプまで手にして、四人目に入れてもらって、勝負をしました。彼はしばらくやってから、勝負の最中に何かへまをやり、三、四回やっただけで、もうトランプを投げ出してしまいました。「いや、わたしはただちょっと、ほんのちょっとやってみただけなんですよ」といって、部屋から出て行きました。わたしを廊下で見かけると、わたしの両手をとって、まともにわたしの目をのぞきこみましたが、ただとても妙な感じでした。握手をしたきり、向うへ行ってしまいましたが、絶えずにやにや笑いながら、そのくせなんとなく重苦しく、まるで死人のような妙な笑い方でした。細君は嬉し泣きに泣いていました。彼らの部屋はすっかりお祭りのような賑《にぎ》やかさでした。一家は間もなく食事をしました。食事が終ると彼は細君に「ねえ、お前、ちょっと横になるからね」といってベッドに入りました。それから女の子を呼んで、その頭に手をおいて、いつまでもいつまでも子供の頭をなでてやっていました。それからまた細君のほうを向いて、「ときにペーチェンカはどうした？うちのペーチェンカは、ペーチェンカは？……」というのです。細君は十字を切って、あの子は死んだじゃありませんかと答えました。「ああ、そうだ、そうだ、知ってるとも、みんな知っているよ、ペーチェンカは今じゃ天国にいるんだね」細君は夫が今度の事件のためすっかり気が転倒して、上《うわ》の空になっているのだと思い、「あなた、ちょっとしばらくお寝《やす》みになったら」といいました。「ああ、いいとも、いますぐ……ちょっと」そういって、くるりと寝返りをうつと、しばらく横になっていましたが、やがてまた振り返って、何かいいたそうにしていました。細君はよく聞きとれなかったので、「なんですの？」とたずねましたが、彼は答えませんでした。細君はしばらく待っていましたが、なに、眠ったんでしょうと思って、小一時間ばかり女主人《おかみ》さんのところへ出かけました。一時間ほどして帰ってみると、夫はまだ目をさまさないで、じっと身じろぎもしないで、横になっていました。細君は眠っているものとばかり思って、腰をおろして、なにやら仕事を始めました。細君の話では、三十分ほど仕事をしながら、物思いにふけってしまい、何を考えていたのか、それすら憶えていないけれど、ただ主人のことをすっかり忘れていました、というのです。突然、彼女は何かしら胸騒ぎがして、はっとわれにかえりました。すると、まずなによりも部屋の墓場のような静けさに息をのみました。ベッドを見ると、夫は相変らず同じ姿勢で横になっています。近づいて、毛布をめくってみると、彼はもう冷たくなって——死んでいました。ねえ、きみ、ゴルシコーフは死んでしまったのです。まるで雷に打たれたように、ぽっくり死んでしまったのです！　なんで死んだのか、神さまだけがご存じです。ワーレンカ、わたしは呆然《ぼうぜん》としてしまい、いまだにわれに返れないでいる始末です。人間がこんなに簡単に死ねるなんて、どうにも信じられないのです。あのゴルシコーフという男はなんてかわいそうな、不幸な人だったでしょう！　ああ、それがもし運命だとしたら、なんという運命でしょう！　細君はすっかりおびえて、涙にくれています。女の子はどこか部屋の片隅《かたすみ》に縮こまっています。あの部屋では大騒ぎをしています。今に検視も来るでしょう……はっきりしたことはなにもいえません。ただもう気の毒でなりません！　人間なんてこんなふうに一日いや、一時間先のこともわからないのかと思うと、気が滅入《めい》ります……あんなにあっけなく死んでしまうなんて…………

きみの
マカール・ジェーヴシキン

九月十九日

ワルワーラさん！

ラタジャーエフがわたしのためにある文筆家の仕事を見つけてくれたことを取り急ぎお知らせします。そのなんとかいう人が彼のところへ馬車で乗りつけ、部厚い原稿の束を持ち込んだのです。おかげさまで、仕事はたくさんありますよ。ただとても読みにくい筆跡なので、どうやって仕事をはじめたものかわかりません。向うでは急いでいるのです。なんだかさっぱり解《わか》らないようなことばかり書いてあります……一枚につき四十コペイカで話をつけました。もうこれからは副収入のお金が入るということをお知らせしたいばかりにこんなことを書いているのです。では、ごきげんよう、いずれまた。わたしはさっそく仕事にかかります。

きみの忠実な友
マカール・ジェーヴシキン

九月二十三日

親愛なるマカール・ジェーヴシキンさま！

もうこれで三日間もあたくしは一通もお手紙をさしあげておりませんが、実はその間に山ほど心配事があって、いろいろと気苦労をかさねました。

一昨日、ブイコフが訪ねてきたのです。あたくしひとりのときで、フェドーラはどこかへ出かけていました。ドアを開けて、あの人だとわかったとき、あたくしはすっかりびっくりしてしまって、その場に立ちすくんでしまったほどでした。われながら顔から血の気がひくのを感じました。あの人は、いつもの癖で、大声で笑いながら入ってくると、椅子を引きよせて、腰をおろしました。あたくしはながいことわれに返れないでいましたが、ようやく部屋の隅に坐って、仕事をはじめました。あの人はじきに笑うのをやめましたが、どうやら、あたくしの様子にはっとしたらしいのです。あたくしは近頃すっかりやせてしまって、頬《ほお》も目もくぼみ、まるでハンカチのように血の気がないんですもの……まったく一年前のあたくししか知らない人には、今のあたくしは人ちがいに見えるでしょう。あの人は長いことじっとあたくしを見つめていましたが、やがてまた陽気になりました。あの人はなにかいいましたが、あたくしはそれになんと答えたか憶えておりません。あの人はまた笑い出しました。あの人はまる一時間もあたくしの部屋にいて、長いことあたくしと話をかわし、いろいろとたずねました。ようやく帰る段になって、あの人はあたくしの手をとると（あの人の言葉を一字一句そのまま書いておきます)、「ワルワーラさん！　ここだけの話ですが、アンナ・フョードロヴナはあんたの親戚《しんせき》でもあり、わしの親しい友人でもあるけれど、あれはとても卑劣な女ですよ」というのです(そのとき、あの人は彼女のことをもっと失礼な言葉でののしりました)。「あの女はあんたの従妹《いとこ》さんを邪《よこしま》な道にひきいれたばかりか、あんたまで破滅させてしまったのだ。この件についてはわしも卑劣な男になってしまったが、これは浮世の習わしでどうにもならんのさ」そういうと、あの人はありったけの声を張りあげて笑いだしました。それからあの人は、自分は口の上手なほうではないが、釈明を要する重大な問題や、高潔な紳士の義務として黙過できない点についてはもう説明してしまったから、あとはもうかいつまんでお話しするというのです。そこであの人は、自分はあんたに結婚を申込むつもりだ、あんたの名誉を回復することを自分の義務だと思っている、自分は金持ちだから、結婚式がすんだらあんたを曠野《ステップ》にある自分の持ち村へ連れていき、そこで兎狩《うさぎが》りでもして暮したいと思っている、ペテルブルグはぞっとするようないやな所だから、もう二度と来たくない、このペテルブルグには、あの人の言葉をかりれば、やくざな甥がいるが、今度この甥の遺産相続権を剝奪《はくだつ》することにしたので、とくにそのために、つまり、法律上の相続人をこしらえるために、あんたに結婚を申込むので、これが自分が結婚したい主な理由である、といいました。それからあの人は、あんたはまったくひどい暮しをしている、こんな貧民窟《ひんみんくつ》にいたら病気になるのも不思議じゃない、あと一カ月もこのままでいたら、あんたはきっと死んでしまうにちがいない、というんです。それからペテルブルグの住居は実にひどいといってから、最後に、何か入用なものはありませんか、とたずねました。

あたくしはあの人が結婚を申し出たことにびっくり仰天してしまって、自分でも訳のわからぬまま、泣き出してしまいました。あの人はあたくしの涙を感謝のしるしだと受けとって、自分はあんたをいつでも善良な、情のふかい、学問のある娘さんだと信じていたが、しかし今度のような決意をかためたのは、現在のあんたの素行をすっかり調べあげてのことだといいました。それからあの人はあなたのことをいろいろとたずねたあげく、自分は彼が立派な人物であることもみんな聞いているが、自分としては彼に借りっ放しにしておきたくないから、あんたが彼から頂いたものをいっさいひっくるめて、彼に五百ルーブルも差上げたら、ご満足だろうか、とたずねました。そこであたくしが、あなたからして頂いたことはいくらお金をつんでも償える性質のものではないと説明すると、あの人は、そんな考えはみんなくだらないことだ、みんな小説のロマンスだ、あんたはまだ若くて詩なんぞを読んでおるが、小説のロマンスなんか若い娘を破滅させてしまうばかりだ、大体、書物なんてものは道義を廃頽《はいたい》させるだけで、自分はいかなる書物も認めないといって、わしくらいの年まで生きたうえではじめて人間の話をしてもらいたいと大見得をきって、「そうしたら人間もわかるさ」と、つけ加えました。それからあの人は自分の申し出をとくと考えてほしい、こんな人生の重大事をろくに考えもしないで決めてもらっては自分として大いに不愉快だといって、経験の浅い若者はむきになって軽率な行動をとって身を滅ぼすものだとつけ加え、それはともかく自分としては色よい返事を期待しているといいました。最後にあの人は、もしこれがだめなら、自分は、あのやくざな甥から相続権を剝奪することにしたのだから、モスクワである商人の後家さんと結婚しなければならない、といいました。あの人は無理やりにあたくしの刺繡《ししゅう》台の上に五百ルーブル置いて行きました。あの人の言い草によれば、これは菓子代だそうです。あの人はまた、あたくしも田舎へ行ったら、菓子パンのように肥《ふと》るだろうとか、自分たちの生活は万事円満にいくだろうとか、今はとても用事が多くて一日じゅうかけまわっているが、きょうはその用事の合間をねらって駆けつけてきたのだとかいって、帰って行きました。あたくしは長いこと考えこんで、何度も考え直してみました。考えながら、苦しみましたが、とうとう決心がつきました。あたくしはあの人と結婚します、あたくしはどうしてもあの人の申し出を承知しなければなりません。もしあたくしからこの恥辱をそそぎ、名誉を回復し、将来ともあたくしを貧困と欠乏と不幸から救ってくれる人があるとすれば、それはあの人よりほかにありません。あたくしは行く末になにを期待できましょう？　このうえ運命に対してなにを求められましょう？　フェドーラは自分の幸運を見のがしてはいけないと申しております。これが幸運でないとしたら、そんなものはいったいどこにあるんです、とも申しております。少なくともあたくしにはこれ以外の道は見つからないのでございます。あたくしの大切なお友だち、あたくしはいったいどうしたらいいのでしょう？　あたくしは仕事をしながら、すっかりからだをこわしてしまいました。絶えず働くなんてことはできません。では、他人のところへ勤めに出ましょうか？　いいえ、そんなことをしたら、あたくしはやるせなさに、精も根もつきてしまうでしょう。それに、あたくしは人さまの気にいるようにはできないのです。あたくしは生れながらの病身ですから、いつも人さまのご厄介《やっかい》になるでしょう。もちろん、あたくしのいま行こうとしている先も天国ではありませんが、あたくしにはどうすることもできないのでございます。ねえ、マカールさん、あたくしにはどうすることもできないのです。これ以外にどんな道がありましょう？

あたくしはあなたにご相談しませんでした。あたくしひとりでなにもかも考えてみたかったのです。ただいま申し上げましたあたくしの決心はもう変りません。あたくしは早速この決心をブイコフに伝えるつもりでおります。あの人はそうでなくても早く最後の決心をきかせてくれとせきたてているのですから。あの人はのっぴきならぬ仕事があるから今すぐ出発しなければならない、つまらぬことで出発を延期するわけにはいかない、と申しております。あたくしが幸福になれるかどうかは、神さまだけがご存じのことです。あたくしの運命は、その測りしれない、神聖な神さまのみ手の中に握られているのでございます。ブイコフはいい人だそうですから、あの人はあたくしを尊敬してくれるでしょうし、ひょっとしたら、あたくしもあの人を尊敬するようになるかもしれません。これ以上あたくしたちの結婚になんの期待がもてましょう？

マカールさん、あたくしはすっかりあなたにお知らせいたしました。あなたならこのあたくしのやるせない気持をわかってくださるものと信じております。あたくしのこの決意を変えさせないでくださいませ。そんなお骨折りはむだでございます。あたくしがこのような行動をとるにいたった事情を、ご自分の胸の中でよくよくお考えになってくださいまし。あたくしも初めのうちはとても不安でございましたが、今はもう落着きました。この先どうなることやら、あたくしにはわかりません。どうせなるようにしかならないのです。なにごとも神さまのみ心のままでございます！……ブイコフがまいりました。途中ですけれども、このお手紙はこれでやめます。もっともっとお話ししたいことが山とありましたのに。もうブイコフがここに入ってまいりました！

V・D

九月二十三日

愛するワルワーラさん！

取り急ぎご返事します。なにはともあれ、わたしが度胆《どぎも》を抜かれてしまったことをお知らせします。なにもかもみんな少しどうかしたようですね……きのうわたしたちはゴルシコーフの葬式をしました。ええ、ワーレンカ、たしかに、そのとおりです。そのとおりですとも。ブイコフは紳士らしく行動したのです。いや、つまり、だからこそきみも承知したんですよ。むろん、なにごとも神さまの思召《おぼしめ》しです。それはそうです、それは必ずそうでなければいけないのです。つまり、そこには神さまのみ心がきっとあるはずなのです。天なる創造主の摂理はもちろん神聖であると同時に、わたしたち人間には測り知ることのできないものなのです。わたしたちの運命もまたそれと同じことですよ。フェドーラもきみのことをとても心配しているのでしょう。むろん、きみはこれから幸福になるでしょう、なに不自由なく暮していくでしょう。わたしの小鳩《こばと》さん、わたしの愛する人、いつまでたってもわたしが見飽きない美しい人、わたしの天使さん、ただ、それにしても、ワーレンカ、どうしてまたそんなに急なんでしょうね？……なるほど、用事があるから……ブイコフ氏には用事があるんですね、もちろん、用事のない人なんていませんし、あの人にだって用事はあるでしょうよ……わたしはあの人を見ました、お宅から帰るところでした。堂々たる押出しの方ですね。いや、あまり堂々としすぎているほどですね。ただどうも、なにもかもなんとなく話が違うようです。いや、ただなにもかもなんとなくピンとこないのです。問題はなにもあの人が堂々たる押出しだからというのではありません。今のわたしはなんとなく上の空でいます。ただ、これから先わたしたちはどうやって手紙をやりとりしたものでしょうね？　わたしは、ひとりぼっちで残されて、どうなるのでしょうね？　わたしの天使さん、わたしはよくよく考えてみました、よくよく考えてみましたとも。お手紙に書いてあるとおりに、わたしの胸のなかで、その原因とやらをよくよく考えてみました。わたしはもうあれから二十枚目の浄書を終ろうとしていたところへ、いきなり今度の事件が起ったのです！　ワーレンカ、きみは旅に出るのですから、いろいろと買物をしなければならないでしょう。いろいろな靴や服などを。ところで幸い、わたしにはゴローホヴァヤ街に一軒知ってる店があるんですよ。憶《おぼ》えていますか、いつかお手紙にくわしく書いたことがあるじゃありませんか。いやいや、いけません！　とんでもない、いったいどうしてそんなことができますか！　きみは今すぐ旅に出るなんてとてもできないじゃありませんか、絶対にできません、なんとしてもできませんよ。だってきみは大きな買物もしなければなりませんし、馬車の支度もしなくちゃならないんですからね。それに今はこんな悪い天気です。ご覧なさい、ひどい雨が、まるでバケツをひっくりかえしたように降っているじゃありませんか。それに……それに、わたしの天使さん、きみは寒い目にあいますよ。きみの心まで冷えびえとしてきますよ！　だってきみはあんなに他人をこわがっていたのに、今はそこへ出かけようとしているのですよ。じゃわたしは、誰をたよりにここへひとりぼっちで残るのです？　いや、フェドーラの言い草では、大きな幸福がきみを待っているそうですが……あれは鼻っ柱ばかり強い女で、このわたしを破滅させようとしているんです。きょうは夕べの祈禱《きとう》へいらっしゃいますか？　わたしはあちらできみにお目にかかりたいと思います。きみが学問のある、気立ての優しい、情のふかい娘さんだってことは本当ですよ、まったく、本当ですとも。ただあの人なんか商人の後家さんと結婚すればいいんですよ！　きみはどう思います？　いや、たしかにその商人の後家さんと結婚したほうがいいんです！　ワーレンカ、暗くなったら、一時間ばかりお邪魔します。近頃《ちかごろ》は早く日が暮れますから、そうしたら駆けつけますよ。きょうは必ず一時間ばかりお邪魔します。今きみはブイコフを待っているんでしょうが、あの人が帰ったら、さっそく……待っててください、わたしは飛んでいきますからね……

マカール・ジェーヴシキン

九月二十七日

親愛なるマカール・ジェーヴシキンさま！

ブイコフ氏の言葉によると、あたくしはリンネルの下着を三ダースぜひともつくらなければならないということです。そのため下着を二ダース仕立てさせるための裁縫師を一刻も早く見つけねばなりません。それにもう日日《ひにち》もいくらもありません。ブイコフ氏は腹を立てて、こんなくだらぬことにずいぶん世話がやけると申しております。あたくしたちの結婚式まであと五日で、式の翌日にはもう出発でございます。ブイコフ氏はとてもせいていて、つまらぬことにそう時間は使えないと申しております。あたくしは気苦労のためにすっかり参ってしまい、立っているのがやっとでございます。怖《おそ》ろしいほど用事がございまして、正直のところ、いっそこんなことがなかったらどれほどよいかと思うくらいです。それからもう一つ、あたくしのところには絹と木綿のレースが足りませんので、これも買いたさなくてはなりません。なにぶんブイコフ氏の意見では、自分の家内が料理女のような格好で歩きまわられては困る、なにしろあたくしはぜひとも「地主の細君たちの鼻をあかしてやらなければいけない」のだそうでございます。あの人が自分でそう申しておるのでございます。そういうわけでございますから、マカールさん、どうかゴローホヴァヤ街のマダム・シフォンのところへ連絡されて、次のことをお頼みしてくださいまし。第一に、あたくしのところへ裁縫女をよこしてもらうこと、第二に、ご面倒でもマダムにも来ていただきたいのです。あたくし、きょうは病気でございます。

新しいアパートは寒くて、怖ろしく散らかっております。ブイコフ氏の伯母さまという方はたいへんなお年寄りで、ようやく息をついていらっしゃるといった感じです。あたくしどもが出発する前にお亡《な》くなりになりはしないかと心配でございますが、ブイコフ氏は、なに、たいしたことはない、また息をふきかえすさと、申しております。

この家はなにしろひどい散らかりようでございます。ブイコフ氏はあたくしたちと一緒に住んではおりませんので、召使いたちはみんなどこかへ駆けまわっています。時にはフェドーラがひとりで、あたくしたちの世話をすることもあります。ブイコフ氏の執事はすべてを監督する立場にありながら、もう三日もどこかへ姿をくらましている始末でございます。ブイコフ氏は毎朝やって参りますが、いつも腹をたてていて、きのうなどは家で番頭をなぐって、警察といざこざが起りました……。このお手紙もお宅まで届けさせる者がおりませんので、市内郵便で出します。あら、大変！　もう少しで、一番大切な用件を忘れるところでした。マダム・シフォンに、きのうの見本どおりに絹レースの型をぜひとも取替えるように、それからご自分で新しい型を見せに持ってくるようにお伝えくださいませ。それから袖《そで》なしブラウスはああではなくて、細かく刺繡することにしたといってください。それからもう一つ、ハンカチのイニシアルは円枠縫《タンブール》いにするように。ようございますか、平縫いじゃなくて、円枠縫《タンブール》いにするように伝えてくださいませ。ねえ、どうかお忘れにならないように、円枠縫《タンブール》いでございますよ！　ああ、それから、もう少しで忘れるところでしたわ！　どうぞマダムにこう伝えてくださいませ、後生ですから、襟巻《えりまき》の模様は浮きあがるように刺繡し、蔓《つる》と刺《とげ》は紐縫《コルドンネ》いにし、それから襟にはレースの縁取りをするか、幅広の飾り襟にするように、おっしゃってください。どうか、マカールさん、そうお伝えくださいませ。

あなたの
V・D

二伸　いろいろと面倒な用件でお骨折りいただき、あたくし申し訳なく思っております。現に、一昨日もあなたは午前中ずっと方々へ駆けまわってくださいました。でも、いたし方ございません！　家の中ときたら、それこそたいへんなとり散らかしようですし、あたくしはからだをこわしております。そういうわけですから、マカールさん、どうかあたくしのことを怒らないでくださいまし。とにかくやるせない思いなのですから！　ああ、これからどうなることでございましょう、あたくしの大好きな、親切なマカールさん！　あたくしはもう行く末のことを考えるのも怖ろしゅうございます。何かしら絶えず妙な予感にかられます、まるでなにか毒気のなかで暮しているような気がいたします。

三伸　後生ですから、いまあたくしが申しましたことは何ひとつお忘れになりませんように。あなたは何かお間違えになりそうで、とても心配でございます。ようございますか、平縫いではなくて円枠縫《タンブール》いでございますよ。

V・D

九月二十七日

ワルワーラさん！

お申し越しの件はすっかり滞りなく果しました。マダム・シフォンは自分でも前から円枠縫い《タンブール》にしようと思っていたのだそうです。そのほうがお品がいいとかなんとかいってましたが、わたしにはよくわかりませんでした。それからきみはお手紙に飾縫い《ファルバラ》のことも書いていましたが、マダムも飾縫い《ファルバラ》のことを話していましたよ。ただ、マダムが飾縫い《ファルバラ》について何といってたか、わたしは忘れてしまいました。覚えているのは、ただ先方がとてもぺらぺらとしゃべったことだけです。実に、いやな感じの女ですね！　いや、なんでしたっけ？　なに、あの女が自分ですっかりきみに話しますよ。わたしはすっかりくたびれましたよ。きょうは役所にも行きませんでした。ただきみはつまらぬことで、やきもきしないでください。きみを安心させるためなら、わたしは店という店をすっかり駆けまわってもいい覚悟ができています。きみは、行く末のことを考えるのも怖ろしいと書いておられます。でも、きょうの六時すぎにはなにもかもすっかりわかるじゃありませんか。マダム・シフォンが自分でそちらへ伺います。ですから、そうやきもきしないでください。希望を持ってください、ひょっとしたら、万事うまくいくかもしれないのですから。そうですとも！　わたしはなぜかずっとあの忌々《いまいま》しい飾縫《ファルバラ》いが気になっていたんです。ああ、あの飾縫《ファルバラ》い、飾縫《ファルバラ》いめ！　天使さん、わたしはお宅に寄りたかったのです、ぜひ寄りたかったんです、それでお宅の門のところまで二度も行ったんですよ。ところが、ずっとブイコフが、いや、そのブイコフ氏が、ずっとひどい剣幕で怒っているものですから、どうにも、それどころじゃありませんでしたよ……でも、いまさらそんなことをいってもはじまりませんね！

マカール・ジェーヴシキン

九月二十八日

マカール・ジェーヴシキンさま！

後生ですから、今すぐ宝石店までひと走りしてくださいまし。そして、真珠とエメラルドのイヤリングは作らなくてもよい、とおっしゃってくださいまし。ブイコフ氏が、あまりぜいたくすぎる、これではやりきれん、と申しておりますので。あの人は腹をたてて、これでは財政がもたないとか、あたくしどもがあの人を追いはぎみたいに丸裸にするなどと申しております。きのうなどは、こんなに費用がかかるものと知っていたら、掛り合いになるんじゃなかったという始末でございます。式をあげたら、すぐ出発する、お客も呼ばない、だからお前も飛んだり跳ねたりできると思ってはいけない、お祭り騒ぎなんかするのはもっとずっと先のことだ、と申しております。あの人ったら、こんなことをいうんですからね！　あたくしがそんなことを望んでいるかどうか、神さまがご存じですわね！　それもみんなブイコフ氏が自分で注文したんですのに。あたくしは何一つ口答えもできません。なにしろ、とても短気な人ですから。これから先、あたくしはどうなるのでしょう！

V・D

九月二十八日

わたしの可愛《かわい》いワルワーラさん！

わたしは——いや、あの宝石店では承知しました、といっております。わたしははじめに自分のことをお話ししたかったのです。わたしは病気になって、床から起き上れないんですよ。ちょうど今この忙しい大切な時期に、風邪をひくなんて、まったくいまいましい話です！　さて、もう一つお知らせしますが、悪いときには悪いことが重なるもので、閣下までがとても厳格におなりになって、エメリヤン・イワーノヴィチをたいへんお叱《しか》りになったあげく、お気の毒にも、ご自分までへとへとに参ってしまわれました。これでなにもかもお知らせしました。いや、それからもう一つ、わたしはお手紙をさしあげたいのですが、きみにご迷惑ではないかと案じております。なにしろ、わたしは愚かで単純な男なので、なんでも思ったことをそのまま書いてしまいますから、ひょっとして、あとになってきみが何かその――いや、いまさらそんなことをいってもはじまりませんね！

きみの
マカール・ジェーヴシキン

九月二十九日
わたしの親しいワルワーラさん！

わたしはきょうフェドーラに会いました。彼女の話では、あなた方はあす結婚式をあげ、明後日には出発されるので、ブイコフ氏はもう馬を雇ったそうですね。閣下のことについてはもうお知らせしましたね。それからもう一つ、商店からきた勘定書はわたしがゴローホヴァヤ街へ行ってすっかり調べてみました。ぜんぶ間違いはありません、ただとても高いだけです。でも、ブイコフ氏はなんだってきみに腹をたてるのでしょう？　とにかく、きみは幸福になってください！　きみさえ幸福になれるなら、わたしは嬉《うれ》しいんです、これから先も嬉しいんです。わたしは教会へ行きたいのですが、腰が痛くて、それもできません。そこで、わたしは手紙のことばかり考えています。これからはいったい誰がわたしたちの手紙を取りついでくれるのでしょう？　あっ、そうです！　きみはフェドーラに贈り物をしてくださったそうですね！　とてもいいことをしてくださいましたね。ほんとにいいことです。善行ですよ！　神さまはそのひとつひとつの善行に対してきみを祝福してくださいますよ。善行には必ず酬《むく》いがありますし、善行をした人は遅かれ早かれ必ず神の正義という冠をいただくのです。ワーレンカ、わたしはきみに山ほど書きたいことがあるのです。毎時間、毎分、寸暇を惜しんで書き続けていきたいのです！　絶えず書いていたいのです！　わたしの手もとにあなたの本がまだ一冊残っています。『ベールキン物語』です。でも、どうでしょう、きみもこの本は取り戻さないで、わたしへのプレゼントにしてください。わたしの可愛い人。もっともそれはあの本が読みたくてたまらないからではありません。しかし、きみもご承知のとおり、もう冬が近づいて、夜が長くなってくると、とてもわびしくなりますから、そんなときに読んでみたいのです。わたしは今のアパートを出て、もときみの居られたアパートへ引越し、フェドーラのところをまた借りしようと思っております。わたしはもうどんなことがあっても、あの正直な婦人とは別れないつもりです。おまけに、あの人はとても働き者です。わたしはきのう空家になったきみの部屋をくわしく検分してきました。あの部屋にはきみの刺繡台《ししゅう》が残っていて、やりかけの刺繡がそっくりそのまま手をふれずに、部屋の隅《すみ》に立てかけてありました。わたしはきみの刺繡をじっと眺《なが》めてきました。そのほか屑布《くずぬの》などが残っていました。わたしがさしあげた手紙の一つには、きみが糸をまきかけておられました。机の中に紙切れを一枚見つけましたが、その紙切れには、「マカール・ジェーヴシキンさま。取り急ぎ」とだけ書いてありました。一番かんじんなところで、誰かが邪魔したんですね。部屋の隅の衝立《ついたて》のかげには、きみのベッドがあります……わたしの可愛い人!!!では、ごきげんよう、さようなら。後生ですから、なるべく早くこの手紙になにかご返事を書いてください。

九月三十日

あたくしにとってかけがえのないマカール・ジェーヴシキンさま！

なにもかも終ってしまいました！　あたくしの骰《さい》は投げられたのです。どんな目が出るかわかりませんが、今はもう神さまの思召しに従うばかりでございます。明日あたくしどもは出発いたします。あたくしにとってかけがえのないお友だち、あたくしの恩人、あたくしの一番親しい方、これが最後のお別れでございます！　あたくしのことをくよくよ思わないで、どうかお幸せにお暮しください、あたくしを忘れないでください。神さまの祝福があなたの上にありますように！　あたくしは心のなかでも、祈りのときにも、たびたびあなたのことを思いだすでしょう。これでとうとう一つの時代が終ったのです！　すぎ去った思い出の中から、新生活へ持っていく楽しい思い出はほとんどありません。それだけにあなたの思い出はいよいよ尊いものになるでしょうし、あたくしの胸にもいよいよ尊くよみがえることでしょう。あなたはあたくしのただ一人のお友だちでした。あなた一人がここであたくしを愛してくださいました。

マカール・ジェーヴシキン

あなたがどんなにあたくしを愛してくださったか、あたくしはすっかり見ておりました、すっかり知っておりました！　あなたはあたくしの微笑ひとつで、あたくしの手紙の一行で、もう幸福になってくださいました。あなたはこれからあたくしのいない生活にお慣れにならなければなりません！　あなたは独りぼっちでこちらにお残りになってどんなにお暮しになるんでしょう！　誰を頼りにあなたはお残りになるのでしょう、あたくしにとってかけがえのない、ただひとりのお友だち！　ご本も刺繡台も、書きかけの手紙も、あなたに残してまいります。あの書きだしの数行をご覧になるとき、その先はなんなりと、お心の中でお読みとりくださいまし。あなたがあたくしからお聞きになりたいことを、またあたくしの書きそうなことを、すっかりお読みとりくださいまし。今のあたくしならどんなことでも書くでしょうから！　あなたをこんなに激しく愛していた、あなたのかわいそうなワーレンカを思い出してくださいまし。あなたのお手紙はみんなフェドーラの箪笥《たんす》の中に残してまいりました。いちばん上の引出しの中でございます。あなたはご病気だとお手紙にございますが、きょうはブイコフ氏があたくしをどこへも出してくれません。お手紙はこれからもさし上げます。お約束いたします。でも、どんなことが起るか、神さまだけがご存じです。それでは、もう永久にお別れいたしましょう、あたくしの愛するお友だち、なつかしい方、永久にさようなら！……ああ、あたくしは今どんなにあなたを抱きしめたいことでしょう！　では、ごきげんよう、あたくしのお友だち、ごきげんよう、さようなら！　お幸せにお暮しなさいませ、お達者にお暮しなさいませ。あたくしはいつまでもいつまでもあなたのことをお祈りいたします！　ああ、わびしゅうございますこと。胸を押しつぶされそうでございます。ブイコフ氏が呼んでおります。

永久にあなたをお慕いする

V・D

二伸　あたくしの胸はいま涙でいっぱい、いっぱいでございます……涙が胸をしめつけ、張りさけそうでございます！……では、ごきげんよう。ああ、なんというわびしさでしょう！

あなたのかわいそうなワーレンカを忘れないで、思い出してくださいまし！

わたしにとってかけがえのない可愛いワーレンカ！　きみは連れて行かれるのです。

きみは行ってしまうのです！　ああ、きみを取り上げられるくらいなら、わたしはこの心臓を摑《つか》み出されたほうがずっとましです！　いったいきみはどうしたんです！　だってきみは泣きながら、しかも発《た》っていかれるんですね？　今きみからのお手紙を受けとりました。すっかり涙でにじんでいます。ということは、きみは行きたくないんですね。つまり、きみは無理に連れて行かれるのですね、つまり、きみはわたしをかわいそうだと思っているんですね。つまり、きみはわたしを愛してくださっているんですね！　これから先きみは誰とどうして暮していくのです？　あちらへ行ったら、きみの心はわびしく、やるせなく、冷えびえとすることでしょう。きみの心はふさぎの虫にむしばまれ、わびしさに張りさけるでしょう。きみはあちらで死んでしまいます、あちらの冷たい土に埋められてしまいます。それでもあちらでは誰ひとりきみのことを泣いてくれる者もいないでしょう。ブイコフ氏はいつも兎狩《うさぎが》りばかりしていることでしょう。……ああ、いとしいワーレンカ！　いったいきみはなんのためにそんな決心をしたのです、なんだってそんな方針をきめる気になったんです？　きみはなんということをしでかしたんです、なんということをしでかしたんです、われとわが身になんということをしたんです！　だってきみはあちらで棺桶《かんおけ》の中へたたきこまれるんですよ、死ぬほどひどい目にあわされるんですよ、天使さん。だってきみは、鳥の羽根のようにひ弱じゃありませんか！　それにしても、わたしはどこへ行っていたんでしょう？　現にここにいながらなんだってこの馬鹿《ばか》はなにをぼんやり見過していたんでしょう！　子供がむずかるのは、ちょっと頭が痛いからくらいの調子でいたんです！　ちょっと手当てをしてやればいいものを、馬鹿も馬鹿、その馬鹿さかげんときたら、何ひとつ考えもしなければ、何ひとつ気づきもしないで、自分の知ったことじゃないと平気でいたばかりか、飾縫《ファルバラ》いなんぞのために駆けずりまわっていたんですから！……いや、ワーレンカ、わたしは起きあがります。明日までにはきっとなおるでしょうから、もう寝てなどいられませんよ！……わたしはたとえ車輪の下に身を投げても、きみを行かせはしませんよ！　いや、だめです。これはいったいなんということです？　そんなことをする権利がどこにあります？　わたしはきみと一緒に行きます。車に乗せてくれなければ、馬車の後から駆けていきますよ。力のかぎり、息の根が絶えるまで、駆けていきます。それにしてもきみは、あちらには何があるのか、きみの行く先はどんなところか、知っているのですか？　きみは多分そんなことは知らないんでしょう。それだったら、わたしにたずねてください！　あそこは曠野《ステップ》ですよ。ほら、このわたしの手のひらのように、草木一本生えてない、不毛の曠野《ステップ》なんですよ！　あんなところを歩いているのは情けしらずの農婦か、教育のない連中か酔っ払いくらいのものですよ。あの辺ではもう木の葉も散っています。雨が降って、寒々としていますよ、ねえ、そんな所へきみは行くんですよ！　そりゃブイコフ氏ならあそこに用もありましょう、なにしろ兎相手に暮すのですから。でも、きみにはなんの用がありますか？　きみは地主夫人になりたいのですか？　しかし、わたしの天使さん！　ご自分の姿をちょっと眺めてごらんなさい。きみは地主夫人らしい様子をしていますか？……ワーレンカ、そんなことはとても無理ですよ！　わたしはこれから誰あてにお手紙を書いたらいいんでしょう？　そうですとも！　あの方はいったい誰にお手紙を書くんでしょうね、ときみだって考えてみてくださいよ。わたしはこれから誰を「いとしい人」と呼んだらいいのでしょう？　誰をこんなやさしい名前で呼びかけたものでしょう？　わたしの天使さん、これから先わたしはどこへ行ってきみを探したらいいんでしょう？　ワーレンカ、わたしは死んでしまいます、必ず、死んでしまいます。わたしの心はこんな不幸には堪《た》えられません！　わたしはきみを神の光のように愛していました、生みの娘のように愛していました、きみという人をなにからなにまで愛していました。ああ、なつかしい人！　そして、わたしはきみ独りのために生きてきたんですよ！　わたしが仕事をしたのも、書類を書いたのも、歩いたのも、散歩をしたのも、そして友情にあふれた手紙という形式でわたしの印象を書きしるしたのも、それもこれもみんなきみがここに、目の前に、すぐそこにいてくださったからなのです。きみはそんなことをご存じなかったかもしれませんが、みんなそのとおりだったんですよ！　まあ、聞いてください、わたしの可愛い人、ねえ、ひとつ考えてみてください。きみがわたしたちのもとを離れて行ってしまうなんて、そんなことが果してできるものでしょうか？　なつかしい人、いや、きみはとても行かれません。そんなことは不可能です、なんとしても絶対に不可能です！　だって今もこんなに雨が降っているのに、きみはひ弱なからだですから風邪をひいてしまいますよ。きみの馬車はびしょぬれになりますよ、必ずびしょぬれになりますとも。きみがこの町を出はずれたら、そのとたんに馬車は壊れてしまいますよ、面当《つらあ》てみたいに壊れてしまいますよ。なにしろ、このペテルブルグでつくられる馬車はとてもひどい代物《しろもの》ですからね！　わたしは馬車を作っている連中をみんな知っていますが、あの連中ときたら、みてくれのいい玩具《おもちゃ》みたいなものを作っているんです。そのかわり、きゃしゃなんですよ！　誓ってもいいですが、あの連中の作るものはきゃしゃなんです！　わたしはブイコフ氏の前にひざまずいて、あの人になにもかもいってしまいます！　なにもかもいってしまいます！　ねえ、きみもいってください、道理にかなうようにあの人にいってください。自分はここに残るといってください、自分はあなたと一緒には行けないといってください！……ああ、あの人はなんだってモスクワで商人の後家さんと結婚しなかったんでしょう？　ほんとに、あそこでその女と結婚すればよかったのに！　あの人には商人の後家さんのほうが似合いですよ、ずっと似合いますよ、わたしはちゃんとそのわけを知っているんです！　そしてわたしはきみを自分の手もとに引きとめておくんです。それに、あのブイコフとかいう男は、きみにとっていったいなんなのです？　なんだってきみはあんな男が急に可愛くなったんです？　ひょっとすると、あの男がきみに飾縫《ファルバラ》いなんかを買ってくれるからですか、そうじゃないんですか！　それにしても、いったい飾縫《ファルバラ》いがなんです？　なんのために飾縫《ファルバラ》いがいるんです？　ねえ、そんなものはくだらんことじゃありませんか！　今は人間ひとりが生きるか死ぬかという大事な時なんですよ。それに比べたら飾縫《ファルバラ》いなんかぼろ切れじゃありませんか、飾縫《ファルバラ》いなんてぼろ切れですとも。いや、このわたしだって、こんど月給をもらったら、そんな飾縫《ファルバラ》いなんかいくらでもきみに買ってあげますとも。懇意な店だってあるんですから。ただ月給日まで待ってくださいよ、わたしの天使さん、ワーレンカ！　ああ、なんていうことです！　それじゃきみは、どうしてもブイコフ氏と一緒に曠野《ステップ》へ行ってしまうのですか、もう行ったきり帰らないのですか！　ああ、いとしい人！……いけません、もう一度お手紙をください、もう一度なにもかもすっかり書いてよこしてください。出発なさったら、その先からもお手紙をください。さもないと、わたしの天使さん、これが最後のお手紙になってしまうじゃありませんか。これが最後のお手紙になるなんて、そんなばかなことがあるものですか。だってこのお手紙がいきなり否応《いやおう》なしに最後になるなんて、そんな法がありますか！　いやいや、とんでもありません、わたしはお手紙を書きます、ですからきみも書いてください……それにわたしの文章にもやっとスタイルがでてきたんじゃありませんか……ああ、文章のスタイルがなんです！　もうわたしは何を書いているのかわかりません、なんにもわかりません、さっぱりわかりません、読み返しもしませんん、文章もなおしません、ただ書きたいから、少しでもたくさんきみに書きたいから書いているのです……ああ、わたしの可愛い人、わたしのなつかしい人、わたしのいとしい人！

解説

木村浩

ロシア文学はわが国で最も親しまれている外国文学の一つであるが、とりわけドストエフスキーの文学は、その圧倒的な影響力という点で、おそらく、日本文学に最も身近かな存在であるといってもいいだろう。古くは二葉亭四迷《ふたばていしめい》、北村透谷《きたむらとうこく》といった作家から、戦後の埴谷雄高《はにやゆたか》、椎名麟三《しいなりんぞう》にいたるまで、近代から現代にいたる日本文学のなかに色濃くその影響が見られるからである。いや、これはなにもわが日本の現象に限ったことではない。今日までどれほど多くの世界の作家、評論家たちが、このロシアの生んだ巨人の文学をめぐって、どんなに熱っぽい論議を展開したかは周知のとおりである。世界文学の見取図のなかから、もしドストエフスキーの名前を取りのぞいたら、そこにいかに大きな空白が生れるかは、誰の目にも明らかなところである。現代のソヴェトが、そのスターリン時代に、この作家を抹殺《まっさつ》しようとして遂《つい》に果さなかったことは、逆にこの作家の不死鳥のごとき生命力を如実《にょじつ》に物語るものではなかろうか。現に、ソヴェトのドストエフスキー研究家シクロフスキーは「ドストエフスキーを論ずるあらゆる著作は、人類がこの作家を認めたという地点から出発しなければならない」とまで喝破《かっぱ》しているほどである。たしかに、ドストエフスキーの文学は、いかなる時代においても、常にアクチュアルな問題を提起する、同時代の生きた文学として、読者たちの前に登場してきたのである。

フョードル・ミハイロヴィチ・ドストエフスキーは一八二一年十月三十日（新暦十一月十一日）モスクワの慈善院《ボジェドムカ》通り（現在のドストエフスキー通り）にあったマリヤ貧民施療病院の官舎で生れた。父ミハイルは同病院の外科医長の職にあり、母マリヤはモスクワの商家の娘であった。兄弟は一つちがいの兄ミハイルを頭《かしら》に、男四人、女三人という大家族で、気だての優しい母は子供たちの面倒をみながらよく暴君の夫に仕えていたが、作家が十六歳のときに肺結核でこの世を去った。未来の文豪はこの母から「新旧約聖書から取った百四つの物語」という本を使って読み書きを教わったといわれているが、この幼時の宗教体験は、その後流刑《るけい》時代に耽読《たんどく》した聖書とともに、ドストエフスキーの文学に秘《ひそ》かな影響を与えているように思われる。モスクワの裏町に育ったドストエフスキーは、十歳のとき、父が買取った領地トゥーラ県ダロヴォエ村で夏をすごし、はじめてロシアの美しい自然にかこまれ、深い感銘をおぼえた。この体験はのちに短編『百姓マレイ』として文学的結実をみせるが、彼が十八歳になったとき、この同じダロヴォエ村において父が農奴たちによって惨殺《ざんさつ》されるという事件が起きた。彼はその時すでに父の意向によってペテルブルグの工兵士官学校に入学していたが、この痛ましい体験はその後の彼の生涯《しょうがい》にさまざまな形で微妙な痕跡《こんせき》をとどめている。

もともと文学少年だったドストエフスキーは工兵士官学校を卒業、少尉《しょうい》に任官して工兵局製図課に奉職してからも、勤務に身が入らず、早くも生涯の悪癖となった賭博《とばく》に熱中する一方、文学への情熱にかりたてられるばかりだった。その間彼はバルザックの『ウージェニー・グランデ』を翻訳、出版のめどがついたのを機会に、軍務を退いた。満二十三歳のときである。その時すでに処女作『貧しき人びと』の構想はまとまっていたが、彼は文字どおり背水の陣をしいて、この作品の執筆に没頭した。数次の改作のあと、この作品は工兵士官学校時代の友人グリゴローヴィチによって、当時『ペテルブルグ文集』を編集していた詩人ネクラーソフに紹介され、無名の文学青年は一夜にしてペテルブルグ文壇の新星として華々しくデビューすることとなった。『貧しき人びと』に感動したネクラーソフが当時の大批評家ベリンスキーの許《もと》を訪れ、「新しいゴーゴリがあらわれました」と叫んだとき、相手は「君たちのところではゴーゴリがキノコのように生えてくるんだから」とはじめは取りあってくれなかったが、いざその作品を読みだすや、ベリンスキー自身すっかり興奮してしまい「さあ、連れてきてくれ、早くその人を連れてきてくれたまえ」とネクラーソフに頼んだという。翌日、ドストエフスキーはベリンスキーの前にあらわれ、「君はきっと偉大な作家になれるでしょう」と太鼓判をおされた。これはロシア文学史上有名なエピソードであるが、ドストエフスキー自身もこの時の感激を生涯忘れなかったようである。

こうして幸運な文学的出発をとげたドストエフスキーであったが、その後の運命はきわめて苛酷《かこく》であった。というのは彼は一八四七年春ごろから革命思想家ペトラシェフスキーのサークルに接近、その急進的なメンバーの一人として四九年四月二十三日、逮捕され、ペトロパヴロフスク要塞《ようさい》監獄に収容されたからである。裁判の結果、一度は死刑を宣告されたものの、それは皇帝の仕組んだ茶番劇であったため、結局「四カ年の徒刑、その後は兵卒勤務」となった。もちろん、この貴重な「体験」はドストエフスキーの文学に深刻な影響を与えた。直接的な成果としては『死の家の記録』が生れているが、ドストエフスキーはシベリアの監獄の中ではじめて真の民衆を肌《はだ》で理解することができた。一冊の聖書を唯一《ゆいいつ》の伴侶《はんりょ》として孤独に耐えた彼は、「キリスト以上に美しく、深く、情けぶかく、聡明《そうめい》で、勇気があり、完全なものは他にありません」といった告白をするにいたっている。

刑期を終えた彼は一八五四年の春、キルギス草原の町セミパラチンスクで税務官吏の未亡人マリヤ・イサーエワと結婚したが、この新生活は喜びよりも苦悩のほうが多かったようである。この結婚は妻の死によって七年間で終っているが、彼はその後一八六七年四十六歳のとき、速記者だった二十歳のアンナ・スニートキナと第二の結婚をするまで、アポリナヤ・スースロワ、マルファ・ブラウンなどと報いられぬ恋を経験している。

一八五九年十二月、ドストエフスキーは流刑以来十年ぶりで首都ペテルブルグに帰還、兄ミハイルとともに雑誌『時代《ヴレーミャ》』を創刊、自作の小説を掲載する一方、文芸、社会評論にも健筆をふるい、文壇に返り咲いた。もっともその時すでにドストエフスキーは、「土壌《どじょう》主義」の名で知られているロシア・メシアニズムの立場にたっており、当時の進歩派の牙城《がじょう》であった雑誌『現代人《ソヴレメンニク》』の人びとと鋭く対立していた。だが、その後はたびたび外遊し、生来の賭博癖に苦しめられながらも『虐《しいた》げられた人びと』『地下室の手記』『罪と罰』『白痴』『悪霊《あくりょう》』『未成年』『カラマーゾフの兄弟』と、ドストエフスキー文学の偉大な山脈を着実に構築していった。彼はこうした雄大な作品群を通じて、それまで全人類が体験してきた不安、懐疑、苦痛を比類のない鋭い神経をもって分析総合し、読者の前に具体的な芸術的形象として提出したのであった。

さて、『貧しき人びと』は前述のとおり、ドストエフスキーの処女作であり、文学的出発となった作品である。ふつう、作家はその処女作の枠《わく》を越えることはできないといわれている。しかし、ドストエフスキーの場合、このテーゼは全面的には通用しないように思われる。彼は一作ごとに新しい世界を切り開いていき、遂に『カラマーゾフの兄弟』において、その深刻にして複雑な思想を異常に醱酵《はっこう》させることに成功しているからである。しかし、だからといって彼の処女作の中にその後のドストエフスキー文学の萌芽《ほうが》が見られないといったら、これまた誤りであろう。

一八四四年一月、ドストエフスキーは「ネワ河の幻影」と名づけた心的体験をしている。それは彼の未来のドラマと人物の認識であった。「その時、もう一つの物語が私の目の前に浮んできた。どこかの暗い貸し間、ある正直で心の清らかな九等官。彼とともに登場するのは辱《はずか》しめられた不幸な乙女。二人の物語に私の心は深くえぐられる思いだった」。彼は一八六一年に発表したエッセイ『詩と散文で描くペテルブルグの夢』の中でこう書き記している。ここにはドストエフスキーの未来の小説のカタストロフにいたるまでのすべてが明らかになっている。彼はこうした背景のもとに、小説の主人公たちの心理的ドラマの展開される生活環境と社会環境を、このうえなく正確なリアリズムで再現したのである。もっともこの場合、その鋭く深刻な心理的ドラマは、社会的矛盾という舞台の上に構成されている点に、未来のドストエフスキーを暗示するものがある。もっと具体的にいえばこの小説は一八四〇年代のペテルブルグの民衆の恐るべき貧困を背景にした一種の感傷小説なのである。作者はマカール・ジェーヴシキンの口をかりて、ゴーゴリの『外套《がいとう》』には反撥《はんぱつ》し、プーシキンの『駅長』には好感を表明している。ゴーゴリの描いた哀れなアカーキー・アカーキェヴィチの悲劇にはドストエフスキーの目ざした「ちっぽけな人間」の深刻な心の痛みが感じられないように思われたからであろう。この作品がゴーゴリの『外套』のパロディーといわれる理由もそこにある。

マカール・ジェーヴシキンはドストエフスキーの創造した最初の「美しい人間」であり、不幸な運命に弄《もてあそ》ばれるワーレンカの形象は、彼がその後創造した幾多の女性の原型とも考えられるし、路傍で物乞《ものご》いするみじめな子供の姿など（ドストエフスキーはロシア文学ではじめて貧しい子供たちを描いた作家である）、一見、単なる感傷小説にすぎないかに見えるこの処女作にも、未来のドストエフスキー文学の複雑な登場人物たちの原型を発見することができる。いや、いずれにしても、世間から侮蔑《ぶべつ》の目で見られている小心で善良な小役人マカール・ジェーヴシキンと薄幸なワーレンカの生活を、ヒューマニスチックな心情で描いたこの作品は、『死の家の記録』にいたる彼の理想主義的なヒューマニズムの諸作品の原型であり、それと同時にドストエフスキー全作品の注目すべき出発点をなしているのである。

往復書簡という体裁をとっているこの小説は、読みやすいという点でも、ドストエフスキー文学の格好の入門書といえるであろう。と同時に、読者の読みの深さによっては、今日的表現をかりれば、社会的に疎外《そがい》された人びとへの人間回復への熱烈なアピールを読みとることができるはずである。そこに常に時代とともにあるドストエフスキー文学の秘密が隠されているのである。

（一九六八年十二月）

ドストエフスキー
木村浩訳
白痴（上・下）
白痴と呼ばれる純真なムイシュキン公爵を襲う悲しい破局……作者の〝無条件に美しい人間〟を創造しようとした意図が結実した傑作。

ドストエフスキー
千種堅訳
永遠の夫
妻は次々と愛人を替えていくのに、その妻にしがみついているしか能のない〝永遠の夫〟トルソーツキイの深層心理を鮮やかに照射する。

ドストエフスキー
原卓也訳
賭博者
賭博の魔力にとりつかれ身を滅ぼしていく青年を通して、ロシア人に特有の病的性格を浮彫りにする。著者の体験にもとづく異色作品。

ドストエフスキー
江川卓訳
地下室の手記
極端な自意識過剰から地下に閉じこもった男の独白を通して、理性による社会改造を否定し、人間の非合理的な本性を主張する異色作。

ドストエフスキー
原卓也訳
カラマーゾフの兄弟（上・中・下）
カラマーゾフの三人兄弟を中心に、十九世紀のロシア社会に生きる人間の愛憎うずまく地獄絵を描き、人間と神の問題を追究した大作。

ドストエフスキー
江川卓訳
悪霊（上・下）
無神論的革命思想を悪霊に見立て、それに憑かれた人々の破滅を実在の事件をもとに描く。文豪の、文学的思想的探究の頂点に立つ大作。

ドストエフスキー
工藤精一郎訳
死の家の記録

地獄さながらの獄内の生活、悽惨目を覆う笞刑、野獣のような状態に陥った犯罪者の心理——著者のシベリア流刑の体験と見聞の記録。

ドストエフスキー
小笠原豊樹訳
虐げられた人びと

青年貴族アリョーシャと清純な娘ナターシャの悲恋を中心に、農奴解放、ブルジョア社会へ移り変わる混乱の時代に生きた人々を描く。

ドストエフスキー
工藤精一郎訳
罪と罰（上・下）

独自の犯罪哲学によって、高利貸の老婆を殺し財産を奪った貧しい学生ラスコーリニコフ。良心の呵責に苦しむ彼の魂の遍歴を辿る名作。

ドストエフスキー
工藤精一郎訳
未成年（上・下）

ロシア社会の混乱を背景に、「父と子」の葛藤、未成年の魂の遍歴を描きながら人間の救済を追求するドストエフスキー円熟期の名作。

ツルゲーネフ
神西　清訳
はつ恋

年上の令嬢ジナイーダに生れて初めての恋をした16歳のウラジミール——深い憂愁を漂わせて語られる、青春時代の甘美な恋の追憶。

ツルゲーネフ
工藤精一郎訳
父と子

古い道徳、習慣、信仰をすべて否定するニヒリストのバザーロフを主人公に、農奴解放で揺れるロシアの新旧思想の衝突を扱った名作。

トルストイ
木村浩訳
アンナ・カレーニナ
（上・中・下）

文豪トルストイが全力を注いで完成させた不朽の名作。美貌のアンナが真実の愛を求めるがゆえに破局への道をたどる壮大なロマン。

トルストイ
原卓也訳
クロイツェル・ソナタ
悪魔

性的欲望こそ人間生活のさまざまな悪や不幸の源であるとして、性に関する極めてストイックな考えと絶対的な純潔の理想を示す2編。

トルストイ
原久一郎訳
光あるうち光の中を歩め

古代キリスト教世界に生きるパンフィリウスと俗世間にどっぷり漬った豪商ユリウス。二人の人物に著者晩年の思想を吐露した名作。

トルストイ
工藤精一郎訳
戦争と平和
（一〜四）

ナポレオンのロシア侵攻を歴史背景に、十九世紀初頭の貴族社会と民衆のありさまを生き生きと写して世界文学の最高峰をなす名作。

トルストイ
原卓也訳
人生論

人間はいかに生きるべきか？　人間を導く真理とは？　トルストイの永遠の問いをみごとに結実させた、人生についての内面的考察。

トルストイ
木村浩訳
復活
（上・下）

青年貴族ネフリュードフと薄幸の少女カチューシャの数奇な運命の中に人間精神の復活を描き出し、当時の社会を痛烈に批判した大作。

チェーホフ
神西清訳

桜の園・三人姉妹

急変していく現実を理解できず、華やかな昔の夢に溺れたまま没落していく貴族の哀愁を描いた「桜の園」。名作「三人姉妹」を併録。

チェーホフ
神西清訳

かもめ・ワーニャ伯父さん

恋と情事で錯綜した人間関係の織りなす日常のなかに、絶望から人を救うものは忍耐であるというテーマを展開させた「かもめ」等2編。

チェーホフ
小笠原豊樹訳

かわいい女・犬を連れた奥さん

男運に恵まれず何度も夫を変えるが、その度に夫の意見に合わせて生活してゆく女を描いた「かわいい女」など晩年の作品7編を収録。

チェーホフ
松下裕訳

チェーホフ・ユモレスカ
—傑作短編集I—

哀愁を湛えた登場人物たちを待ち受ける、あっと驚く結末。ロシア最高の短編作家の、ユーモアあふれるショートショート、新訳65編。

チェーホフ
松下裕訳

チェーホフ・ユモレスカ
—傑作短編集II—

怒り、後悔、逡巡。晴れの日ばかりではない人生の、愛すべき瞬間を写し取った文豪チェーホフ。ユーモア短編、すべて新訳の49編。

ソルジェニーツィン
木村浩訳

イワン・デニーソヴィチの一日

スターリン暗黒時代の悲惨な強制収容所の一日を克明に描き、世界中に衝撃を与えた小説。伝統を誇るロシア文学の復活を告げる名作。

ディケンズ
加賀山卓朗訳
大いなる遺産（上・下）
莫大な遺産の相続人となったことで運命が変転する少年。ユーモアあり、ミステリーあり、感動あり、英文学を代表する名作を新訳！

ディケンズ
加賀山卓朗訳
二都物語
フランス革命下のパリとロンドン。燃え上がる激動の炎の中で、二つの都に繰り広げられる愛と死のロマン。新訳で贈る永遠の名作。

ディケンズ
中野好夫訳
デイヴィッド・コパフィールド（一〜四）
逆境にあっても人間への信頼を失わず、作家として大成したデイヴィッドと彼をめぐる精彩にみちた人間群像！　英文豪の自伝的長編。

スタンダール
大岡昇平訳
パルムの僧院（上・下）
〝幸福の追求〟に生命を賭ける情熱的な青年貴族ファブリスが、愛する人の死によって僧院に入るまでの波瀾万丈の半生を描いた傑作。

スタンダール
小林正訳
赤と黒（上・下）
美貌で、強い自尊心と鋭い感受性をもつジュリヤン・ソレルが、長年の夢であった地位をその手で摑もうとした時、無惨な破局が……。

スタンダール
大岡昇平訳
恋愛論
豊富な恋愛体験をもとにすべての恋愛を「情熱恋愛」「趣味恋愛」「肉体的恋愛」「虚栄恋愛」に分類し、各国各時代の恋愛について語る。

新潮文庫最新刊

今野敏著
探花
―隠蔽捜査9―
横須賀基地付近で殺人事件が発生。神奈川県警刑事部長・竜崎伸也は、県警と米海軍犯罪捜査局による合同捜査の指揮を執ることに。

七月隆文著
ケーキ王子の名推理《スペシャリテ》7
その恋はいつしか愛へ――。未羽の受験に、颯人の世界大会。最後に二人が迎える最高の結末は?! 胸キュン青春ストーリー最終巻！

燃え殻著
これはただの夏
僕の日常は、嘘とままならないことで埋めつくされている。『ボクたちはみんな大人になれなかった』の燃え殻、待望の小説第2弾。

紺野天龍著
狐の嫁入り 幽世《かくりよ》の薬剤師
極楽街の花嫁を襲う「狐」と、怪火現象・狐の嫁入り……その真相は？ 現役薬剤師が描く異世界×医療×ファンタジー、新章開幕！

安部公房著
死に急ぐ鯨たち・もぐら日記
果たして安部公房は何を考えていたのか。エッセイ、インタビュー、日記などを通して明らかとなる世界的作家、思想の根幹。

三川みり著
龍ノ国幻想7 神問いの応《いらえ》
日織《ひおり》は、二つの三国同盟の成立と、龍《たつ》ノ原《はら》奪還を図る。だが、原因不明の体調悪化に苛まれ……。神に背いた罰ゆえに、命尽きるのか。

Title : БЕДНЫЕ ЛЮДИ
Author : Фёдор М. Достоевский

貧《まず》しき人《ひと》びと

新潮文庫　ト - 1 - 5

昭和四十四年六月二十日　発　行
平成二十五年三月十五日　七十二刷改版
令和　六　年八月三十日　七十八刷

訳　者　木《き》村《むら》浩《ひろし》
発行者　佐藤隆信
発行所　株式会社　新潮社
郵便番号　一六二―八七一一
東京都新宿区矢来町七一
電話　編集部(〇三)三二六六―五四四〇
読者係(〇三)三二六六―五一一一
https://www.shinchosha.co.jp

価格はカバーに表示してあります。

乱丁・落丁本は、ご面倒ですが小社読者係宛ご送付ください。送料小社負担にてお取替えいたします。

印刷・株式会社光邦　製本・株式会社大進堂

ISBN978-4-10-201006-8 C0197